古龍

國際學術研討會

古龍武俠小說 領先時代半世紀

【記者賴素鈴／報導】江湖代有才人出，這廂古龍凋零二十載，那廂今朝懸賞百萬獎新秀，浪淘不盡，唯有武俠熱愛，不隨時間變易，在學術研討會上更見分明。以「一代鬼才：古龍與武俠小說」爲主題，淡江大學第九屆文學與美學國際學術研討會昨起在國家圖書館，展開爲期兩天的議程，紀念武俠小說家古龍逝世二十周年，新生代學者與古龍故舊齊聚一堂，以文論劍話武俠。

日前與淡大中文系教授林保淳共同發表《台灣武俠小說發展史》，武俠小說評論家葉洪生昨天在專題演講中，直批胡適1959年底發表「武俠小說下流論」是「胡說」，學界泰斗的不當發言以及隨即展開的「暴雨專案」，反而促成1960年起台灣武俠新秀的繁興，「武俠小說迷人的地方，恰恰在門道之上。」，葉洪生認定，武俠小說審美四原則在文筆、意構、雜學、原創性，他強調：「武俠小說，是一種『上流美』。」

集多年心血完成《台灣武俠小說發展史》，葉洪生認爲他已爲從十歲起迷上武俠小說的半世紀畫上完美句點，並且宣布他「以後決心退出武俠論壇，封劍退隱江湖」。

雖然葉洪生回顧武俠小說名家此起彼落，套太史公名言「固一世之雄也，而今安在哉？」，認爲這是値得深思的嚴肅課題，昨天意外現身研討會而備受矚目的溫世禮，則爲了紀念同是武俠迷的哥哥溫世仁，推出第一屆「溫世仁武俠小說百萬大賞」，即日起至今年10月3日截止收件，經兩階段評選後於明年12月7日公布首獎得主，預料將會是一場武林新秀的龍虎爭霸戰。

看明日誰領風騷？風雲時代出版社發行人陳曉林眼中的古龍，其實領先他的時代半世紀，以致如今雖然古龍逝世20年，陳曉林認爲大家對古龍的了解仍然有限，預言未來世代更能和古龍的後設風格共鳴。

昨天這場研討會，也凸顯武俠小說作爲一項文學研究門類，仍有待開發學習空間。多位與會者都指出，武俠小說的發表、出版方式和管道具考證難度，學術理論與論文格式的建立待加強。而武俠名家的版權之爭、市場競爭力，也增加出版推廣困難，古龍武俠小說的版權糾紛、司馬翎作品的版權官司也成爲研討會的場外話題。

與

武俠小說

第九屆文學與美

一代鬼才

古龍

古龍兄為人慷慨豪邁、跌蕩自如，變化多端，文如其人，且復多奇氣，惜英年早逝。余與古兄當年交好，且喜讀其書，今既不見其人，又無新作可讀，深自悼惜。

金庸

一九九六、十、十一 香港

楚留香新傳

(一)

借屍還魂

【導讀推薦】

喜劇與悲劇相疊的名作

——《楚留香新傳：借屍還魂》導讀

著名文化評論家、《新新聞》總主筆
南方朔

活在別人的陰影下，是一種痛苦至極的人生。那種痛苦，很少人知道。

因此，芮克（Theodor Reik）在《歌德的心理分析》一書裡，特別提到歌德兒子悲傷的一生。

他活在父親偉大的陰影下，認爲自己無論做什麼，都不可能有任何意義。於是他遂酗酒、墮落、糜爛，最後則淒慘而終。他活得卑微，死得蕭索，而留給老父的，則是永遠的自咎與悔恨。大人物的陰影下，人生變得很難過。除了經典性的學術研究外，平常的例子也不少。

以美國爲例，前總統卡特的那個弟弟，就是這麼一個寶貝。哥哥是總統的心理壓力，使得他過的生活常混亂不堪。

而這種例子對好萊塢那些超級明星尤然。他們的子女活在父母的明星光環下，許多人都因此而吸毒或住進了精神病院。這固然與好萊塢的環境有關，但父母太耀眼，雙親才是更重要的因素。對此，外國的雜誌上有過許多深刻的討論。

人必須活出他自己，無論好或壞，自己的一生才是完美的人生。偉大的父母兄長固然會造成壓力，彎曲人生，有時連姓名也都會對人的一生造成可怕的影響。

美國作家夫婦卡普蘭（Justin Kaplan）及芭奈絲（Anne Barnays）曾著《姓名語言學》新著，書中即指出，像梵谷、達利這兩個大畫家，他們所使用的都是早死哥哥的名字。這使得他們出現了所謂的「代替小孩症候群」，他們一生都抗拒自己的名字，生活得非常狂亂而痛苦，這種痛苦雖然表現爲藝術創造力，但他們真實的生活中的確過得異常混亂。

另外還發現，西方豪門世家替小孩命名。經常使用顯赫祖先或父親的名字，但加上「小」（Jr）「一世或二世」等記號。這種小孩由於活在別人的陰影下，許多人的人生也同樣亂七八糟，有這種名字的人，他們看精神醫師的機會是正常人的許多倍。

因此，無論活在別人陰影下或「代替小孩症候群」，都是學理上有依據的人生扭曲。這種人，也就因而注定了有極大的悲劇性。

而《借屍還魂》裡，有一大半的篇幅，就是在展示這樣的問題。古龍說起來頭頭是道，不容人不對他的心理學知識和想像能力表示激賞。

《借屍還魂》說的是個包含了驚悚及推理學成份的武俠故事。它由兩個一而二，二而一的單元所組成。

其一是左明珠因病而死，死後復活，但卻自認是施茵的借屍還魂；由於左施兩家形同陌路，宿有怨仇，因此，仇家女兒的魂到了自己女兒身上，對左家而言，這豈能忍受？於是，適逢其會的楚留香，遂一步步查明，終於解開了這個錯綜複雜的「白色謊言劇」：原來，四個當事的青年男女，各有苦衷，而且居心也都不壞。他們合演的這齣荒誕戲，在被揭穿之後，終於能夠美滿解決。

其二，則是楚留香一路追查的殺手集團首領案。這是楚留香專程到松江府來的原因，並因此而介入了借屍還魂案。於是，他遂兩案併一案，繼續查訪。他懷疑那個黑衣蒙面的使劍高手與薛家莊的薛衣人有關，最後終於發現，該黑衣蒙面首領乃是薛衣人的弟弟——那個假裝白癡，被稱為「薛寶寶」的薛笑人，最後是薛笑人在真相被揭穿後，自裁了斷，成了一部倫理悲劇。它的整個過程，真可謂高潮迭起，令人歎為觀止。

兩個單元，喜劇與悲劇相疊，古龍寫來妙筆生輝。其中當然有些小破綻，例如，黑衣殺手突襲楚留香，一劍刺入背部，受傷極重。小說裡寫道，如果這時殺手繼續攻擊，楚留香必無生理，顯示楚留香實際受了重傷。然而，他只不過略事療傷。第二天卻能立刻和薛衣人進行另一場較量，並生龍活虎、宛若先前毫無事情發生一樣。這就未免太違常理了。

但小破綻僅屬小瑕疵。薛笑人這個角色的刻畫可謂相當成功。從楚留香初逢薛笑人起，他一直是以白癡天才兒童的面目出現。武功奇高，但言語、行為都幼稚顛倒。

薛笑人的瘋癲，楚留香從他侄女兒薛紅紅口中套出了一些話，顯示出他在家裡是被人這樣看待的：

薛紅紅說：「我二叔除了吃飯之外，就會使劍，他瘋病剛發作的時候，硬逼著我爹爹和他動手，連爹爹都幾乎被他刺了一劍。他劍法本來就不錯，但比起我爹爹來自然還差得遠，所以就拚命練劍，一心想勝過我爹爹，練得飯也不吃，覺也不睡。但無論他怎麼練，還是比不上爹爹。有一天晚上他忽將二嬸殺了，說是二嬸總是擾亂他練劍，但殺了二嬸後，他自己也變得瘋瘋癲癲，老說自己只有十歲，就因爲年紀小，所以劍法才不如爹爹。」

另外，則是薛衣人的親家母花金弓也如此說道：「他從小就受哥哥的氣，他哥哥總是罵他沒出息，別人都說他是練武練瘋的，我看他簡直是被氣瘋的。」

由薛笑人在家裡被家人如此看待，除了顯示出他裝瘋極爲成功外，也顯示出他的人生實在活得非常痛苦。他活在大人物哥哥的陰影下，而他的哥哥又不能以親密如弟的態度對待他，於是，裝瘋逐成了一種背叛與逃避的方式。有了這種背叛與逃避之後，接下來，他當然更企圖創造出認爲是屬於自己的人生。於是，裝瘋後，家人不再理他，遂使他有了足夠的空間來進行自己的活動。他就住在薛家莊，哥哥屋室隔壁的園子裡，但這個園子卻落葉堆積，無人理會，足見做哥哥的薛衣人對這個瘋弟弟的確缺乏關心。

最後，當一切真相皆已揭開，弟弟說：「我四歲的時候，你教我認字。六歲的時候，教我學劍，無論什麼事，都是你教我的。我這一生雖已被你壓得透不過氣來！但我還是感激你，算來還是欠你很多。現在你又要替我受過，你永遠是有情有義的大哥，我永遠是不知好歹的弟弟。……」弟弟說出這樣的話，他這一生活得如何痛苦，可想而知。

而哥哥薛衣人最後也沈痛的啞聲說道：「這全是我的錯，我的確對你做得太過份了，也逼得你太緊！香帥，真正的罪魁禍首是我，你殺了我吧」。薛衣人的歉咎感沈痛無比，有弟在憐，弟弟在被自己疏忽下做錯了事，而哥哥卻居然一無所知。就另一種因果而論，薛衣人當然必須為自己弟弟的一生，以及他所犯的罪惡負起最大的責任。但這一罪孽既已造成，就再也不可能補償。

因此，古龍寫薛衣人和薛笑人，挖掘到人間最重要的親情巨變和天倫法網，可謂相當成功，其過程也符合這類問題的理論探討。大眾小說能有如此的深度，而不再只是漫畫或卡通式平面人物的複雜故事，實屬不易。大眾小說在人物性格的塑造上，也是可以寫得出血與肉的。

當我們說「豪門多孽子」時，這是一種平面的說法。如果能進入孽子的心理世界，一切就變成了立體。

古龍的小說裡，經常有變態心理的描述，但以薛笑人的這個角色塑造最為成功，也最讓人產生同情的理解。

《借屍還魂》是個與家庭有關的武俠驚悚推理故事，有喜劇，也有悲劇。兩個相互對應的故事，兩種不同的結局。這是部極為優秀的大眾小說，與古龍的其他作品都大大的不同。因此，讓我們正式進入小說的世界裡，去體會其中的悲與喜吧！

︵編者按：《楚留香新傳》共為五個單元。《借屍還魂》故事為一個獨立單元，雖然篇幅較其他單元為短，但故事情節完整自足，一氣呵成。本系列收入附錄多篇，這些附錄文字，均對賞鑑楚留香故事提供了獨到的觀點與視角，堪為典藏版古龍精選集生色。本系列由原定的五冊增為六冊，是因《蝙蝠傳奇》篇幅過大，必須分為上下冊，特此說明。︶

古龍精品集31

楚留香新傳（一）

借屍還魂

【導讀推薦】——南方朔
喜劇與悲劇相疊的名作……003
楚留香這個人……013
一　借屍還魂……015
二　施家莊的母老虎……039
三　唐突佳人……059
四　天下第一劍……079
五　刺客……097
六　死裡逃生……125

目錄

七　人約黃昏後……139
八　成人之美……163
九　惺惺相惜……181
十　薛二爺的秘密……205
十一　情有所鍾……223
十二　一夜纏綿……249
【附錄一】從技法的突破到意境的躍升——陳曉林……267
【附錄二】楚留香研究：朋友、情人和敵手——陳墨……281
【附錄三】人在江湖：夜訪古龍——龔鵬程……303

楚留香這個人

江湖中關於楚留香的傳說很多，有的傳說簡直已接近神話，有人說他：「駐顏有術，已長生不老」，有人說他：「化身千萬，能飛天遁地」，有人喜歡他，佩服他，也有人恨他入骨。但真正見過他的人卻並沒有幾個，真正能了解他的人當然更少了。

他究竟是個怎麼樣的人呢？

他年紀不算小，但也絕不能算老。

他喜歡享受，也懂得享受。

他喜歡酒，卻很少喝醉。

他喜歡善舞的女人，所以一向很尊敬她們。

他嫉惡如仇，卻從不殺人。

他痛恨爲富不仁的人，所以常常將他們的錢財轉送出去，受過他恩惠的人，多得數也數不清。

他有很多仇人，但朋友永遠比仇人多，只不過誰也不知道他的武功深淺，只知道他這一生與人交手從未敗過。

他喜歡冒險，所以他雖然聰明絕頂，卻常常要做傻事。

他並不是君子，卻也絕不是小人。

江湖中的人，大多都尊稱他為：「楚香帥」，但他的老朋友胡鐵花卻喜歡叫他：「老臭蟲」。

楚留香就是這麼樣一個人！

他這一生中實在是多采多姿，充滿了傳奇性。

也許就因他是這樣一個人，所以無論他走到哪裡，都會遇到一些與眾不同的人，發生一些不同凡響的事。

只要有關他的故事，就一定充滿了不平凡的刺激。

楚留香的故事，我只寫過八篇，即：

《血海飄香》、《大沙漠》、《畫眉鳥》、《楚留香新傳》（即《借屍還魂》、《蝙蝠傳奇》、《桃花傳奇》、《新月傳奇》和《午夜蘭花》），若還有第九篇，顯然就是別人冒名寫出來的了。

對於那些冒「古龍」的名，寫「楚留香」故事的人，我雖然覺得啼笑皆非，卻也很感激他們的「好意」。因為他們至少對「古龍」這名字還看得起，至少也和我一樣，覺得「楚留香」這人很有趣。

只可惜他們的寫法和做法未免有些無趣而已。

楚留香的故事，每篇都是完全獨立的。

一 借屍還魂

這不是鬼故事，卻比世上任何鬼故事都離奇可怖。

九月二十八，立冬。

這天在「擲杯山莊」發生的事，楚留香若非親眼見到，只怕永遠也無法相信。

「擲杯山莊」在松江府城外，距離名聞天下的秀野橋還不到三里，每年冬至前後，楚留香幾乎都要到這裡來住幾天，因爲他也和季鷹先生張翰一樣，秋風一起，就有了蓴鱸之思，因爲天下唯有松江秀野橋下所產的鱸才是四鰓的，而江湖中人誰都知道，「擲杯山莊」的主人左二爺除了掌法冠絕江南外，親手烹調的鱸魚膾更是妙絕天下。

江湖中人也都知道，普天之下能令左二爺親自下廚房，洗手做魚羹的，總共也不過只有兩個人而已。

楚留香恰巧就是這兩人其中之一。

但這次楚留香到「擲杯山莊」來，並沒有嘗到左二爺妙手親調的鱸魚膾，卻遇到了一件平生從未遇到過的，最荒唐、最離奇、也最可怖的事。

他從來也不信世上竟真會有這種事發生。

左二爺和楚留香一樣，是最懂得享受生命的人，他不求封侯，但求常樂，所以自號「輕侯」。

「擲杯山莊」中有江南最美的歌妓、最醇的美酒，馬廄中有南七省跑得最快的千里馬，大廳中也有最風雅的食客。

但左二爺最得意的事卻還不是這些。

左二爺平生最得意的有三件事。

第一件令他得意的事，就是他有楚留香這種朋友，他常說寧可砍下自己的左手，也不願失去楚留香這個朋友。

第二件令他得意的事，是他有個世上最可怕的仇敵，那就是號稱「天下第一劍客」的「血衣人」薛大俠。

他和薛衣人做了三十年的冤家對頭，居然還能舒舒服服的活到現在，薛衣人雖然威震天下，卻也將他無可奈何。

這件事左二爺每一提起，就忍不住要開懷大笑。

第三件事，也是他最最得意的一件事，那就是他有個最聰明、最漂亮、也最聽話的乖女兒。

左二爺沒有兒子，但卻從來不覺得遺憾，只因他認爲他這女兒比別人兩百個兒子加起來都強勝十倍。

左明珠也的確從來沒有令她父親失望過。她從小到大，幾乎從沒有生過病，更絕沒有惹過任何麻煩，現在她已十八歲，卻仍和兩歲時一樣可愛，一樣聽話。

她的武功雖然並不十分高明，但在女人中已可算是佼佼者了，到外面去走了兩趟之後，也有了個很響亮的名頭，叫「玉仙娃」。

雖然大家都知道，江湖中人如此捧她的場，至少有一半是看在左二爺的面上，但左二爺自己卻一點也不在意。

左二爺並不希望他女兒是個女魔王。

何況，她也並沒有太多的時間去練武，她不但要陪她父親下棋、喝酒，還要爲她父親撫琴、插花、塡詞、吟詩——她無論做任何事，都是爲她父親做的，因爲她生命中還沒有第二個男人。

總而言之，這位左姑娘正是每個父親心目中所期望的那種乖女兒，左二爺幾乎從來沒有爲她操過心。

——直到目前爲止，左二爺還未爲她操過心。

但現在，現在這件最荒唐、最離奇、最神秘、最可怖，幾乎令人完全不能相信的事，正是發生在她身上。

九月，寒意已經很重了。

但無論在多冷的天氣裡，只要一走進「擲杯山莊」，就會生出一種溫暖舒適的感覺，就好像疲倦的浪子回到了家一樣。

因爲「擲杯山莊」中上上下下每個人，面上都帶著歡樂而好客的笑容，即使是守在門口的門丁，對客人也是那麼慇懃而有禮，你還未走進大門，就會嗅到一陣陣酒香、菜香、脂粉的幽香、花木的清香，就會聽到一陣陣悠揚的絲竹管弦聲，豪爽的笑聲，和碰杯時發生的清脆聲響。

這些聲音像是在告訴你，所有的歡樂都在等著你，那種感覺又好像一雙走得發麻的腳泡入溫水裡。

但這次，楚留香還遠在數十丈外，就覺得情況不對了。

「擲杯山莊」那兩扇終年常開的黑漆大門，此刻竟緊閉著，門口竟冷清清的瞧不見車馬。

楚留香敲了半天門，才有個老頭子出來開門，他見到楚留香，雖然立刻就露出歡迎的笑容，但卻顯然笑得很勉強。

昔日那種歡樂的氣氛，如今竟連一絲也看不到了。

院子裡居然堆滿了落葉未掃，一陣陣秋風捲起了落葉，帶給人一種說不出的淒涼蕭索之意。

等到楚留香看到左輕侯時，更吃了一驚。

這位江湖大豪紅潤的面色，竟已變得蒼白而憔悴，連眼睛都凹了下去，才一年不見，他好像就已老了十幾歲。

在他臉上已找不出絲毫昔日那種豪爽樂天的影子，勉強裝出來的笑容也掩不住他眉宇間那種憂鬱愁苦之色。

大廳裡也是冷清清的，座上客已散，盛酒的金樽中卻積滿了灰塵，甚至連樑上的燕子都已飛去了別家院裡。

「擲杯山莊」中究竟發生了什麼驚人變故，怎會變成如此模樣，楚留香驚奇得幾乎連話都說不出來。

左二爺緊緊握住了他的手，也是久久都說不出話。

楚留香忍不住試探著問道：「二哥你……你近來還好嗎？」

左二爺道：「好，好，好……」

他一連將這「好」字說了七八遍，目中似已有熱淚將奪眶而出，把楚留香的手握得更緊，嗄聲道：「只不過明珠，明珠她……」

楚留香動容道：「明珠她怎麼樣了？」

左輕侯沉重的嘆息了一聲，黯然道：「她病了，病得很重。」

其實用不著他說，楚留香也知道左明珠必定病得很重，否則這樂天的老人又怎會如此愁苦。

楚留香勉強笑道：「年輕人病一場算得了什麼？病好了反而吃得更多些。」

左輕侯搖著頭，長嘆道：「你不知道，你不知道，這孩子生的病，是……是一種怪病。」

楚留香道：「怪病？」

左輕侯道：「她躺在床上，滴水未進，粒米未沾，不吃不喝已經快一個月了，就算你我也禁不起這麼折磨的，何況她……」

楚留香道：「病因查出來了嗎？」

左輕侯道：「我已將江南的名醫都找來了，卻還是查不出這是什麼病，有的人把了脈，甚至連方子都不肯開，若非靠張簡齋每天一帖續命丸子保住了她這條小命，這孩子如今只怕早已……早已……」

他語聲哽咽，老淚已忍不住流了下來。

楚留香道：「二哥說的張簡齋，可是那位號稱『一指判生死』的神醫名俠簡齋先生？」

左輕侯道：「嗯。」

楚留香展顏道：「若是這位老先生來了，二哥還有什麼不放心的，只要他老先生肯出手，天下還有什麼治不好的病。」

左輕侯道：「你不知道……你不知道，他本來也不肯開方子的，只不過……」

突見一位面容清癯，目光炯炯的華服老人匆匆走了進來，向楚留香點點頭，就匆匆走到左輕侯面前，將一粒丸藥塞入他嘴裡，道：「吞下去。」

左輕侯不由自主吞下了丸藥，訝然道：「這是爲了什麼？」

老人卻已轉回頭，道：「隨我來。」

楚留香認得這老人正是名滿天下的簡齋先生，見到他這種神情，楚留香已隱隱覺出事情不妙了。

三個人匆匆走入後園，只見菊花叢中的精軒外，肅然凝立著十幾個老媽子、小丫頭，一個個俱都垂著頭，眼睛發紅。

左輕侯聳容道：「珠兒她……她莫非已……」

簡齋先生長長嘆了口氣，沉重地點了點頭。

左輕侯狂呼一聲，衝了進去。

等楚留香跟著進去的時候，左輕侯已暈倒在病榻前，榻上靜靜地躺著個美麗的少女，面容蒼白，雙目緊閉。

簡齋先生拉起被單，蓋住了她的臉，卻向楚留香道：「老朽就是怕左二爺急痛攻心，也發生意外，所以先讓他服下一粒護心丹，才敢將這噩耗告訴他，想不到他還是……還是……」

這本已將生死看得極淡的老人，此刻面上也不禁露出凄涼的傷痛之色，長長嘆息了一聲，道：「他連日勞苦，老朽只怕他內外交攻，又生不測，幸好香帥來了，正好以內力先護住他的心脈，否則老朽當真也不知如何是好了。」

楚留香不等他說完，已用掌心抵住左輕侯的心口，將一股內力源源不絕地輸送了過去——

暮色漸深，夜已將臨，但廣大的「擲杯山莊」，尙還沒有燃燈，秋風雖急，卻也吹不散那種濃重的淒苦陰森之意。

前後六七重院落，都是靜悄悄的，沒有人，也沒有人走動，每個人都像生怕有來自地獄的鬼魂，正躲在黑暗的角落裡等著拘人魂魄。

樹葉幾乎已全部凋落，只剩下寂寞的枯枝在風中蕭索起舞，就連忙碌的秋蟲都已感覺出這種令人窒息的悲哀，而不再低語。

左明珠的屍身仍留在那淒涼的小軒中，左二爺不許任何人動她，他自己跪在靈床旁，像是已變成一具石像。

楚留香心情也說不出的沉重，因爲他深知這老人對他愛女的情感，那些來自各地的名醫也都默默無言的坐在那裡，也不知該走，還是不該走，心裡既覺得慚愧，也免不了有些難受。

只有張簡齋在室中不停地往來蹀躞著，但腳步也輕得宛如幽靈，似乎也生怕踏碎了這無邊的靜寂。

左二爺一直將頭深深埋藏在掌心裡，此刻忽然抬起頭來，滿佈血絲的眼睛茫然瞪著遠方，嘶聲道：「燈呢？爲什麼沒有人點燈，難道你們連看都不許我看她嗎？」

楚留香無言地站了起來，在桌上找到了火刀和火石，剛燃起了那盞帶著水晶罩子的青銅燈，忽然一陣狂風自窗外捲了進來，捲起了蓋住屍身的白被單，捲起了床幔，帳上的銅鈎搖起了一陣陣單調的「叮噹」聲，宛如鬼卒的攝魂鈴，狂風中彷彿也不知多少魔鬼正在獰笑著飛舞。

「噗」的一聲，楚留香手裡的燈火也被吹滅了。

他只覺風中竟似帶著種妖異的寒意，竟忍不住機伶伶打了個寒噤，手裡的水晶燈罩也跌落在地上，跌得粉碎。

四下立刻又被黑暗吞沒。

風仍在呼嘯，那些江南名醫已忍不住縮起了脖子，有的人身子已不禁開始發抖，有的人掌心已沁出了冷汗。

就在這時，床上的屍體忽然張開眼睛，坐了起來！

這刹那之間，每個人的心房都驟然停止了跳動。

然後就有人不由自主，放聲驚呼出來。

就連楚留香都情不自禁的退後了半步。

只見那「屍體」的眼睛先是呆呆地凝注著前方，再漸漸開始轉動，但雙目中卻仍帶著種詭秘的死氣。

左輕侯顯然也駭呆了，嘴唇在動，卻發不出聲音。

那「屍體」眼珠子呆滯地轉了兩遍，忽然放聲尖呼起來。

呼聲說不出的淒厲可怖，有的人已想奪門而逃，但兩條腿卻好像琵琶似地抖個不停，哪裡還有力氣舉步。

那「屍體」呼聲漸漸嘶啞，才喘息著啞聲道：「這是什麼地方，我怎會到這裡來了？」

左二爺張大了眼睛，顫聲道：「老天爺慈悲，老天爺可憐我，明珠沒有死，明珠又活回來了……」

他目中已露出狂喜之色，忽然跳起來，摟抱著他的愛女，道：「明珠，你莫要害怕，這是你的家，你又重回陽世了！」

誰知他的女兒卻拚命推開了他，兩隻手痙攣著緊抓住蓋在她身上的白被單，全身都緊張的發抖，一雙眼睛吃驚地瞪著左輕侯，目中的瞳孔也因恐懼而張大了起來，就像是見到了「鬼」一樣。

左二爺喘息著，吃吃道：「明珠，你……你……難道已不認得爹爹了麼？」

那「屍體」身子縮成一團，忽又啞聲狂呼道：「我不是明珠，不是你女兒，我不認得你！」

左二爺怔住了，楚留香怔住了。

每個人都怔住了。

左二爺求助地望著楚留香，道：「這……這孩子只怕受了驚……」

他話未說完，那「屍體」又大喊起來，道：「我不是你的孩子，你們究竟是什麼人？爲什麼把我綁到這裡來？快放我回去，快放我回去……」

左二爺又驚又急，連連頓足，道：「這孩子瘋了麼？這孩子瘋了麼……」

實在他自己才真的已經快急瘋了。

那「屍體」掙扎著想跳下床，啞聲道：「你才是瘋子，你們才是瘋子，我要回去，讓我走！」

楚留香心裡雖也是驚奇交集，但也知道在這種時候，他若不鎮定下來，就沒有人能鎮定下來了。

他拍了拍左二爺的肩頭，輕輕道：「你們暫時莫要說話，我先去讓她安靜下來再說。」

他緩緩走過去，柔聲道：「姑娘，你大病初癒，無論你是什麼人，都不該亂吵亂動，你的病若又復發了，大家都會傷心的。」

那「屍體」正驚惶的跳下床，但楚留香溫柔地目光中，卻似有種令人不可抗拒的鎮定力量，令任何人都不能不信任他。

她兩隻手緊緊地擋在自己胸前，面上雖仍充滿了恐懼驚惶之色，但呼吸已不覺漸漸平靜了下來。

楚留香溫柔地一笑：「對了，這樣才是乖孩子，現在我問你，你可認得我麼？」

那「屍體」張大了眼睛瞪了很久，才用力搖了搖頭。

楚留香道：「這屋子裡的人你都不認得？」

那「屍體」又搖了搖頭，根本沒有瞧任何人一眼。

楚留香道：「那麼，你可知道你自己是誰麼？」

那「屍體」大聲道：「我當然知道，我是『施家莊』的施大姑娘。」

楚留香皺了皺眉，道：「那麼，你難道是金弓夫人的女兒？」

那「屍體」眼睛亮了，道：「一點也不錯，你們既然知道我母親的名頭，就應該趁早送我回去，免得自惹麻煩上身。」

左二爺早已氣得臉都黃了，跺著腳道：「這丫頭，你們看這丫頭，居然認賊爲母起來！」

那「屍體」瞪眼道：「誰是賊？你們才是賊，竟敢綁我的票。」

左二爺氣得全身發抖，退後兩步，倒在椅子上直喘氣，過了半晌，目中不禁又流下淚來，顫聲道：「這孩子不知又得什麼病，各位若能治得好她，我……不惜將全部家產分給他一半。」

楚留香顯然也覺得很驚訝，望著張簡齋道：「張老先生，依你看……」

張簡齋沉吟了半晌，才緩緩道：「看她的病情，彷彿是『離魂症』，但只有受過大驚駭、大刺激的人才會得到此症，老夫行醫近五十年，也從未見到過……」

那「屍體」的臉竟也氣紅了，大聲道：「誰得了『離魂症』，我看你才得了『離魂症』，滿嘴胡說八道。」

張簡齋凝注著她望了很久，忽然將屋角的一面銅鏡搬了過來，搬到這少女的面前，沉聲道：「你再看看，你知不知道自己是誰？」

這少女怒道：「我當然知道自己是誰，用不著看！……」

她嘴裡雖說「用不著」，還是忍不住瞧了鏡子一眼。

只瞪了一眼，她臉上就忽又變得說不出的驚駭、恐懼，失聲驚呼道：「這是誰？我不認得她！我不認得她……」

張簡齋沉聲道：「照在鏡子裡的，自然是你自己，你連自己都不認得了嗎？」

少女忽然轉身撲到床上，用被蒙住了頭，啞聲道：「這不是我，不是我，我怎會變成這模樣，我怎會變成這模樣！」她一邊說，一邊用力搥著床，竟放聲大哭了起來。

屋子裡每個人俱是目定口呆，則聲不得，大家心裡雖已隱隱約約猜出這是怎麼回事了，但卻又誰都不敢相信。

張簡齋將楚留香和左輕侯拉到一旁，沉著臉道：「她沒有病。」

左二爺道：「沒有病又怎會……怎會變成這樣子！」

張簡齋嘆了口氣，道：「她雖然沒有病，但我卻希望她有病反而好些。」

左二爺道：「為……為什麼？」

張簡齋道：「只因她沒有病比有病還要……還要可怕得多。」

左輕侯額上已冒出了冷汗，嗄聲道：「可怕？」

張簡齋道：「她纏綿病榻已有一個月了，而且水米未沾，就算病癒，體力也絕不會恢復得這麼快，何況，她方才明明是心脈俱斷，返魂無術了，老夫可以五十年的信譽作保，絕不會診斷有誤。」

楚留香勉強笑道：「張老先生的醫道，天下誰人不知，哪個不信。」

張簡齋臉色更沉重，道：「既然如此，那麼老夫就要請教香帥，一個人明明已死了，又怎會忽然活回來呢？香帥見多識廣，可曾見過這種怪事？」

楚留香怔了半晌，苦笑道：「在下非但未曾見過，連聽也未聽說過。」

張簡齋道：「但她卻明明已活回來了，以香帥之見，這種事該如何解釋？」

楚留香又怔了半晌，道：「張老先生你覺得這件事該如何解釋呢？」

張簡齋沉默了很久，目中似乎露出了驚怖之色，壓低聲音道：「以老夫看來，這件事只有一個解釋……借屍還魂！」

借屍還魂！

左輕侯跳了起來，吼道：「張簡齋，我還以為你有什麼了不得的高見，誰知你竟會說出如此荒謬不經的話來，請請請，像你這樣的名醫，左某已不敢領教了。」

張簡齋沉下了臉，道：「既是如此，老夫就此告辭。」

他一怒之下，就要拂袖而去，但楚留香拉住了他，一面向他挽留，一面向左輕侯勸道：「事變非常，大家都該分外鎮定，切切不可意氣用事。」

左輕侯瞪著眼道：「你……你……你難道也相信這種鬼話？」

楚留香默然半晌，沉聲道：「無論如何，兩位都請先靜下來，等我再去問問她，問個清楚再說。」

他走到床邊，等那少女的哭聲漸漸小了，才柔聲道：「姑娘的心情，我不但很了解，而且很同情，無論誰遇著這件事，都一定會很難受的，我只希望姑娘相信我，我們絕沒有傷害姑娘的意思，更不是我們將姑娘綁到這裡來的。」

他聲音中似乎有種令人鎮定的力量，那少女的哭聲果然停止了，但還是將頭蒙在被裡，嗄聲道：「不是你們將我綁來的，我怎會到這裡來？」

楚留香道：「姑娘何妨靜下心來想想，究竟是怎麼到這裡來的？」

那少女道：「我……我的心亂得很，好像什麼事都記不清了……」

她不由自主地抬起頭，美麗的眼睛裡彷彿籠著一層迷霧，楚留香並沒有催促她，過了很久，她才緩緩接著道：「我記得我病了很久，而且病得很重。」

左輕侯目中立刻現出喜色，道：「好孩子，你總算想起來了，你的確病了很久，這一個多月來，你始終躺在這張床上，從沒有起來過。」

那少女斷然搖了搖頭，大聲道：「我雖然在床上躺了一個多月，但卻絕不是躺在這張床上。」

左輕侯道：「不在這裡在哪裡？」

那少女道：「自然是在我自己的家裡，我自己的屋子裡。」

楚留香見到左輕侯臉色又變了，搶著道：「姑娘可還記得那是間怎樣的屋子？」

少女道：「那是我從小生長的地方，我怎麼會不記得？」

她目光四下瞟了一眼，接著道：「那間房子和這裡差不多，我睡的床就擺在那邊，床旁邊有個紫檀木的妝台，妝台旁是個花架，上面卻擺著一爐香。」

楚留香目光閃動，道：「妝台上擺著些什麼呢？」

那少女道：「也沒有什麼特別的東西，只不過是我用的脂粉和香油，都是託人從北京城裡的『寶香齋』買來的。」

她的臉似乎忽然紅了又紅，立刻就接著道：「但我的屋子裡卻絕沒有花，因爲我一聞到花粉的味道皮膚就會發癢，而且我屋裡的窗戶上都掛著很厚的紫絨窗簾，因爲我從小就不喜歡陽光。」

這屋子的窗戶上雖也掛著窗簾，但卻是湘妃竹編成的，屋角裡擺著一盆菊花，開得正盛。

那少女見到這盆菊花，目中立刻露出憎惡之色。

楚留香暗中嘆了口氣，因爲他也知道左明珠是很喜歡花的，而且最愛的就是菊花，所以才將菊花連盆搬到屋裡來。

但他並沒有說什麼，只是將菊花搬了出去。

那少女感激地瞧了他一眼，道：「可是在屋裡悶了一個多月之後，我卻忽然盼望見到陽光了，所以今天早上，我就叫人將屋裡的窗戶全都打開。」

楚留香道：「今天早上？姑娘是叫什麼人將窗戶打開的？」

那少女道：「是梁媽，也就是我的奶娘，照顧我已有許多年了，因爲家母一向很忙，平時很少有時間和我們在一起。」

楚留香笑了笑，道：「金弓夫人的大名，在下早已久仰得很了。」

左二爺「哼」了一聲，終於還是忍耐著沒有說話。

那少女目光凝注著窗外，緩緩道：「今天早上的事，我還記得很清楚，但現在……現在天怎會忽然黑了？我難道又睡了很久麼？」

楚留香道：「今天早上的事，姑娘還記得些什麼？」

那少女道：「我看到外面的陽光很美，心裡覺得很高興，忽然想到園子裡去散散心。」

楚留香道：「姑娘能走動？」

那少女淒然一笑，道：「其實我已連站都站不起來了，但梁媽不忍拂我的心意，還是扶我起來，替我換了套衣服。」

楚留香道：「就是姑娘現在穿的這套？」

那少女道：「絕不是，那是我最喜歡的一套衣服，是梁媽親手做的，料子也是託人從北京『瑞蚨祥』帶回來的織錦緞，紅底上繡著紫色的鳳凰。」

也不知爲了什麼，說著說著，她的臉又紅了起來。

楚留香道：「後來姑娘可曾出去逛了麼？」

那少女道：「沒有，因爲家母恰巧來了，還帶來一位很有名的大夫。」

張簡齋搶著道：「是誰？」

那少女恨恨道：「家母常說就因爲江南的名醫全都被『擲杯山莊』搶著請走了，我的病才不會好，所以她老人家這次特地從北方將王雨軒先生請了來，也就是那位和南方的張簡齋齊名的王老先生，江湖中人稱『北王南張』的。」

張簡齋板著臉道：「是南張北王，不是北王南張。」

那少女望了他一眼，失聲道：「你難道就是張簡齋？這裡難道就是擲杯山莊？」

張簡齋也不理她，沉聲道：「那王雨軒看過你的病後，說了什麼？」

那少女眼珠子轉來轉去，顯得又驚訝，又害怕，過了很久，才緩緩道：「王老先生什麼也沒有說，把過我的脈後，立刻就走了出去，家母就替我將被蓋好，叫我好好休息，切莫胡思亂想。」

楚留香道：「後來呢？」

那少女道：「後來……後來……」

她目光又混亂了起來！咬著嘴唇道：「後來我像是做了個夢，夢到我的病忽然好了，就穿著那身衣服從窗子裡飛了出去，院子的人像是特別多，但卻沒有人看得到我，也沒有人聽得到我說話，我心裡正在奇怪，忽然聽到梁媽放聲大哭起來，別的人也立刻全都趕到我住的那間屋子裡去。」

楚留香咳嗽了兩聲，道：「你……你自己呢？是否也回去了？」

那少女道：「我本來也想回屋子去看看的，但卻忽然有一陣風吹過來，我竟身不由主，被風吹過牆，後來……後來……」

楚留香追問道：「後來怎樣？」

那少女長長嘆了口氣，道：「真奇怪，後來的事，我連一點也不記得了。」

燈火雖已燃起，但屋子裡的陰森之意卻絲毫未減。

那少女全身發著抖，流著冷汗，顫聲道：「我也不知道自己是怎會到這裡來的，我已將我能記起來的事全都說了出來，你們……你們究竟要對我怎樣？」

楚留香道：「我方才已說過，我們對姑娘你絕無惡意……」

那少女大聲道：「既然沒有惡意，爲什麼還不放我回去？」

楚留香瞧了左輕侯一眼，勉強笑了笑，道：「姑娘的病現在還沒有大好，還是先在這裡休養些時候，等到……」

那少女忽然跳了起來，叫道：「我不要在這裡休養，我要回家去，誰敢再攔我，我就跟他拚命！」

呼聲中，她人已飛掠而起，想衝出窗子。

左輕侯吼道：「攔住她，快攔住她！」

那少女但覺眼前一花，也不知怎地，方才還站在床邊的楚留香忽然就出現面前，攔住了她的去路。

她咬了咬牙，突然出手向楚留香肩胛抓了過去。

只見她十指纖纖，彎屈如爪，身子還在空中，兩隻手已抓向楚留香左右「肩井」穴，出手竟是十分狠毒老辣。

但楚留香身子一滑，就自她肘下穿過。

那少女招式明明已用老，手掌突又一翻，左掌反抓楚留香肩後「秉風」、「曲恆」兩處大穴，左掌揚起，抓向楚留香肘間「少海」、「曲澤」兩處大穴，非但變招奇快，而且一出手抓的就是對方關節處的要害大穴，認穴之準，更是全無毫釐之差。

但楚留香武功之高，又豈是這種年紀輕輕地小姑娘所能想像，她明明覺得自己的手指已觸及了楚留香的穴道，只要力透指尖，便可將楚留香穴道捏住，令他全身痠麻，失去抵抗之力。

誰知就在這剎那間，楚留香的身子忽然又游魚般滑了出去，滑到她背後，溫柔地低語道：「姑娘還是先睡一覺吧，一覺醒來，事情也許就會變好了。」

那少女只覺楚留香的手似乎在她身上輕輕拂了拂，輕柔得就像是春日的微風，令人幾乎感覺不出。

接著，她就覺得有一陣令人無法抗拒的睡意突然襲來，她身子還未站穩，便已墮入睡鄉。

張簡齋一直在留意著他們的出手，這時才長長嘆了口氣，道：「靜如處子，動如脫兔，用這兩句話來形容香帥，正是再也恰當不過。」

楚留香笑了笑，等到左輕侯趕過來將那少女扶上床，忽然問道：「方才她用的是什麼武功？老先生可看出來了麼？」

張簡齋沉吟著，道：「可是小鷹爪力？」

楚留香道：「不錯，老先生果然高明，她用的正是『小鷹爪力』夾雜著『七十二路分筋錯骨手』，而且功力還不弱。」

張簡齋望著左輕侯，緩緩道：「據老夫所知，江湖中能用這種功夫的女子並不多，只有……」

他咳嗽了兩聲，忽然住口不語。

左輕侯卻已厲聲道：「我也知道『小鷹爪力』乃是施金弓那老婆娘的家傳武功，但她也明明是我的女兒，誰也不能否認。」

張簡齋道：「令嬡昔日難道也練過這種功夫麼？」

左輕侯怔了怔，說不出話來了。

其實他不必回答，別人也知道左二爺的「飛花手」名動武林，乃是江湖中變化最繁複的掌法，而且至陰至柔，正是「鷹爪」、「摔碑手」這種陽剛掌法的剋星，他的女兒又怎會去練鷹爪力？

張簡齋雖是江南名醫，但「彈指神通」的功力，據說已練入化境，本也是武林中的大行家，對各門各派的武功，俱都瞭如指掌，他見到左輕侯的憂急愁苦之容，也不禁露出同情之色，嘆道：「莊主此刻的心情，老朽也並非不知道，只不過，世上本有一些不可思議、無法解釋的事，現在這種事既已發生……」

左輕侯嗄聲道：「你……你爲何一定要相信這種荒唐的事？你難道真的相信這是借屍還魂？」

楚留香道：「張老先生的意思，只不過是要二哥你先冷靜下來，大家再想如何應付此事的法子。」

張簡齋嘆道：「香帥說的不錯，人力也並非不可勝天。」

左輕侯搓著手，跺著腳道：「現在我的心也亂了，你們該怎麼辦，就怎麼辦吧。」

楚留香沉聲道：「這件事的確有許多不可思議之處，明珠怎會忽然使金弓夫人的家傳武功？這點更令人無法解釋，但我們還是要先查明她方才說的話究竟是真是假？金弓夫人的女兒是否真的死了。」

左輕侯跺腳道：「你明明知道那老虔婆是我那死對頭老怪物的親家，難道還要我到施家莊去問她麼？」

張簡齋道：「左莊主雖去不得，但楚香帥卻是去得的。」

左輕侯道：「楚留香乃是左輕侯的好朋友，這件事江湖中誰不知道，楚留香到了施家莊，那老虔婆不拿掃把趕他出來才怪。」

張簡齋笑了笑，道：「但莊主也莫要忘了，楚香帥的輕功妙絕天下，連『神水宮』他都可來去自如，又何況小小的施家莊？」

二　施家莊的母老虎

其實施家莊非但不小，而且規模之雄偉，範圍之遼闊，都不在「擲杯山莊」之下，施家莊的莊主施孝廉雖不是江湖中人，但施夫人花金弓在江湖中卻是赫赫有名，她的「金弓銀彈鐵鷹爪」，更可說是江南一絕。

施家莊還有件很出名的事，就是「怕老婆」，江湖中人對「施家莊」也許還不太熟悉，但提起「獅吼莊」來，卻當真是無人不知，無人不曉，左輕侯和施孝廉本是世交，就因爲他娶了這老婆，兩人才反目成仇，有一次左二爺乘著酒後，還到施家莊門外去掛了塊牌子：「內有惡犬，諸親好友一律止步。」

這件事之後，兩家更是勢同水火。

這件事自然也被江湖中人傳爲笑話，只因人人都知道施老莊主固然有季常之癖，少莊主施傳宗更是畏妻如虎。

其實這也不能怪施傳宗沒有男子氣概，只能怪他娶的媳婦，來頭實在太大，花金弓雖然勇悍潑辣，但也惹不起她這門親家。

江湖中簡直沒有人能惹得起她這門親家，只因她的親家就是號稱「天下第一劍客」的大俠薛衣人。

薛衣人少年時以「血衣人」之名闖蕩江湖時，快意恩仇，殺人如草芥，中年後雖已火氣消磨，退隱林下，但一柄劍卻更練得出神入化，據說四十年來，從無一人能在他劍下走過十招。

而薛衣人也正是左輕侯的生冤家活對頭。

夜色深沉，施家莊內的燈火也陰暗得很。

後園中花木都已凋落，秋意肅殺，晚風蕭索，就連那一叢黃菊，在幽幽的月色中也弄不起舞姿。

楚留香的心情也沉重得很。

他的輕功雖獨步天下，但到了這裡，還是不敢絲毫大意，正隱身在一株梧桐樹上，不知該如何下手。

突聽秋風中隱隱傳來一陣啜泣聲，他身子立刻躍起，飛燕般掠了過去，在夜色中宛如一隻巨大的蝙蝠。

竹林中有幾間精緻的小屋，一燈如豆，滿窗昏黃，那悲痛的啜泣聲，顯然就是從屋裡傳出來的。

屋角裡放著張床，床旁邊有個雕花的紫檀木妝台，妝台旁邊有個花架，晚風入窗，花架上香煙繚繞，又一絲絲消失在晚風裡。

床上仰臥著一個女子，卻有個滿頭銀髮如絲的老婦人，正跪在床邊悲痛的啼哭著，彷彿還在呢喃：「茵兒，茵兒，你怎麼能死？怎麼能死……」

楚留香只瞧了一眼，便機伶伶打了個寒噤。

施家的大姑娘果然死了，她閨房中的陳設果然和「那少女」所說的完全一樣，而且她身上穿著的，也赫然正是一件水紅色的織錦緞衣裳，上面也赫然繡了幾隻栩栩如生的紫鳳凰。

但她的屍身爲何還未裝殮？此刻跪在床邊哀悼的又是誰呢？楚留香知道這老婦人絕不是花金弓。

那麼，她難道就是「那少女」所說的梁媽？

只見那老婦人哭著哭著，頭漸漸低了下去，伏到床上，像是因爲悲痛過度，竟在不知不覺間睡著了。

水紅色的織錦緞，襯著她滿頭蒼蒼白髮，一縷縷輕煙，飄過了掛著紫絨簾子的窗子……

遠處有零落的更鼓聲傳來，已是四更了。

楚留香心裡也不禁泛起一種淒涼之意，又覺得有點寒颼颼的，甚至連那縹緲四散的香氣中，都彷彿帶著種詭秘恐怖的死亡氣息！

他隱身在窗外的黑暗中，木立了半晌，見到床邊的老婦人鼻息漸漸沉重，似已真的睡著了，他這才輕輕穿窗入屋，腳步甚至比窗外的秋風還輕，就算那老婦人沒有睡著，也絕不會聽得到。

床上的少女面如蠟色，形色枯槁，已瘦得只剩下一把骨頭了，死前想必已和病魔掙扎了很久。

這少女眉目雖和左明珠絕沒有絲毫相似之處，但依稀猶可看出她生前必定也是個美人。而現在，死亡非但已奪去了她的生命，也奪去了她的美麗，死亡全不懂憐惜，絕不會爲任何人留下什麼。

楚留香站在那老婦人身後，望著床上少女的屍身，望著她衣裳上那隻鳳凰，想到「那少女」說的話，掌心忽然沁出冷汗。

他趕快轉過身，拿起了妝台上一盒花粉，只見盒底印著一方小小的朱印，上面寫的赫然正是：「京都寶香齋」。拿著這盒花粉，楚留香只覺全身的寒毛都一根根豎了起來，手上的冷汗已滲入了紙盒。

突聽那老婦人嘶聲喊道：「你們搶走了我的茵兒，還我的茵兒來。」

楚留香的手一震，花粉盒已掉了下去。

只見那老婦人一雙已乾癟了的手，緊緊抓著死屍身上穿的紅緞衣服，過了半晌，又漸漸放鬆。

她枯黃的脖子上冒出了一粒粒冷汗，但頭又伏在床上，喘息又漸漸平靜，又漸漸睡著了。

楚留香這一生中，也不知遇見過多少驚險可怖的事，但卻從來也沒有被嚇得如此厲害。

他自然不是怕這老婦人，也不是怕床上的死屍，嚴格說來，他自己都不知道自己怕的是什麼。

他只覺這屋子裡充滿了一種陰森詭秘的鬼氣，像是隨時都可能有令人不可抗拒、也無法思議的事發生一樣。

「借屍還魂」這種事他本來也絕不會相信，可是現在，所有的證據都在他眼前，他已無法不信。

一陣風吹過，捲起了紫絨窗簾，窗簾裡就像有個可怕的幽靈要乘勢飛撲而起，令人恨不得立刻就離開這屋子，走得愈遠愈好。

楚留香在衣服上擦乾了手掌，拾起了地上的花粉。

他一定要將這盒粉帶回去，讓左輕侯自己判斷，否則，他真不知該如何向左輕侯解釋。

這件事根本就無法解釋。

但是他的腰剛彎下去，就發現了一雙繡鞋。

楚留香這一生，也不知見過多少雙繡鞋了，他見過各式各樣的繡鞋，穿在各式各樣的女人腳上。他從來不曾想到一雙繡鞋也會令他吃驚。

但現在他的確吃了一驚。

這雙繡鞋就像突然自地下的鬼獄中冒出來的。

嚴格說來，他並沒有看到一雙鞋子，只不過看到一雙鞋尖，鞋尖很纖巧，綠色的鞋尖，看來就像是一雙新發的春筍。

鞋子的其他部分，都被一雙水蔥色灑腳褲管蓋住了，灑腳褲上還繡著金邊，繡得很精緻。

這本是一雙很美的繡鞋，一條很美的褲子，但也不知爲什麼，楚留香竟不由自主想到，這雙腳上面會不會沒有頭？

他忍不住要往上瞧，但還沒有瞧見，就聽到一人冷冷道：「就這樣蹲著，莫要動，你全身上下無論何處只要移動了半寸，我立刻就打爛你的頭。」

這無疑是女人在說話，聲音又冷、又硬，絲毫也沒有女人那種溫柔悠美之意，只聽她的聲音，就知道這種女人若說要打爛一個人的頭，她就一定能做得到，而且絕不會只打爛半個。

楚留香沒有動。

在女人面前，他從不做不必要的冒險。

何況，這也許並不是個女人，而是個女鬼。

這聲音道：「你是誰，偷偷摸摸的在這裡幹什麼？快老老實實說出來，但記著，我只要你的嘴動。」

楚留香考慮了很久，覺得在這種情況下，還是說老實話最好，「楚留香」這名字無論是人是鬼聽了也都會吃一驚。

只要她吃一驚，他就有機會了。

於是他立刻道：「在下楚留香……」

誰知他的話還未說完，這女子就冷笑了起來，道：「楚留香，嘿嘿，你若是楚留香，我就是『水母』陰姬了。」

楚留香只有苦笑，每次他說自己是「張三李四」時，別人總要懷疑他是楚留香，但每次他真說出自己的名字，別人反而不信，而且還似乎覺得很可笑。

只聽這女子冷笑道：「其實我早就已知道你是誰，你休想瞞得過我。」

楚留香苦笑道：「我若不是楚留香，那麼我是誰呢？」

這女子厲聲道：「我知道你就是那個小畜牲，那個該死的小畜牲。但我卻未想到你居然還有膽子敢到這裡來。」

她的聲音忽然充滿憤怒，厲聲又道：「你可知道茵兒是怎麼死的麼？她就是死在你手上的，你害了她一輩子，害死了她還不夠，還想來幹什麼？」

楚留香完全不知道她在說什麼，只有緊緊閉著嘴。

這女子更憤怒地道：「你明明知道茵兒已許配給薛大俠的二公子了，居然還有膽子勾引她，你以為這些事我不知道？」

楚留香現在自然早已知道這女人並不是鬼，而是施茵的母親，就是以潑辣聞名江湖的金弓夫人。

他平生最頭痛的就是潑辣的女人。

突聽一人道：「這小子就是葉盛蘭麼？膽子倒真不小。」

這聲音比花金弓更尖銳，更厲害。

球。

楚留香眼前又出現了一雙腿，穿著水紅色的灑腳褲，大紅緞子的弓鞋，鞋尖上還有個紅絨球。

若要看一個女人的脾氣，只要看看她穿的是什麼鞋子就可知道一半，這雙鞋子看來就活像是兩枝紅辣椒。

楚留香暗中嘆了口氣，世上若還有比遇見一個潑婦更頭痛的事，那就是遇見了兩個潑婦。

他知道在這種女人面前，就算有天大的道理也講不清的，最好的法子就是趕快腳底揩油，溜之大吉。

但他也知道花金弓的銀彈必定已對準了他的腦袋，何況這位「紅褲子」姑娘看來八成就是薛衣人的大女兒，施家莊的大媳婦。薛衣人劍法獨步天下，他的女兒也絕不會是省油燈。

他倒並不是怕她們，只不過實在不願意和這種女人動手。

只聽花金弓道：「少奶奶，你來得正好，你看我們該把這小子如何處治？」

施少奶奶冷笑道：「這種登徒子，整天勾引良家婦女，活埋了最好。」

楚留香又好氣、又好笑，也難怪施少莊主畏妻如虎了，原來這位少奶奶不問青紅皂白的就要活埋人。

花金弓道：「活埋還太便宜了他，依我看，乾脆點他的天燈。」

施少奶奶道：「點天燈也行，但我倒想先看看他，究竟有哪點比我們家老二強，居然能害得茵姑娘為他得相思病。」

花金弓道：「不錯，喂，小伙子，你抬起頭來。」

楚留香倒也想看看她們的模樣。

只見這位金弓夫人年紀雖然已有五十多了，但仍然打扮得花枝招展，臉上的粉刮下來起碼也有一斤。而且她那雙眼睛仍是水汪汪的，左邊一瞟，右邊一轉，還真有幾分消魂之意，想當年施舉人必定就是這麼樣被她勾上的。

那位少奶奶卻不敢恭維，長長的一張馬臉，血盆般一張大嘴，鼻子卻比嘴還要大上一倍。她若不是薛衣人的女兒，能嫁得出去才怪。

楚留香忽然覺得那位施少莊主很值得同情，娶得個潑婦已經夠可憐的了，而他娶的簡直是條母馬。

楚留香在打量著她們的時候，她們自然也在打量著楚留香，花金弓那雙眼睛固然要滴下水來，就連少奶奶那又細又長的馬眼，也似乎變得水汪汪了，臉上的表情也和緩了些，道：「果然是個油頭粉面的小白臉，難怪我們的姑奶奶會被他迷上了。」

花金弓道：「他居然還敢冒充楚留香，我看他做楚留香的兒子只怕還小了些。」

要知楚留香成名已近十年，江湖中人都知道楚留香掌法絕世，輕功無雙，卻沒有幾人真的見過這位楚香帥。

大家都想楚留香既然有這麼大的名氣，這麼大的本事，那麼年紀自然也不會太小，有人甚至以爲他已是個老頭子。

楚留香只有苦笑。

那老婦人梁媽不知何時也走到前面來，像是也想看看這「登徒子」的模樣，楚留香覺得她看來倒很慈祥。

他心裡忽然起了個念頭，但這時花金弓大聲道：「無論我們要活埋他還是點天燈，總得先將他制住再說！」

只見金光一閃，她手裡的金弓已向楚留香的「氣血海」穴點了過來，原來她這柄金弓不但可發銀彈，而且弓柄如初月，兩端都可作點穴鐝用，認穴既準，出手更快，居然還是點穴的高手。

楚留香現在自然不能裝糊塗了，身子一縮，已後退了幾尺，他身子退得竟比花金弓的出手更快。

花金弓一招落空，轉身反打，金弓帶起一股急風，橫掃楚留香左腰，「點穴鐝」已變爲棍棒。

楚留香這才知道這位金弓夫人手下的確不弱，一柄金弓竟可作好幾種兵器用，難怪江湖中人都說她是江南武林的第一位女子高手。

這時楚留香已退至妝台，已退無可退，這一招橫掃過來，他根本不能向左右閃避，再向後退便要撞上妝台。而金弓夫人這一招卻顯然還留有後著，就等著他撞上妝台之後再變招制敵，反點穴道。

誰知楚留香身子又一縮，竟輕飄飄地飄到妝台的銅鏡上，忽然間又貼著牆壁向旁邊滑了出去。

他身子就彷彿流雲一般，可以在空中流動自如。

花金弓面色這才變了變，叱道：「好小子，想不到你還真有兩下子。」

施少奶奶寒著臉道：「這種下五門的淫賊，偷雞摸狗的小巧功夫自然不會錯。」

她伸手一探，掌中忽然就多了兩柄寒光閃閃的短劍，一句話未說，已向楚留香刺出七劍。

這種短劍就是古代女子的防身利器，這位少奶奶更是家學淵源，一出手用的就是「公孫大娘」所創的「長歌飛虹劍」。

公孫大娘乃初唐時之劍聖，劍法之高，據說已不在「素女」之下，此刻施少奶奶將這八八六十四手「長歌飛虹劍」施展開來，果然是劍似飛虹，人如遊龍，夭矯變化，不可方物。

何況，這屋子不大，正適於這種匕首般的短劍施展，她的對手若不是楚留香，人既已被逼到牆角，是再也避不開她這七劍的了。

只可惜她遇著的是楚留香。

楚留香嘆了口氣，喃喃道：「就算我是葉盛蘭，兩位也不必非殺了我不可呀！」

他一共只說了兩句話，但這句話說完時，他的人已滑上屋頂，又自屋頂滑了下來，滑到門口。

花金弓叱道：「好小子，你想走，施家莊難道是你來去自如之地麼？」

她出手也不慢，這兩句話還未說完，但聞弓弦如連珠琵琶般一陣急響，金弓銀彈已暴雨般向楚留香打了過去。

銀彈的去勢有急有緩，後發的反而先至，有的還在空中互撞，驟然改變方向，有的卻似乎射失手了，射在門框上，但在門框上一撞之後，立刻又反激而起，斜斜的打向楚留香前面。

金弓夫人的「銀彈金弓」端的不同凡響，不愧爲江南武林的一絕，但楚留香身子也不知怎麼樣一轉，已自暴雨般的銀彈中飛了出去，身子再一閃，就已遠在十丈外。

金弓夫人怔了怔，一步竄到門口，大聲道：「喂，小子，我問你，你難道真是楚留香？」

楚留香身子落在竹梢，輕輕一彈又飛身而起，只見他揮了揮手，但卻看不清是在招手，還是在搖手。

施少奶奶咬著牙道：「楚留香和我們井水不犯河水，怎會到這裡來？」

金弓夫人出了會兒神，忽然一笑，道：「無論他是否楚留香，反正都跑不了的。」

施少奶奶道：「哦？」

金弓夫人目光遙注那邊的一座亭子，道：「你那寶貝二叔既然送了我們回來，沒有吃宵夜點心他怎樣肯走呢？我算準他現在一定還在亭子裡等著。」

施少奶奶嘴角也泛起一絲惡意的微笑，道：「不錯，只要寶二叔在亭子裡，無論是誰都走不了的。」

亭子裡果然有個人，正坐在石級上，仰面望著天，嘴裡唸唸有詞，也不知在說些什麼。仔細一聽，他原來在數天上的星星。

「一千三百二十七，一千三百二十八……」

他年紀最少已有四十多了，鬍子已有些花白，身上卻穿著件大紅繡花的衣服，繡的是劉海灑金錢，腳上還穿著雙虎頭紅絨鞋，星光下看來，他臉色似乎十分紅潤，仔細一看，原來竟塗著胭脂。

他一心一意的數著星星，一面用手指指點點，手上也「叮叮噹噹」的直響，原來他手腕上還戴著幾隻掛著鈴鐺的金鐲子。

楚留香一心只想快快離開這地方，本來也沒有注意到亭子裡還有個人，聽到亭裡「叮叮噹噹」的聲音，才往那邊瞟了一眼。

只瞧了一眼，他已忍不住要笑了出來，若是換在平時，他一定忍不住要過去瞧瞧這活寶是何許人也，但現在他卻已沒有這樣好的心情，腳尖微微點地，人已自亭子上掠了過去，只要再兩個起落，便可掠出這片庭園。

誰知就在這時，突聽「嗖」的一聲，一條人影箭一般自亭子裡竄了出來，擋在楚留香前面。

楚留香掠上亭子再掠下，這人卻自亭子裡直接竄出，距離雖比楚留香短了些，但這種身手卻還是驚人得很。

楚留香再也想不到會在這裡遇見輕功如此精絕的高手，再一看，這「高手」居然就是那忙著數星星的活寶。

他站起來後，就可看出他身上的衣服又短又小，就像是偷來的，頭髮和鬍子都梳洗得很亮，上面還像是塗了刨花油，再加上一臉花粉胭脂，看來倒真有幾分像是彩衣娛親的老萊子。

楚留香也不禁怔住了，他看不出這麼一個活寶竟會有如此驚人的身手。

這活寶也在上上下下的打量著他，忽然嘻的一笑，道：「這位大叔你是從哪裡來的呀？我怎麼從來也沒有見過你呢？」

這老頭子居然叫他「大叔」，楚留香實在有些哭笑不得，幸好花金弓她們還沒有追過來，楚留香眼珠一轉，也笑道：「老先生不必客氣，大叔這兩字在下實在擔當不起。」

誰知他話剛說完，這活寶已大笑起來道：「原來你是個呆子，我明明只有十二歲，你卻叫我老先生，我大哥聽到了，一定要笑破肚子。」

楚留香又怔住了，忍不住摸了摸鼻子，道：「你……你只有十二歲？」

這活寶扳著手指數了數，道：「今天剛滿十二歲，一天也不多，一天也不少。」

楚留香道：「那麼你大哥呢？」

這活寶笑道：「我大哥年紀可大得多了，只怕比大叔還大幾歲。」

楚留香道：「他是誰？」

這活寶道：「他叫做薛衣人，我叫做薛笑人，但是別人都叫我薛寶寶……薛寶寶……薛寶寶，你說這名字好聽不好聽？」

這白癡竟是一代劍豪薛衣人的弟弟，這才叫做：「龍生九子，子子不同」，楚留香暗中嘆了口氣，實在不願和這人多囉嗦，笑道：「這名字好聽極了，但你既然叫寶寶，就應該做個乖寶寶，快讓我走吧，下次我一定帶糖給你吃。」

他居然將這四五十歲的人叫做「乖寶寶」，連他自己也不禁覺得有些好笑，一面揮著手，一面已飛身掠起。

誰知這薛寶寶竟也突然飛身而起，順手就自腰帶上抽出毒蛇般的軟劍，「唰，唰，唰」，一連三劍刺了出來！

這三劍當真是又快，又準，又狠，劍法之汎速精確，就連中原一點紅、「君子劍」黃魯直這些人都要瞠乎其後。

楚留香雖然避開了這三劍，卻已被逼落了下來。

只見薛寶寶一隻腳站在對面的假山上，笑嘻嘻地嚷著道：「大叔你壞了我的大事，還沒有賠我，怎麼能走呢？」

楚留香望著他，已弄不清這人究竟是不是白癡了。

看他的模樣打扮，聽他的說話，明明是個不折不扣的大白癡，但白癡又怎會使得出如此辛辣迅急的劍法？

楚留香只有苦笑道：「我壞了你的大事？什麼大事？」

薛寶寶嘟起了嘴，道：「方才我正在數天上的星星，好容易已將月亮那邊的星星都數清了，大叔你一來，就吵得我全忘得乾乾淨淨，你非賠我不可。」

楚留香道：「好好好，我賠你，但怎樣賠法呢？」

他嘴裡說著話，身形已斜竄了出去。

這一掠他已盡了力，以楚香帥輕功之妙，天下有誰能追得上。

誰知薛寶寶竟似早已知道他要溜了，楚留香身形剛動，他手上套著的金鐲已飛了出來。

只聽「叮鈴鈴」一陣串聲響，四隻金鐲子在晚空中劃起四道金弧，拐著彎兜到楚留香前面。

楚留香只覺眼前金花一閃，「叮噹，叮噹」兩聲響，四隻金鐲在半空相擊，突然迎面向他撞了過來。

這「白癡」不但輕功高，劍法高，發暗器的手法更是妙到極點，花金弓的銀彈和他一比，簡直就像是小孩子在耍泥丸。

楚留香的去勢既也急如流矢，眼看他險些就要撞上金鐲子了，在這間不容髮的剎那間，他別無選擇，身形抖然一弓，向後退了回去，兩隻手「分光捉影」抄住了三隻金鐲子，剩下的一隻也被他用接在手裡的三隻打飛。

這身子一縮，伸手一捉，說來雖容易，其實卻難極了，無論身、眼、時間、部位，都要拿捏得恰到好處，錯不得半分，若沒有極快的出手，固然抄不到這四隻金鐲，若沒有絕頂的輕功，也無法將金鐲的力道消洩，那樣縱能勉強抄著金鐲，虎口只怕也要被震裂。

只不過等他抄住金鐲，他的人已退回原處。

只見薛寶寶跺著腳道：「大叔你明明說好要賠我，怎麼又溜了，大人怎麼能騙小孩子？」

楚留香忽然發現這白癡竟是他生平罕見的難纏對手，他雖然身經百戰，一時之間卻也不知該如何對付才好。

薛寶寶還在跺著腳道：「大叔你說，你究竟是賠，還是不賠？」

楚留香笑道：「自然要賠的，但怎麼賠法呢？」

薛寶寶立刻展顏笑道：「那容易得很，只要你將月亮那邊的星星替我數清楚就行了。」

楚留香摸了摸鼻子，道：「哪一邊？」

薛寶寶伸手指了指，道：「就是那邊。」

其實這時天上根本沒有月亮，卻有繁星滿天，一個人就算生了兩百雙眼睛，一百隻手，也沒有法子將這滿天繁星數清楚的。

楚留香笑道：「哦，你說的是這邊麼？那真好極了。」

薛寶寶眨著眼睛道：「爲什麼好極了？」

楚留香道：「這邊的星星我剛才就已數過，一共是兩萬八千四百三十七個。」

薛寶寶道：「真的？」

楚留香道：「自然是真的，大人怎麼會騙小孩子，你不信就自己數數看。」

他心裡早已打好主意，這「白癡」若是不上當，那麼他這癡呆就必是裝出來的，楚留香雖不願和真的白癡打架，但對假白癡可就不同了。

誰知薛寶寶已笑道：「你說是兩萬八千四百三十七個，好，我數數看。」

他竟真的仰著頭數了起來。

楚留香暗中鬆了口氣，身子如箭一般竄了出去，這次薛寶寶竟似已數得出神，完全沒有留意到他。

楚留香這才知道真的遇見一個武功高得嚇人的白癡，他只覺有些好笑，又有些驚異。

這件事的確有些不可思議，但他決定暫時絕不想這件事，因爲還有件更不可思議的事尙未解決。

借屍還魂！

施茵的魂魄似乎真的借了左明珠的屍體而復活了。

左二爺看到他拿回來的花粉時，也不禁爲之目定口呆，汗流浹背，足足有盞茶時分說不出話來。

張簡齋皺著眉問道：「那屋子是否真和她所說的完全一樣？」

楚留香道：「完全一樣。」

張簡齋道：「那位施姑娘真是今天死的？」

楚留香道：「不錯，她屍體還未收殮，我還看到那身衣服也……」

左二爺忽然跳起來，大吼道：「我不管那是什麼衣服？也不管姓施的女兒死了沒有，我只知道明珠是我的女兒，誰也搶不走。」

張簡齋道：「可是，她若不承認你是她父親呢？」

左二爺怒吼道：「她若敢不認我爲父，我就……我就殺了她！」

張簡齋道：「你真的忍心下得了手？」

左二爺怔了怔，道：「我爲何下不了手？我……我……我……」

說到第三個「我」字，他眼淚不禁已奪眶而出，魁偉的身子倒在椅上，彷彿再也無力站起來了。

張簡齋搖頭嘆息道：「造化弄人……造化弄人竟至於斯，你我夫復何言？」

左二爺雙手捧著頭，愴然道：「可是……可是你們難道要我承認明珠是那潑婦的女兒？你們難道要我活生生地將自己的女兒送給別人？」

張簡齋用力撚著自己的鬍子，來去地踱著方步，這江湖名醫雖有著手成春的本事，對這件事卻也束手無策了。

楚留香嘆了口氣，道：「她還在睡麼？」

左二爺黯然道：「還睡得很沉。」

楚留香站了起來，道：「二哥，你若相信我，就將這件事交給我辦吧。」

張簡齋長嘆道：「世上若還有一個人能解決這件事，那必定就是楚香帥了，左二爺若不相信你，他還能相信誰？」

三　唐突佳人

天已亮了。

初升的陽光自窗隙照進來，照著她蒼白的臉色，一雙美麗的眼睛裡佈滿了紅絲。

這確是左明珠的臉，確是左明珠的眼睛——但這少女是否是左明珠？連楚留香也弄不清了。

他甚至不知該如何稱呼她才好，若稱她爲「左明珠」，她明明有「施茵」的思想和靈魂。但若喚她爲「施茵」，她卻又明明是「左明珠」。

這少女垂著頭，咬著嘴唇道：「你既然已看過了，總該相信我說的話了吧？」

楚留香嘆道：「你的確沒有騙我。」

這少女道：「那麼你爲何還不放我走呢？」

楚留香道：「我可以放你走，但你能回得去麼？」

少女道：「我爲什麼回不去？」

楚留香道：「以你現在這模樣，你回去之後別人會不會還承認你是施茵？」

少女眼淚立刻流了下來，痛苦著道：「天呀，我怎會變成這樣子的？你叫我怎麼辦呢？」

楚留香柔聲道：「我既然相信了你的話，你也該相信我的話，無論你的『心』是誰，但你的身子的確是左明珠，是左輕侯的女兒！」

少女以手搥床，道：「但我的確不是左明珠，更不認得左輕侯，我怎麼能承認他是我的父親？」

楚留香道：「但施舉人只怕也不會認你爲女兒的，只怕連葉盛蘭都不會認得你，再也不會將寶香齋的花粉送給你了。」

少女身子一震，嗄聲道：「你……你怎麼會認得他的？」

楚留香笑了笑，道：「你怎麼會認得他的？」

少女低下頭，大聲道：「那是很久以前的事了，我也不知道，我怎會被他……」

她忽又抬起頭，大聲道：「但不管怎麼樣，那件事都早已過去，現在我已不認得葉盛蘭，我只知道我是薛家未過門的媳婦。」

楚留香暗中嘆了口氣，這件事最麻煩的就在這裡，因爲他知道左二爺早已將左明珠許配給丁家的公子了。

就算左二爺和施舉人能心平氣和的處理這件事，這女孩子就算肯承認他們都是她的父親，卻也萬萬不能嫁給兩個丈夫的。

就在這時，突聽外面「砰」的一聲大震，接著就有各式各樣，亂七八糟的聲音響了起來，有摔瓶子、打罐子的聲音，有石頭擲在屋頂上，屋瓦被打碎的聲音，其中還夾雜一大群人叱喝怒罵的聲音。

楚留香皺起了眉，覺得很奇怪！

難道真有人敢到「擲杯山莊」來搗亂撒野？

只聽一個又尖、又響亮的女子聲音道：「左輕侯，還我的女兒來！」

少女眼睛一亮，大喜道：「我母親來了，她已知道我在這裡，你們還能不放我走麼？」

楚留香道：「她到這裡來，絕不是來找你的。」

少女道：「不是找我找誰？」

楚留香還未說話，花金弓尖銳的聲音又傳了進來！

「我女兒就是被你這老賊害死的，你知道她得了病，就故意將所有的大夫全都藏在你家裡，讓她的病沒人治，否則她怎麼會死？我要你賠命！」

少女本來已想衝出去，此刻又怔住了。

楚留香嘆道：「你現在總該知道她是爲了什麼來的了吧？」

少女一步步往後退，顫聲道：「她也說我已經死了，我難道……難道真的已經死了嗎？」

楚留香道：「你當然沒有死，只不過這件事實在太奇怪，說出來誰也不會相信的，連你母親也不會相信的，你現在出去，她也不會承認你是她的女兒。」

少女發了半晌怔，忽然轉身撲倒在床上，以手搥床，哽聲道：「我怎麼辦呢？我怎麼辦呢？」

楚留香柔聲道：「你若是肯完全信任我，我也許有法子替你解決這件事。」

少女伏在床上，又哭了很久，才轉過身，凝注著楚留香道：「你……你真是楚香帥？」

楚留香笑了笑，道：「有時候我真希望我不是楚留香，但命中卻注定了我非做楚留香不可。」

少女凝注著他的眼睛，道：「好，我就在這裡躺三天，過了三天，你若還是不能解決這件事，我……我就死，死了反而好些。」

楚留香覺得自己暫時還是莫要和花金弓相見的好，所以決定先去好好睡一覺，養足了精神晚上才好辦事。

他心裡似乎已有了很多主意，只不過他卻未說出來。

等他醒來的時候，天已黑，左二爺已不知來看過他多少次，看見他醒來，簡直如獲至寶，一把拉著他的手，苦笑道：「兄弟，你倒睡得好，可知道我這一天又受了多少罪麼？我簡直連頭髮都快急禿了。」

他跺著腳道：「你可知道花金弓那潑婦已來過了麼？她居然敢帶了一群無賴來這裡撒野，而且還要我替他女兒償命！」

楚留香笑道：「你是怎麼樣將她打發走的？」

左輕侯恨恨道：「遇到這種潑婦，我也實在沒有法子了，我若是傷了她，豈非要被江湖朋友笑我跟她一般見識。」

楚留香嘆道：「一點也不錯，她只怕就因爲知道二哥絕不會出手，所以才敢來的。」

左輕侯道：「我只有拿那些潑皮無賴出氣，她看到自己帶來的人全躺下了，氣燄才小了些，但臨走的時候卻還在撒野，說明天她還要來。」

他拉著楚留香的手，道：「兄弟，你今天晚上好歹也要再到施家莊去走一趟，給那母老虎一個教訓，她明天若是再來，我可實在吃不消了。」

他自己不願和花金弓交手，卻叫楚留香去，這種「燙山芋」楚留香雖已接得多了，卻還是有些哭笑不得。

左輕侯自己似也覺得有些不好意思，苦笑道：「我也知道這是件很令人頭疼的事，但世上若還有一個人能解決這種事，那人就是你，楚香帥。」

這種話楚留香也聽得多了，忍不住嘆了口氣，喃喃道：「只可惜小胡這次沒有來，否則讓他去對付花金弓，才真是對症下藥。」

左輕侯道：「兄弟你……你難道不去！」

楚留香笑了，道：「二哥你放心，我一定有法子叫她明天來不了的。」

左輕侯這才鬆了口氣，忽又皺眉道：「另外還有件事，也得要兄弟你替我拿個主意，花金弓前腳剛剛走，後面就有個人跟著來了。」

楚留香道：「誰？世上難道還有比花金弓更難對付的人麼？」

左輕侯道：「蘆花蕩七星塘的丁氏雙俠，兄弟你總該知道吧？今天來的就是『吳鈎劍』丁瑜丁老二。」

楚留香道：「丁氏雙俠豈非都是二哥你的好朋友麼？」

左輕侯道：「非但是我的好朋友，還是我的親家，但麻煩也就在這裡。」

楚留香道：「他莫非是來迎親的？」

左輕侯跌足道：「一點也不錯，只因我們上個月已商量好，訂在這個月爲珠兒和丁如風成親，丁老二這次來，正是爲了這件事。」

楚留香道：「上個月明珠豈非已經病了？」

左輕侯嘆道：「就因爲她病了，所以我才想爲這孩子沖沖喜，只望她一嫁過去，病就能好起來，誰料到現在竟會出了這種事？」

他苦著臉道：「現在我若答應他在月中成親，珠兒……珠兒怎麼肯嫁過去，我若不答應，又能用什麼法子推託，我……我這簡直是在作法自斃。」

楚留香也只有摸鼻子，喃喃道：「不知道花金弓是否也爲她女兒和薛二少訂了婚期……」

只見一個家丁匆匆趕過來，躬身道：「丁二俠叫小人來問老爺，楚香帥是否已醒了，若是醒了，他也要來敬楚香帥的酒，若是沒有醒，就請老爺先到前面去。」

楚留香笑道：「久聞丁家弟兄也是海量，張簡齋卻要保養身體，連一杯酒都不飲的，丁老二一定覺得一個人喝酒沒意思。」

左輕侯道：「不錯，兄弟你就快陪我去應付應付他吧。」

楚留香笑道：「二哥難道要找醉醺醺地闖到施家莊去麼？」

江湖傳說中，有些「酒丐」、「酒仙」們，酒喝得愈多，武功就愈高，楚留香總覺得這些傳說有些可笑。只因他知道一個人酒若喝多了，膽子也許會壯些，力氣也許會大些，但反應卻一定會變得遲鈍得多。

高手相爭，若是一個人的反應遲鈍了，就必敗無疑。

所以楚留香雖然也很喜歡喝酒，但在真正遇著強敵時，前一晚一定保持著清醒，奇怪的是，江湖中居然也有人說：「楚香帥的酒喝得愈多，武功愈高。」

楚留香認爲這些話一定是那些不會喝酒的人說出來的，不喝酒的人，好像總認爲喝酒的人是某種怪物，連身體的構造都和別人不同，其實「酒仙」也是人，「酒丐」也是人，酒若喝多了的人，腦袋也一樣會糊塗的。

今天楚留香沒有喝酒，倒並不是因爲花金弓婆媳難對付，而是因爲那武功絕高的「白癡」。

他總覺得那「白癡」有些神秘，有些奇怪，絕對不可輕視。

三更前楚留香便已到了「施家莊」，這一次他輕車熟路，直奔後園，後園中寂無人跡，只有那竹林間的小屋裡仍亮著燈光。

施茵的屍體莫非還在小屋裡？

楚留香輕煙般掠上屋簷，探首下望，就發現施茵的屍體已被搬了出來，一個青衣素服，丫頭打扮的少女正在收拾著屋子。

燈光中看來，這少女彷彿甚美，並不像做粗事的人。

她的手在整理著床鋪，一雙水汪汪的眼睛卻瞟著妝台，忽然伸手攫起一匣胭脂偷偷藏在懷裡，過了半晌，又對著那銅鏡，輕輕地扭動腰肢，扭著扭著，自己抿著嘴偷偷地笑了起來。

楚留香正覺得有些好笑，突聽一人道：「這次你總逃不了吧！」

屋角後人影一閃，跳了出來。

楚留香也不禁吃了一驚！

這人好厲害的眼力，居然發現楚留香的藏身之處。

誰知這人連看也沒有向他這邊看一眼，嘴裡說著話，人已衝進了屋子，卻是個穿著白孝服的少年。

那丫頭顯然也吃了一驚，但回頭看到這少年，就笑了，拍著胸笑道：「原來是少莊主，害得我嚇了一跳。」

楚留香這才看清了這位施家莊的少莊主，只見他白生生的臉，已有些發福，顯然是吃得太好，睡得太足了。

他身上穿的雖是孝服，但猶可看到裡面那一身天青的緞子衣服，臉上更沒有絲毫悲戚之色，反而笑嘻嘻道：「你怕什麼？我也不會吃人的，最多也不過吃吃你嘴上的胭脂。」

那丫頭笑啐道：「人家今天又沒有塗胭脂！」

施傳宗道：「我不信，沒有擦胭脂嘴怎麼會紅得像櫻桃，我要嚐嚐。」

他一面說著話，一面已摟住了那丫頭的腰。

那丫頭跺著腳道：「你……你好大的膽子，快放手，不然我可要叫了。」

施傳宗喘著氣道：「你叫吧！我不怕，我也沒有偷東西！」

那丫頭眼珠子一轉，似笑非笑地嬌嗔著道：「好呀！你想要脅我，我才不稀罕這匣胭脂，我若想要，也不知有多少人搶著來送給我。」

施傳宗笑道：「我送給你，我送給你……好櫻兒，只要你肯將就我，我把寶香齋的胭脂花粉全都買來送給你。」

櫻兒咬著嘴唇道：「我可不敢要，我怕少奶奶剝我的皮。」

施傳宗道：「沒關係，沒關係……那母老虎不會知道的。」

他身子一撲，兩個人就滾到床上去了。

櫻兒喘息著道：「今天不行，這地方也不行……昨天二小姐才……」

她話未說完，嘴就似乎被什麼東西堵住了。

施傳宗的喘息聲更粗，道：「今天不行，明天就沒機會了，那母老虎盯得好兇……好櫻兒，只要你答應我這一次，我什麼都給你。」

主。

楚留香又好氣，又好笑，想到那位少奶奶的「尊容」，他也覺得這位少莊主有些可憐。

他也知道老婆盯得愈兇，男人愈要偷嘴吃，天下的男人都是一樣的，也不能怪這位少莊主。

只不過他選的時候和地方實在太不對了，楚留香雖不願管這種閒事，但也實在看不下去。

那張床不停地在動，已有條白生生的腿掛在床沿。

楚留香突然敲了敲窗戶，道：「有人來了。」

這短短四個字還沒有說完，床上的兩個人已經像兩條被人踩著尾巴的貓一般跳了起來。

施傳宗身子縮成一團，簌簌地發抖。

櫻兒的膽子反倒大些，一面穿衣服，一面大聲道：「是誰？想來偷東西嗎？」

施傳宗立刻道：「不錯，一定是小偷，我去叫人來抓賊。」

他腳底抹油，已想溜之大吉了。

但楚留香身子一閃，已擋住了他的去路。

施傳宗也不知這人怎麼來得這麼快的，吃驚道：「你是什麼人……好大的膽子，偷東西居然敢偷到這裡來，快夾著尾巴逃走，少莊主還可以饒你一命。」

看到來人是個陌生人，他的膽子也忽然壯了。

楚留香笑道：「你最好先明白三件事，第一，我絕不會逃走，第二，你根本不是我的對手，第三，我更不怕你叫人。」

他根本沒有做出任何示威的動作，因爲他知道像施傳宗這樣的風流闊少，用幾句話就可以嚇住了。

施傳宗臉色果然發了青，吃吃道：「你……你想怎麼樣？」

楚留香道：「我只問你想怎麼樣，是要我去將你老婆找來，還是帶我去找梁媽。」

施傳宗怔了怔，道：「帶你去找梁媽？」

楚留香道：「不錯，這兩件事隨便你選一樣。」

這選擇簡直就像問人是願意吃紅燒肉，還是願意吃人便一樣，施傳宗一顆心頓時定了下來。他生怕楚留香還會改變主意，趕緊點頭道：「好，我帶你去找梁媽。」

小院中的偏廳已改作靈堂。

梁媽坐在靈位旁，垂著頭，似又睡著了，黯淡的燭光，映著黃棺白幔，映著她蒼蒼白髮，看來真是說不出的凄涼。

施傳宗帶著楚留香繞小路走到這裡，心裡一直在奇怪，無論如何也想不出這人找梁媽爲的是什麼？

只見楚留香走過去站在梁媽面前，輕輕咳嗽了一聲。

梁媽一驚，幾乎連人帶椅了都跌倒在地，但等她看清楚面前的人時，她已哭得發紅的老眼中竟似露出一絲欣慰之意，道：「原來又是你，你總算是個有良心的人，也不枉茵兒為了你……」

說到「茵兒」，她喉頭又被塞住。

楚留香嘆了口氣，道：「不認得你的人，一定會以為你才是茵姑娘的母親。」

梁媽哽咽著道：「茵兒雖不是我生的，卻是我從小帶大的，我孤苦伶仃，無依無靠，只有她可算是我的親人，現在她已死了，我……我……」

楚留香心裡也不禁覺得有些淒涼，這時施傳宗已悄悄溜走，但他卻故意裝作沒有看到。

梁媽拭著眼淚，道：「你既來了，也算盡到了你的心意，現在還是快走吧，若是再被夫人發現，只怕就……」

楚留香忽然道：「你想不想再見茵姑娘一面？」

梁媽霍然抬起頭，吃驚地望著他，道：「但……但她已死了！」

楚留香道：「你若想見她，我還有法子。」

梁媽駭然道：「你……你有什麼法子？難道你會招魂？」

楚留香道：「你現在也不必多問，總之，明天正午時，你若肯在秀野橋頭等我，我就有法子帶你去見茵姑娘。」

梁媽呆了很久，喃喃道：「明天正午，秀野橋，你……你難道……」

突聽一人道：「好小子，算你夠膽，昨天饒了你，今天你居然還敢來！」

楚留香不用回頭，就已知道這是花金弓來了，但他看來一點也不吃驚，似乎早就等著她來。

只見花金弓和施少奶奶今天都換了一身緊身衣褲，還帶了十幾個勁裝的丫鬟，每個人都手持金弓，背插雙劍，行動居然都十分矯健。

楚留香笑了笑道：「久聞夫人的娘子軍英勇更勝鬚眉，今日一見，果然不凡。」

花金弓冷冷笑道：「你少來拍馬屁，我只問你，你究竟是不是楚留香？」

楚留香道：「楚留香，我看來很像楚留香嗎？」

施少奶奶鐵青著臉，厲聲道：「我也不管你是楚留香，還是楚留臭，你既然有膽子來，我們就有本事叫你來得去不得！」

楚留香嘆了口氣，道：「好威風呀，好殺氣，難怪施少莊主要畏你如虎了。」

施傳宗忽然在窗子外一探頭，大聲道：「我們夫妻是相敬如賓，你小子少來挑撥離間。」

花金弓道：「廢話少說，我只問你，你是想死？還是想活？」

楚留香道：「在下活得滿有趣，自然是想活的。」

花金弓道：「你若想活，就乖乖的跪下來束手就縛，等我們問清楚你的來歷，也許……非但不殺你，還有好處給你！」

她故意將「好處」兩個字說得又輕又軟，怎奈楚留香卻像一點也不懂，淡淡問道：「我若想死呢？」

花金弓怒道：「那就更容易，我只要一抬手，連珠箭一發，你就要變刺蝟了。」

楚留香笑道：「牡丹花下死，做鬼也風流，做刺蝟又有何妨？」

花金弓道：「好，這是你自找的，怨不得我！」

她的手一招，金弓已搭起，十幾個娘子軍也立刻張弓搭箭，看她們的手勢，已知道這些小姑娘一個個都是百步穿楊的好手，何況「連珠箭」連綿不絕，就算能躲得了第一輪箭，第二輪箭就未必躲得開了。

誰知就在這時，楚留香身子忽然一閃，只聽一連串嬌呼，也不知怎地，十餘柄金弓忽然全都到了楚留香手上，十餘個少女石像般定在那裡，竟已全都被點了穴道！

花金弓和施少奶奶雖然明知這「漂亮小伙子」有兩下子，卻也未想到他竟有如此快的出手！

兩人交換了個眼色，一柄弓，兩口劍，閃電般攻出。

但楚留香今天卻似存心要給她們點顏色看，再也不像昨天那麼客氣了，身子一轉，也不知用了什麼招式，就已擒住了施少奶奶的手腕，將她的劍向前面一送，只聽「嘣」的一聲，花金弓的弓弦已被割斷。

楚留香倒退幾步，躬身笑道：「唐突佳人，萬不得已，恕罪恕罪。」

施少奶奶臉色發白，她畢竟是名家之女，識貨得很，此刻已看出自己絕不是這小伙子的對手，忽然拋下雙劍，一把將施傳宗從門外揪了進來，跺腳道：「你老婆被人欺負，你卻只會站在旁邊做縮頭烏龜，這還能算個男人嗎？快打死他，替我出氣。」

施傳宗臉色比他老婆更白，道：「是是是，我打死他，我替你出氣。」

他嘴上說得雖響，兩條腿可沒有移動半步。

施少奶奶用拳頭擂著他的胸膛，道：「去呀，去呀，難道連這點膽子都沒有？」

施傳宗被打得呲牙咧嘴，連連道：「好，我去，我這就去！」

話未說完，忽然一溜煙的逃了出去。

施少奶奶咬著牙，竟然放聲大哭起來，喊著道：「天呀，我嫁了個這麼沒用的男人，你叫我怎麼活呀……」

她忽然一頭撞入花金弓懷裡，嘶聲道：「我嫁到你們家裡真是倒了八輩子的楣，否則有誰敢欺負我，我也不想活了，你們乾脆殺了我吧……」

楚留香看得又好氣，又好笑，他也想不到這位少奶奶不但會使劍，撒潑撒賴的本事也不錯。

只見花金弓兩眼發直，顯然也拿她這媳婦沒法子。

楚留香悠然道：「少奶奶這撒賴的功夫，難道也是家傳的麼？」

施少奶奶跳了起來，哭吼著：「你放的是什麼屁？除了欺負女人你還會幹什麼？」

楚留香道：「我本來也認為你真是女人，現在卻已有些懷疑了。」

施少奶奶咬著牙道：「你能算是男人麼？你若敢跟我去見爹爹，就算你是個男人，否則你就是個不男不女的嬲種！」

楚留香淡淡道：「我若不敢去，今天晚上也就不會再來了，但你現在最好安靜些，否則我就用稻草塞住你的嘴。」

薛衣人的莊院規模不如「擲杯山莊」宏大，但風格卻更古雅，廳堂中陳設雖非華美，但卻當真是一塵不染，窗櫺上絕沒有絲毫積塵，院子裡絕沒有一片落葉，此刻雖方浸晨，卻已有人在灑掃著庭院。

施少奶奶一路上果然都老實得很，楚留香暗暗好笑，他發覺「鬼也怕惡人」這句話真是一點也不錯。

但一到了薛家莊，就立刻威風了起來，跳著腳，指著楚留香的鼻子道：「你有種就莫要逃走，我去叫爹爹出來。」

楚留香道：「我若要走，又何必來？」

花金弓眼睛瞟著他，冷笑道：「膽子太大，命就會短的。」

施少奶奶剛衝進去沒多久，就聽得一人沉聲道：「你不好好在家侍候翁姑，又到這裡來作甚？」

這聲音低沉中隱隱有威，一聽就知道是慣於發號施令之人。

施少奶奶帶著哭聲道：「有人欺負了女兒，爹也不問一聲，就……」

那人厲聲道：「你若安份守己做人，有誰會平白無故的來欺負你，想必是你又犯了小孩脾氣……親家母，你該多管教管教她才是，萬萬不可客氣。」

花金弓已趕緊站了起來，陪笑道：「這次的事可半點不能怪姑奶奶，全是這小子……」

她嘮嘮叨叨在說什麼，楚留香已懶得去聽了，只見名滿天下的第一劍客薛衣人，此刻已在他眼前。

只見這老人面容清癯，布鞋白襪，穿著件藍布長衫，風采也沒有什麼特異之處，只不過一雙眼睛卻是炯炯有光，令人不敢逼視。

施少奶奶正在大聲道：「這人叫葉盛蘭，茵大妹子就是被他害死的，他居然還有臉敢撒野，連你老人家他都不瞧在眼裡。」

花金弓道：「據說這人乃是京裡的一個浪蕩子，什麼都不會，就會在女人身上下功夫，也不知害過多少人了。」

施少奶奶道：「你老人家快出手教訓教訓他吧。」

她們在說什麼，薛衣人似乎也全未聽到，他只是瞬也不瞬地凝注著楚留香，忽然抱了抱拳，道：「小女無知，但望閣下恕罪。」

楚留香也躬身道：「薛大俠言重了。」

薛衣人道：「請先用茶，少時老朽再置酒為閣下洗塵。」

楚留香道：「多謝。」

施少奶奶瞧得眼睛發直，忍不住道：「爹，你老人家何必還對這種人客氣，他……」

薛衣人忽然沉下了臉，道：「他怎樣？他若不看在你年幼無知，你還能活著回來見我麼？」

施少奶奶怔了怔，也不知她爹爹怎會看出她不是人家的對手。

花金弓陪笑道：「可是他……」

薛衣人沉聲道：「親家母，老夫若是兩眼還不瞎，可以斷言這位朋友絕不是京城的浪蕩子，也不是葉盛蘭，否則他就不會來了。」

他轉向楚留香，微微一笑，道：「閣下風采照人，神氣內斂，江湖中雖是人才輩出，更勝從前，但據老朽所知，像閣下這樣的少年英雄，普天之下也不過只有兩三人而已。」

楚留香道：「前輩過獎。」

薛衣人目光閃動，道：「據聞金壇千柳莊的『蝙蝠公子』無論武功人望，俱已隱然有領袖中原武林之勢，但閣下顯然不是蝙蝠公子。」

楚留香笑了笑，道：「在下怎敢與蝙蝠公子相比。」

薛衣人也笑了笑，道：「閣下的武功人望，只怕還在蝙蝠公子之上，若是老朽猜得不錯，閣下想必就是……」

他盯著楚留香，一字字道：「楚香帥！」

這老人竟一眼看出了他的來歷，楚留香暗中也吃了一驚，動容道：「前輩當真是神目如電，晚輩好生欽佩！」

薛衣人捋鬚而笑，道：「如此說來，老朽這雙眼睛畢竟不瞎，還是認得英雄的。」

花金弓和施少奶奶面容全都改變了，失聲道：「你真的是楚留香？」

楚留香微笑點了點頭。

花金弓眼睛發直，道：「你……你爲何不早說呢？」

楚留香道：「在下昨夜便已說了，怎奈夫人不肯相信而已。」

花金弓怔了半晌，長長嘆了口氣，道：「你若非葉盛蘭，爲何到我們那裡去呢？」

楚留香道：「久聞夫人之名，特去拜訪。」

花金弓笑了，連眼睛都笑了，道：「好，好，你總算看得起我，我卻好像有點對不起你……這樣吧，明天晚上我請你吃鱸魚，我親自下廚房，叫你看看我的手藝是不是比左老頭子差？你可千萬要賞臉呀。」

楚留香笑道：「夫人賜，怎敢辭。」

施少奶奶忽又衝了進去，一面笑道：「我也會調理鱸魚，我這就下廚房去。」

花金弓格格笑道：「楚香帥，你可真是好口福，我們家的宗兒和她做了好幾年夫妻，都沒有看到她下過一次廚房哩。」

薛衣人只有裝作沒有聽到，咳嗽幾聲，緩緩道：「久聞香帥不使劍，但天下的名劍，一經香帥品題，便立刻身價百倍，老朽倒也有幾口藏劍，想請香帥法眼一評。」

楚留香大喜道：「固所願也，不敢請耳。」

花金弓笑道：「你今天非但口福不淺，眼睛更好，我們親家翁的那幾口劍，平時從來也不給人看的，連我都看不到。」

薛衣人淡淡道：「劍爲兇器，親家母今天也還是莫要去看的好。」

四 天下第一劍

薛家莊也是依山而建的，青色的山脈，蜿蜒伸展入後山，有時園中的霧幾乎已可和山巔的雲霧結在一起。

他們踏著碎石子的路，穿過後園，園子裡並沒有鮮艷的花木，一亭一石都帶著雅緻的古拙之意。

楚留香和薛衣人併肩而行，誰都沒有說話，一個人到了某種地位時，就自然會變成一個不多話的人。

秋天的早上風並不冷，天卻很高，他們走入個青翠的竹林，露珠凝結在竹葉上，就像是鑲嵌在翡翠上的珍珠。

竹林的盡頭便連結著山麓，已被青苔染綠的壁上，有道古拙的鐵門，看來堅實而沉重。

薛衣人開了門，道：「香帥請，老夫帶路。」

門後是條長而黑暗的石道，寒氣森森，砭人肌膚，薛衣人等楚留香走進來，就立刻又將門緊緊閉上，將光明和溫暖一齊隔斷在門外，四下驟然沉寂了起來，連一絲聲音都聽不到。

若是要殺人，這的確是好地方。

但楚留香卻並沒有絲毫不安，他似乎對薛衣人很信任，薛衣人和他初見，便將他帶到這秘密的重地中來，他似也並不覺得奇怪。

石地轉過幾折，便到了個深邃的洞穴。

石壁上嵌著銅燈，陰森森的燈光下，只見洞穴四面都排著石案，每張石案上都有個黝黑的鐵匣。

迎面一張石案上的鐵匣長而窄，裡面裝的想必就是薛衣人視同拱璧的劍器，但另一些鐵匣中裝的是什麼呢？

薛衣人捧著劍匣，似乎忘了身旁還有楚留香存在，他全心全意都已溶入劍中，到了忘人忘我的境界。

楚留香忽然發現這老人竟似完全變了。

楚留香第一眼看到他時，只覺得他的風度優雅而從容，就像是個不求聞達的智者，也像是個已厭倦紅塵，退隱林下的名人，神情雖未免稍覺冷厲，但卻絕沒有露出令人不安的鋒芒。

楚留香方才和他併肩走在還不到三尺寬的小徑上，也沒有覺得絲毫警兆，就彷彿和一個平凡的老人走在一起。

但現在，劍還未出鞘，楚留香已覺得有種逼人的劍氣刺骨生寒，這劍氣顯然不是「劍」發出來的。

這劍氣就是薛衣人本身發出來的！

在這裡他已不再是和兒女親家閒話家常的老人，一踏入這道門，他就又變成了昔日叱吒江湖，快意恩仇的名俠！

這地方藏的不只是劍，還藏著他昔日的回憶，所以他才絕不允許任何人侵犯到這裡來。

但他爲何又要楚留香來呢？

薛衣人緩緩開啓了鐵匣，取出了柄劍。

這口劍形狀古樸，黝黑中帶著墨綠的劍身，並沒有耀目的光芒，只不過楚留香遠在八尺外，已覺得寒氣砭人肌膚。

「鏘」的，薛衣人以指彈劍，劍作龍吟。

楚留香脫口道：「好劍！」

薛衣人目光閃動，道：「香帥認得這口是什麼劍麼？」

楚留香緩緩道：「昔日周室之名干太康、少康父子，集天下名匠，鑄八方之銅，十年而得一劍，便是那八方銅劍！」

薛衣人道：「好，好眼力。」

他雖在大聲稱讚，面上卻毫無表情，又取出口劍來。

這口劍皮鞘華美，劍柄上嵌著松綠石，鑲金絲，劍柄與劍身中的「鐶」，雖似黃金鑄成，卻作古銅顏色。

薛衣人道：「這口劍呢？」

楚留香道：「古來雄主，皆有名劍，少康鑄八方銅劍，顓頊有『畫影』、『騰空』，太甲有劍名『文光』，武丁有劍名『照膽』……」

他笑了笑，道：「這口劍就是『照膽』，但劍匣卻被後人加以裝飾過了。」

薛衣人道：「好，好眼力！」

他冷漠的面上卻仍不動聲色，但目中已有些讚賞之意，過了半晌，又緩緩取出一口劍來。

這口劍烏鯊皮鞘，紫銅吞口，長劍出鞘才半寸，已有種灰濛濛，碧森森的寒光映入眉睫。

薛衣人手裡捧著這口劍，眼睛裡的光彷彿更亮了。

他凝注著劍鋒，沉默了很久，才一字字道：「香帥請看這口劍是什麼劍。」

楚留香也凝注著劍鋒沉默了很久，才緩緩道：「這是口無名之劍。」

薛衣人長眉驟然軒起，道：「無名之劍？」

楚留香道：「不錯，無名之劍，但劍雖無名，人卻有名。」

薛衣人道：「此話怎講？」

楚留香道：「干將莫邪，前輩可知道麼？」

薛衣人道：「干將莫邪上古神兵，老朽雖未得見，卻聽到過的。」

楚留香笑了笑，道：「其實『干將莫邪』只不過一雙夫妻的名字，但百年以後，提起『干將莫邪』四個字，卻只知有劍，而將其人忘懷了。」

他不等薛衣人說話，接著又道：「越王聘歐冶子鑄劍五，是爲『純鈎』、『湛盧』、『毫曹』、『魚腸』、『鉅闕』，楚王命風鬍子求劍得三，是爲『龍淵』、『太阿』、『工市』，千載以來，提起這八口劍來，可說無人不知，但知道歐冶子與風鬍子這兩位大師的又有幾人？」

薛衣人道：「香帥的意思是……」

楚留香道：「這只因爲人因劍名，人的光芒已被劍的光芒所掩蓋，是以後人但知有湛盧鉅闕，而不知有歐冶子。」

薛衣人道：「不錯，武林中還記得歐冶子的人確實不多。」

楚留香道：「前輩掌中這口劍，劍雖無名，但能使此劍的卻必非尋常人。」

薛衣人道：「哦！何以見得？」

楚留香道：「只因此劍鋒芒畢露，殺氣逼人，若非絕代之高手，若無驚人之手段，但不足以馭此劍，只怕反倒要被劍傷身。」

他笑了笑，道：「若是在下兩眼不瞎，這口劍必定就是前輩昔日縱橫江湖時所佩之物。」

聽到這時，薛衣人才爲之聳然動容，失聲道：「香帥當真是神目如電，老朽好生佩服。」

這番話也正是楚留香讚美薛衣人的話，兩人相視一笑，各人心裡都不禁生出幾分敬重相惜之意。

薛衣人道：「江湖傳言，的確不虛，香帥的見識和眼力果然都非同小可，但香帥可知道四壁的這些鐵匣裝的是什麼？」

楚留香道：「能與名劍作伴，匣中必非常物。」

薛衣人打開了個鐵匣，匣子裡卻只有件長衫。

雪白的長衫，已微微發黃，可見貯藏的年代已有不少。

薛衣人將長衫一抖，楚留香這才發現長衫的前胸處有一串血跡，就像是條赤紅的毒蛇般蜿蜒在那裡。

在慘淡的燈光下看來，血跡已發黑了。

薛衣人緩緩道：「香帥可知道這衣服上染的是誰的血？」

他眼睛雖在盯著長衫上的血跡，卻又似乎在望著很遠很遠的地方，過了很久，才淡淡一笑，接道：「這已是很久以前的事了，香帥只怕並未聽到過這人的名字，但三十年前，『殺手無常』裴環卻也非等閒人物。」

楚留香肅然道：「晚輩雖年輕識淺，卻也知道『殺手無常』掌中一雙無常鈎打遍南七省，卻不知此人已死在前輩手上。」

薛衣人道：「那是在勾漏山……」

他神思似已回到遙遠的往日，緩緩地敘說著。

楚留香眼前彷彿已展出一幅肅殺蒼涼的圖畫……

勾漏山，暮靄蒼茫，西天如血。

薛衣人白衣如雪，獨立在寒風中，山巔上，望著面貌猙獰的「殺手無常」緩緩走了過來。

然後，劍光一閃。

鮮血濺在雪一般的衣服上，宛如在雪地上灑落一串梅花……

薛衣人緩緩道：「如今三十年的歲月雖已消逝，但他們的血，卻是永遠不會消失的。」

楚留香道：「他們的血？難道這些鐵匣裡……」

薛衣人冷冷道：「香帥難道不明白『血衣人』這三字是如何得來的？」

楚留香望著四面石案上的鐵匣，想到每個鐵匣裡都藏著一件雪白的長衫，每件長衫上都染著一個人的鮮血，每滴鮮血中都包含著一個令人悚悸的故事，每個故事中都必有一場驚心動魄的血戰……

想到這裡，楚留香心底也不禁泛起一陣寒意。

薛衣人目光如刀，一字一字道：「人不犯我，我不犯人，人若犯我，劍下無情，就是這柄劍，不知飲下了多少人的鮮血。」

他劍光一閃，忽然閃電般向楚留香刺了出去！

見到中原一點紅時，楚留香已覺得他劍法之快，當世無雙，見到帥一帆時，楚留香就覺得一點紅還不算是天下第一快劍，見到那「白癡」時，楚留香又覺得帥一帆的劍法不算什麼了。

但此刻，楚留香才終於知道什麼是真正的「快劍」……

薛衣人這一劍刺來，竟來得完全無影無蹤，誰也看不出他這一劍是如何出手，是從那裡刺過來的。

楚留香居然根本沒有閃避。

但這快如閃電，勢若雷霆的一劍，到了楚留香咽喉前半寸處，就忽然停頓了，停時就像發時同樣快，同樣突然，同樣令人不可捉摸，不可思議，這「一停」實比「一發」更令楚留香吃驚。

薛衣人發這一劍時顯然還未盡全力，否則就停不下來了，他未使全力時刺出的一劍已是如此急迫，使出全力來那還得了。

薛衣人望著楚留香，似乎也有些驚異。

這一劍到了他咽喉時，他非但神色不變，而且連眼都未眨，這年輕人已有了「泰山崩於前面色不變，麋鹿興於左而目不瞬」的定力，單只這分定力，又隱然有一代宗主的氣魄。

劍尖雖還未刺入楚留香的咽喉，但森冷的劍氣卻已刺入他的肌膚，他喉頭的皮膚上雖已起了一顆顆寒慄，面上卻依然未動聲色，在楚留香說來，被人用劍尖抵住咽喉，這已不是第一次了。

雖然他也知道這一次的劍比以前任何一次都要快得多，這麼快的劍若已到了咽喉前，世上就沒有人能閃避得開了！

薛衣人冷冷地望著他，過了很久，才一字字道：「你可是爲了我的劍而來的？」

楚留香笑了，道：「你以爲我想來偷你的劍？」

薛衣人道：「楚香帥的名聲，我早已久仰得很。」

楚留香道：「那麼你就該知道他從未在朋友身上打過主意。」

薛衣人道：「無論任何事都有例外的，也許你這次就是例外。」

楚留香道：「這次我爲何要例外？」

薛衣人道：「你對劍不但很有學問，也很有興趣，是麼？」

楚留香又笑了，道：「不錯，我對劍很有興趣，我對紅燒肉也很有興趣，但我卻從未想過偷條豬回家去養著。」

薛衣人厲聲道：「那麼你是爲何而來？」

楚留香淡淡道：「有人用劍對著我的脖子時，我通常都不喜歡跟他說話。」

薛衣人道：「你喜歡我將劍刺下去？」

楚留香大笑道：「薛衣人若是會刺冷劍的人，那麼我就真看錯你了，我若看錯了你，就算死在你的手上，也只能怨我自己有眼無珠，一點也不冤枉。」

薛衣人又凝注了他很久，才緩緩道：「你從來沒有看錯過人麼？」

楚留香微笑道：「我若肯讓他手裡拿著劍，站在我身旁，就絕不會看錯他。」

薛衣人仰面大笑道：「好，楚留香果然渾身是膽，果然名不虛傳。」

「鏘」的一聲，劍已入鞘。

薛衣人微笑道：「但若說楚香帥是爲了花金弓才到施家莊來的，我無論如何是不會相信的。」

楚留香笑道：「連我自己都不相信。」

薛衣人笑容又漸漸消失，道：「香帥到施家莊去，莫非就是爲了要叫花金弓帶你來見我？」

楚留香笑道：「薛大俠既已退隱林泉，在下要見非常之人，只有用非常的手段了。」

薛衣人目光閃動，道：「你爲何如此急著見我？」

楚留香沉吟了半晌，道：「三、四年前，江湖中忽然出現了一群職業刺客。」

薛衣人聳然道：「職業刺客？」

楚留香道：「不錯，這些人不辨是非，不分善惡，只以殺人爲業，無論誰只要出得起價錢，他們就會爲他殺人。」

他嘆了口氣，接道：「他們無論什麼人都殺，黑道的他們殺，白道的他們也殺，就算那些與武林素無關連的人他們還是殺，就因爲如此，所以我認爲他們實在比那些殺人放火的強盜還要可恨，還要可怕，因爲強盜殺人至少還要選擇對象。」

薛衣人動容道：「江湖中出了這種人，我怎麼連一點風聲都不知道？」

楚留香道：「這些人的行事極隱秘，若非他們找到我頭上來，我也一點都不知道。」

薛衣人笑道：「他們若是算計到香帥身上，只怕已離末日不遠了。」

楚留香道：「這些人現在的確已死的死，傷的傷，不復再能爲惡，只不過……這些人的首領至今卻仍逍遙法外。」

薛衣人道：「他們的首領是誰？」

楚留香道：「我至今還不知道此人是誰，只知他非但機智過人，而且劍法絕高！」

薛衣人微微一笑，道：「所以香帥就懷疑這人就是我？」

楚留香也微微一笑，道：「若非如此，我也不會到這裡來了。」

薛衣人目光灼灼，道：「香帥如今已查出來了麼？」

楚留香緩緩道：「閣下方才那一劍出手，的確和他們有七分相似。」

薛衣人沉聲道：「如此說來，你認爲我就是那首領？」

楚留香微笑道：「閣下若是那刺客的首領，方才那一劍就不會收回去了。」

薛衣人什麼話也沒有說，緩緩轉過身，將長劍藏入石匣，只見他肩頭起伏，心情似乎很激動，過了很久，才緩緩說：「你可知道我爲何至今還未殺死左輕侯？」

他忽然問出這句話來，楚留香不禁怔了怔。

幸好薛衣人也並沒有等他回答，又道：「只因我這一生非但很少有朋友，連仇人都不多，尤其是像左輕侯那樣的仇人，我若殺了他，就更寂寞了。」

楚留香雖看不到他的臉，但望著他削瘦的背影，望著他長白的頭髮，心裡也不禁泛起一陣淒涼之意，長嘆道：「古來英雄多寂寞……一個人在低處時，總想往高處走，但走得愈高，跟上去的人就少，等他發現高處只剩下他一個人時，再想回頭已來不及了。」

薛衣人標槍般挺立著的身子，忽然像是變得有些佝僂，他又沉默了很久，才長嘆了一聲，道：「但我已漸漸老了，一個人到了快死的時候，總想將身前的帳結結清，也免得死後帶進棺材去。」

楚留香沉默著，因爲他不知該說什麼。

薛衣人道：「所以我和左輕侯已約定，在今年的除夕作生死的決鬥，那不單是我和他兩人的決鬥，也是我們薛左兩家的決鬥，因爲我們兩家是百年的世仇，仇恨幾乎已遠得令人將結仇的原因都忘記了。」

楚留香聳然動容，道：「這件事左輕侯爲何沒有告訴我？」

他心裡已恍然明白左輕侯爲何急著要將女兒嫁到丁家去了，只因女兒一嫁出去，就不再是左家的人，就不必再參與這場決生死的血戰——左輕侯爲女兒的苦心，實在是無微不至。

薛衣人霍然轉過身，凝注著楚留香，道：「但我以爲他已告訴你了，以爲你就是爲了要助拳才到松江府來的，所以先要設法來探聽我的虛實。」

楚留香道：「所以才要設法來偷你的劍，一個人要和老虎搏鬥，最好先設法拔掉他的牙齒。」

他笑了笑，淡淡道：「但楚留香就算是這樣的人，左輕侯也絕不會是這樣的人，否則他就不配做薛衣人的對頭了！」

薛衣人道：「楚留香若是這種人，那麼我就算看錯你了，那也只能怪我自己有眼無珠，怪不得別人，是麼？」

這句話正是楚留香方才對他說的。楚留香望著他冷漠的面容，心裡忽然泛起一陣溫暖之意，只因他已發現這老人其實並不像外表看來那麼冷酷。

他暗中嘆了口氣，道：「你們的除夕決鬥難道已勢在必行了麼？」

薛衣人沉默了半晌，忽然一笑，道：「此刻魚想已燒好了，我們爲何不先去喝一杯再說？」

楚留香並不是胡鐵花那樣的酒鬼，他白天一向很少喝酒的，只有心情特別高興，或者特別悲傷時才是例外。

今天也就是例外。但他卻不知道今天是特別高興，還是特別難過。他心裡有很多事，而且很複雜，他要找個時候好好想清楚。在沒有想清楚之前，他決定什麼事也不做。

鱸魚燒得的確不差，只不過楚留香卻懷疑魚不是那位施少奶奶做的，因爲她手上連一點油膩都沒有。

楚留香見過很多不會燒菜的女人，卻偏偏喜歡故意躲在廚房裡，然後再將菜端出來，硬說：「菜燒得不好，請原諒。」

讓別人以爲菜就是她燒的，因爲就連這種女人也知道會燒菜不但是做妻子的光榮，也是她丈夫的光榮。

楚留香總覺得這種人很可笑，總想問問她們：「你既然覺得不會燒菜很丟人，以前爲何不學學呢？」

施少奶奶果然已嬌笑著道：「魚燒得只怕不好，香帥你莫要見笑。」

楚留香還未說話，薛衣人已淡淡道：「你根本連炒蛋都不會，這條魚也不是你燒的……」

他話未說完，施少奶奶已紅著臉溜了進去。

花金弓吃吃笑道：「想不到親家翁也會說話，想必是因爲見了香帥心情才特別好，這倒應該謝謝我才是。」

薛衣人道：「不錯，等施舉人來了，我一定敬他一杯。」

花金弓怔了怔，勉強笑道：「香帥在這裡坐，我到後面找親家母聊天去。」

薛衣人等她走了，才嘆口氣，道：「她總算聽懂了我的話，總算知道自己該到什麼地方去了，這倒真不容易。」

楚留香笑道：「的確不容易。」

薛衣人舉杯道：「若不將女人趕走，男人怎能安心喝酒，來喝一杯。」

楚留香一飲而盡，忽然長嘆道：「若非薛左兩家的世仇，你和左輕侯一定會成爲好朋友的。」

薛衣人臉色變了變，道：「你本是左輕侯的朋友，如今也是我的朋友，我只望你明白一件事，薛左兩家的仇恨，是誰也化解不開的。」

楚留香道：「爲什麼？」

薛衣人沉聲道：「你可知道這一百年來，薛家已有多少人死在左家人的手上？」

楚留香道：「是否和左家人死在薛家人手上的差不多？」

薛衣人道：「正是如此，也正因如此，是以薛左兩家的仇恨才愈結愈深，除非這兩家人中有一家死盡死絕，否則這仇恨誰也休想化解得開。」

楚留香只聽得心裡發冷，正不知該說什麼。

突聽一人大叫道：「好呀，你們有好酒好菜，也不叫我來吃。」

一個人橫衝直闖的走了進來，卻正是那「白癡」薛寶寶，他今天穿的一套紅衣服上竟繡著隻綠烏龜。

楚留香發現他好像已全不認得自己了，一坐下來就將整盤魚搬到面前，用手提起來就吃。

薛衣人皺了皺眉，苦笑道：「這是舍弟笑人，他……他……」

薛寶寶滿嘴都是魚，一面吐刺，一面笑道：「薛衣人是大劍客，薛笑人卻是大吃客，薛笑人雖然從小打不過薛衣人，但吃起來薛衣人卻要落荒而逃。」

薛衣人怒道：「誰叫你來的？」

薛寶寶笑嘻嘻道：「這也是我的家，我爲何不能來？你可以罵我，罵我沒出息，總不能說我不是薛老爹的兒子吧。」

薛衣人長嘆了口氣，搖著頭道：「香帥莫見笑，他本來不是這樣子的，直到七八年前，也不知道爲了什麼，竟忽然……忽然變了。」

楚留香心裡暗暗嘆息。「家家都有本難唸的經」，這一代名俠，其實也和普通人一樣，也有他的煩惱和不幸，只不過這些事都已被他耀目的光輝所掩，人們只能看到他的光采，卻忘了有光的地方必有陰影。

楚留香的本意確實是爲了要探查那刺客集團的神秘首領而來的，但現在他主要的目的卻改變了。

左輕侯是他的好朋友，他一定要爲左輕侯解決這問題，何況，「借屍還魂」這件事實在太不可思議，他自己也想將這件事弄明白，到「薛家莊」來之前，他本有許多話要對薛衣人說。可是現在他忽又改變了主意，他忽然發現這件事其中還有許多值得研究之處，所以他決定暫時什麼話都不說。

薛衣人並沒有堅持挽留他，只和他訂下了後會之期，然後親自送他到門口，目送著他遠去。

薛寶寶卻躲在門後吃吃地笑。

楚留香沒有乘車，也沒有騎馬，他一直認爲走路的時候頭腦往往會變得很清楚，因爲走路可以使血液下降，血液下降了，頭腦自然就會冷靜，而他現在最需要的就是一個冷靜的頭腦。

但他究竟發現了什麼？究竟想什麼呢？

秋天的太陽照在人身上，輕柔溫暖得就像是情人的手，令人覺得說不出的舒服，秋天，正是適於走路的時候。

可是，還沒有走出多遠，楚留香就發現後面有個人不即不離的盯著他，這人騎著匹黑油油的驢子，頭上戴著頂又寬又大的帽子，而且一直低垂著頭，似乎生怕別人瞧見他的面目。

楚留香根本就沒有回頭瞧他一眼，像是不知道後面有人，這人的膽子就愈來愈大了，走得愈來愈近。

楚留香暗暗覺得好笑，這人想必是個初出江湖的新手，否則他怎會有這麼大的膽子來盯楚留香的梢？

將近正午的時候，楚留香就到了秀野橋。

橋上有個青衣婦人正閃閃縮縮的向西頭眺望，她頭上包著青布帕，用兩隻手緊緊抓住，顯然也生怕被人瞧見面目。但楚留香還是一眼就瞧出她是誰了。

那騎著黑驢子的人看見楚留香走上橋，就躲在一棵樹後，卻露出了半邊臉一隻眼睛，將帽子隨手摘了下來。他好像以爲只有自己有眼睛，別人都是瞎子。

楚留香卻好像真的忽然變成瞎子了。

橋上的青衣婦人自然就是梁媽，她一張蒼老乾癟的臉也不知是因爲被風吹的，還是駭怕發了青。一看到楚留香，她就匆匆趕過來，喘息著道：「謝天謝地，你總算來了。」

楚留香道：「你以爲我騙你？以爲我不會來？」

梁媽囁嚅著道：「但你真有法子能讓我再見到小姐麼？只要能見小姐一面，我……我死了也甘心。」

五 刺客

梁媽望著楚留香，不勝企盼的道：「你真能夠讓我見到小姐？」

楚留香道：「你若有誠心，自然看得到她。」

梁媽道：「我當然有誠心，觀音菩薩……」

楚留香不讓她說完這句話，就搶著道：「好，那麼你三天後再來，莫要在正午，等到天黑了再來。」

梁媽怔了怔，道：「三天！還要再過三天？」

楚留香正色道：「這種事自然要選日子，急不得的，你若真有誠心，連三天都等不得嗎？」

梁媽自然很容易就打發走了，楚留香雖覺得對這善良的老太婆有些抱歉，但這三天的時間關係卻實在太大。

過了三天後，所有的事也許就全改觀了。

突然間，蹄聲驟響。

那騎著黑驢子的人忽然加速急馳而來，追到楚留香身後，突地反手一鞭，向楚留香的脖子抽了下去。

長鞭破空，劃起了尖銳的風聲。

楚留香頭也未回，一伸手，就捉住了鞭梢，笑叱道：「下來吧！」

他隨手一抖，那人身子就自鞍上飛起，凌空一個翻身，落在橋畔，頭上的遮陽帽也掉了，露出一張長長的馬臉。

這人居然是施少奶奶。

黑驢子直衝到橋頭，才停了下來，用頸子磨著橋柱，一聲聲輕嘶，那神情倒有幾分和施少奶奶相似。

楚留香微笑道：「不知是少奶奶駕到，險些就得罪了，恕罪恕罪。」

施少奶奶恨恨盯著他，道：「你少說風涼話，我問你，你一天到晚鬼鬼祟祟的究竟在幹些什麼？你究竟打我們什麼主意？」

楚留香嘆了口氣，道：「我有天大的膽子，也不敢打少奶奶你的主意呀。」

施少奶奶的臉居然也紅了，大聲道：「那麼，你將梁媽找來幹什麼？」

楚留香道：「什麼也沒有，只不過聊聊天而已。」

施少奶奶冷笑道：「楚香帥的胃口是幾時改變了的，幾時變得喜歡跟老太婆聊天了？」

楚留香又嘆了口氣，道：「我不找老太婆聊天，難道少奶奶肯陪我聊天麼？」

施少奶奶盯著他，眼睛裡忽然有了笑意，忽然掉頭就走，她的身材不錯，只看背影，倒頗有韻緻。

楚留香只希望她莫要回頭，一回頭就糟了。

不幸施少奶奶卻偏偏要回頭，而且還笑了笑，道：「你既然要跟我聊，為什麼不跟我來？」

楚留香這次真的嘆了口氣，他想，若有誰敢用「回眸一笑百媚生」這句話來形容這位少奶奶，他一定要跟那人打架。

施少奶奶不但在笑，還甩了個飛眼，道：「你怕什麼？難道我會吃了你？」

楚留香喃喃道：「你看來倒真像會咬人的模樣。」

施少奶奶道：「你嘴裡咕嚕咕嚕在說什麼？」

楚留香苦笑道：「我什麼也沒說，只不過嘴突然抽筋而已。」

他心裡只希望施少奶奶的脖子忽然抽了筋，再也回不過頭來，怎奈施少奶奶的脖子卻靈活得很，一下子又回過頭來，笑道：「你又不是小狗，為什麼要跟在人家後面走？」

楚留香只好硬著頭皮走上前去，過了半晌，忍不住道：「少奶奶，隨便什麼地方都可以聊天的，你要到哪裡去？」

施少奶奶又白了他一眼，道：「有很多小伙子都在偷偷的叫我『雪裡紅』，還以為我不知道。」

楚留香只有摸鼻子，發誓今後再也不吃「雪裡紅炒肉絲」這樣菜了，寧可吃蘿蔔乾也不吃雪裡紅。

薛紅紅嘟起了嘴，道：「喂，你想找我聊天，怎麼不說話呀！難道變成了啞巴。」

楚留香看到她那嘟起了的嘴，恨不得能在上面掛個油瓶。

只恨胡鐵花沒有來，他也許真做得出的。

楚留香乾咳了兩聲，笑道：「你那位二叔可真有趣，就像個孩子似的，但劍法卻又那麼高，那天晚上我要不是跑得快，差點就被他刺了個透明窟窿。」

薛紅紅也笑了，道：「幸好你跑得快，我二叔除了吃之外，就會使劍，他瘋病剛發作的時候，硬逼著我爹爹和他動手，連爹爹都幾乎被他刺了一劍。」

楚留香眼睛忽然亮了，道：「後來呢？」

薛紅紅笑道：「後來爹爹自然還是將他制住了，他一氣之下，就瘋得更厲害。」

楚留香道：「據令尊大人說，他本來並不是這樣子的。」

薛紅紅道：「嗯，他就是練劍練瘋了的。」

楚留香道：「哦？」

薛紅紅道：「他劍法本來就不錯，但比起我爹爹來自然還差得遠，所以就拚命練劍，一心想勝過我爹爹，練得飯也不吃，覺也不睡，但無論他怎麼練，還是比不上爹爹，有一天晚上他忽將二嬸殺了，說是二嬸總是擾亂他練劍，但殺了二嬸後，他自己也變得瘋瘋癲癲，老說自己只有十歲，就因爲年紀小，所以劍法才不如爹爹。」

楚留香嘆道：「一個人到了無可奈何時，也只有自己騙騙自己了，只不過他……」

薛紅紅忽然嬌嗔道：「我們爲什麼老是要提他呢？難道沒有別的事可提了麼？」

楚留香摸了摸鼻子，道：「你想聽什麼，我就陪你聊什麼。」

薛紅紅瞟了他一眼，抿嘴笑道：「一個男人和一個女人在一起，可聊的事太多了，你難道還不知道，難道還要我來教你？」

她吃吃笑道：「你若還要別人教，你就不是風流俠盜楚留香了。」

楚留香一聽「風流俠盜」這名字就頭疼，更令他頭疼的是，他發現薛紅紅帶他走的路愈來愈偏僻，而且路的盡頭，林木掩映中，似乎還有幾間屋子，他不敢想像到了屋裡之後會發生什麼事。

但這時他想走已來不及了。

薛紅紅已拉住他的手，媚笑道：「我帶你到個好地方去，你應該怎麼感激我才是呢？」

楚留香道：「我……咳咳，這……咳咳……」

他忽然跳起來，道：「不好，你那匹黑驢子不見了，快回去找吧！」

薛紅紅格格笑道：「一匹驢子丟了也沒有什麼了不得，我有了你，還要驢子幹什麼？」

若有人說楚留香會臉紅，非但別人不信，只怕連他自己也不會相信，但現在，他的臉真有些紅了。

薛衣人也許就因爲殺人殺得太多了，所以才會生下這種寶貝女兒，他還沒有被女兒氣死，倒真是怪事一件。

薛紅紅已拉著楚留香向那楓林奔了過去。

陽光映得一林楓葉紅如晚霞，楓林中山屋三五，建築得又小巧，又精緻，看來宛如圖畫。

這實在是情人們幽會的好地方。

此刻在楚留香身旁的若不是薛紅紅，到了這種地方，他一定會覺得有些「飄飄欲仙」，但現在，他卻覺得自己好像個活鬼。

活活的倒楣鬼。

薛紅紅一隻手拉著他，一隻手已在推門。

楚留香苦笑道：「這……這是誰的屋子你也不知道，怎麼隨便推人家的門？若要被人當小偷抓住，豈非冤枉？」

薛紅紅道：「誰敢將我當小偷？」

楚留香道：「平時自然不會，但你若跟我在一起，就說不定了，我的名聲一向不太好，說不定會連累你。」

他一面說，一面就想溜之大吉。

但薛紅紅卻將他的手抓得更緊，笑道：「你放心吧，這裡也是薛家的產業。」

楚留香又想摸鼻子，怎奈兩隻手都被薛紅紅拉住了，只有苦笑道：「你們家的產業倒真不少。」

薛紅紅道：「這本是我二叔沒有發瘋時獨居練劍的地方，後來就空了下來，我二弟打獵時雖也時常來住，但這幾天他卻到……」

她一邊說著話，一邊已推開門，說到這裡，突聽一人怒吼道：「什麼人敢亂闖？……」吼聲中，一樣黑忽忽的東西直打了出來，擦著薛紅紅的頭皮飛過，遠遠落在門外，竟是隻靴子。

屋子裡佈置得簡單而精緻，地上舖著又厚又軟的獸皮，兩個幾乎已脫得完全赤裸的人，正在獸皮上打滾。

薛紅紅一開門，男的立刻怒吼著跳起來，抄起隻靴子就往外擲，女的趕緊搶起件衣服，掩住胸腹，卻還是沒能掩住兩條白生生的腿，即使用楚留香的眼光來看，這兩條腿也算是第一流的。

那男的年紀很輕，也是一身細皮白肉，長得倒很英俊，只不過臉色蒼白，眼睛裡佈滿了紅絲。

看到推門的薛紅紅，他臉上怒容立刻變爲驚訝，薛紅紅看到他，也吃了一驚，失聲道：「是你？」

這少年一把抓起衣服，就躲到張椅子後面去了。

那女的想站起來，看到楚留香笑瞇瞇的眼睛，趕緊又坐了下來，將兩隻又長又直的腿拚命向裡面縮。

薛紅紅鐵青著臉，厲聲道：「你豈非已經到省城去辦年貨了麼？怎麼會到了這裡？」

那少年一面穿衣服，一面陪笑道：「反正離過年還早得很，我想等兩天再去也不遲。」

薛紅紅冷笑道：「我早就在奇怪，你怎麼會忽然勤快起來了，居然搶著辦事，原來你是想避開爹爹到外面來打野食。」

她眼睛一瞪，道：「我問你，這女的是誰？」

那少年道：「是……是我的朋友。」

薛紅紅冷笑道：「朋友？我看你……」

那少年忽然伸出頭來，搶著道：「我問你，你這男的又是誰？」

薛紅紅怔了怔，道：「是……自然是我的朋友。」

那少年也冷笑道：「朋友？我看只怕未必吧！」

薛紅紅惱羞成怒，跳起來吼道：「老二，我告訴你，你少管我的閒事。」

那少年悠悠道：「好，我們來訂個交易，只要你不管我的閒事，我也絕不管你的閒事，否則若是鬧出去，只怕你比我更丟人。」

薛紅紅衝了過去，抬起腿一腳將椅子踢翻，大叫道：「我有什麼好丟人的？我又沒脫光屁股跟人家搗鬼……」

楚留香實在不想再聽下去了，悄悄帶起門，溜了出去，心裡說不出的難受——替薛衣人難受。

他現在自然已知道這少年就是薛家二公子薛斌，這姐弟兩人真是一個模子裡鑄出來的活寶。

只可憐薛衣人一世英名，竟生出這麼樣一對兒女來，「豪門多孽子」，楚留香發覺這句話真是說得有學問。

一個人若想成爲天下無雙的劍客，就最好不要養兒女，因爲最好的劍客，必定是最壞的父親。

劍，就像是女人一樣，你想它服從你，就一定要全心全意的對它，否則它就會出賣你。

一個人縱然被女人出賣了兩百次，還可以再找第兩百零一個女人，但只要被劍出賣一次，就得死！

楚留香嘆了口氣，喃喃道：「薛衣人，薛衣人，你雖能將劍指揮如意，但是你自己何嘗不是劍的奴隸……」

房子裡那姐弟兩人還在爭吵，而且聲音愈來愈大，但門卻忽然開了，一個人飛跑了出來，大聲道：「喂，你等一等。」

楚留香一回頭，就看到那方才像條小白羊般蜷曲在虎皮上的女孩子，正在向他不停地招手。

現在她當然穿起了衣服，但扣子還沒有扣上，她沒有穿鞋襪，衣襟裡露出了一段雪白的皮膚，白得令人眼花，百褶裙下面露出了一截修長的小腿，纖巧的足踝，和一雙底平趾斂的腳。

楚留香盡量想使自己的眼睛規矩些，盡量不往她的衣襟裡面看，但這雙腳卻實在是種誘惑。

只要是男人，就無法拒絕這種誘惑。

楚留香嘆了口氣，道：「你是在叫我？」

那少女道：「不錯，我有話要跟你說。」

她飛奔過來，突然輕呼了一聲，一個又香、又甜、又溫柔地身子就整個倒入了楚留香懷裡。

楚留香苦笑道：「你若想找個人替薛二少做完他方才還沒有做完的事，你只怕找錯人了。」

那少女似乎根本沒有聽到他在說什麼，顫聲道：「我的腳，我的腳……」

楚留香這才發現她的腳原來已被石頭割破了，鮮血一滴滴往下流，疼得她眼淚都幾乎流了出來。

她不但腿美、腳美，臉也美，此刻美麗的臉上滿是痛苦之色，再加上幾滴眼淚，更顯得楚楚可憐。

楚留香又不禁嘆了口氣，喃喃道：「下次跟別人幽會的時候，記住千萬莫要脫鞋子。」

這女孩子看來雖是那麼豐滿，但身子卻輕得很，楚留香幾乎完全沒有用力氣，就將她抱了起來。

那少女咬著嘴唇勉強一笑，輕輕道：「謝謝你。」

楚留香的鼻子雖然不靈，但還是嗅到了一陣如蘭似麝，可以令任何男人心跳加快的香氣。

他只有將鼻子盡量離得遠些，苦笑道：「你用不著謝我，還是謝謝你的腳吧。」

那少女的臉飛紅了起來，道：「快走，莫要等他們追出來。」

其實楚留香又何嘗不怕薛紅紅追出來，用不著她說，楚留香已一溜煙般竄入了山坡下的樹林裡。

雖然剛過正午還沒有多久，樹林中光線卻很黝黯，無論任何女人，在這種光線下看來都會變得漂亮些的，何況這女孩子本就美得很，楚留香實在不知道自己能不能受得了這種誘惑。

他只好轉過眼睛，道：「你要我將你抱到什麼地方去？」

那少女喘息著，忽然拔出一柄尖刀！

楚留香正覺得她身上香氣有點要命，這柄尖刀已抵住了他的胸膛，「嘶」的，將他的衣服劃破了一條縫。

這一著倒真的大出楚留香意料之外。

只聽那少女冷冷道：「你若還想要命，就得答應我一件事！」

楚留香嘆道：「像你這樣的女孩子要男人答應你，還用得著刀麼？」

那少女咬著牙，厲聲道：「你少胡思亂想，我不是你想的那種女人！」

楚留香道：「哦？」

那少女道：「你莫以爲我剛剛是在……在跟那姓薛的幽會，我只是……只是……」

說著說著，她眼淚又流了下來，美麗的臉上充滿了憤怒怨恨之色，甚至連嘴唇都咬出血來。

楚留香漸漸開始覺得這女孩子有趣了，只因他已被她引起了好奇之心，他忍不住問道：「你只是在幹什麼？」

那少女道：「復仇！」

楚留香訝然道：「復仇？爲誰復仇？」

那少女道：「我姐姐。」

楚留香道：「你姐姐？她難道死在那位薛公子手上？」

那少女恨恨道：「薛斌雖沒有殺她，但她死得卻更慘，薛斌若一刀殺了她，反倒好些。」

楚留香道：「那麼他是用什麼法子害死你姐姐的？」

那少女道：「他用的是最卑鄙、最可恨的手段，害得我姐姐……」

她忽然頓住語聲，瞪著楚留香道：「我已說得太多了，我只問你，你肯不肯答應？」

楚留香道：「答應什麼事？你要我幫你復仇？」

那少女道：「不錯。」

楚留香道：「你若不將事情對我說清楚，我怎麼能幫你的忙呢？」

那少女道：「無論如何，你都非答應我不可，否則我就要你的命！」

楚留香笑了，道：「你以爲你真能殺死我？」

那少女將刀握得更緊，厲聲道：「你以爲我不敢殺你？」

她話剛說完，突覺身子一麻，手裡的刀也不知怎地忽然就到了楚留香手上，就好像楚留香用了什麼魔法一樣。

楚留香道：「你這把刀本來是準備殺薛公子的？」

那少女拚命咬著牙，全身還是在抖個不停。

楚留香嘆了口氣，道：「幸好你方才還沒有機會下手，否則你此刻只怕也已死在薛斌手上了。」

他的手一揚，刀就飛了出去，「奪」的，釘在樹上。

楚留香道：「你既非殺人的女孩子，這把刀也不是殺人的刀，你若真的想復仇，看來還得另外想法子了。」

那少女忽然放聲痛哭起來，用一雙又白又嫩的小手，拚命擂著楚留香的胸膛，痛哭著道：「你殺了我吧……你乾脆殺了我倒好些。」

楚留香苦笑道：「你莫非弄錯了，我可不是那位薛公子。」

那少女嗄聲道：「若不能爲我姐姐復仇，我也不想活了……我也不想活了……」

她忽然掙扎著從楚留香懷抱中跳下去，去拔樹上的刀。

但她還沒有衝過去，楚留香忽又到了她面前。

她身子又衝入了楚留香懷裡。

楚留香輕輕拍著她的肩頭，柔聲道：「像你這樣又年輕又美麗的女孩子，若也不肯活下去，那還有什麼人能活得下去呢？你若連活的勇氣都沒有，怎麼能替你姐姐復仇？」

那少女垂著頭，跺著腳，流淚道：「我反正已沒希望了，死了倒乾淨。」

楚留香道：「誰說你沒希望？」

那少女霍然抬起頭，道：「你……你肯幫我的忙？」

楚留香道：「也許，可是你一定要先將這件事說明白。」

他扶著她在樹下坐了下來，靜靜的瞧著她，道：「你至少總得先告訴我你是誰？叫什麼名字？」

他的目光是那麼溫柔，又那麼明亮，令人覺得他不但可以做最溫柔地情人，也可以做忠誠的朋友。

那少女垂下頭，蒼白的面頰已起了陣紅暈，囁嚅著道：「我……我姓石……」

楚留香道：「石小毛？」

那少女紅著臉道：「不是，石繡雲。」

楚留香笑了，道：「這名字正配得上你，你也是這地方的人？」

石繡雲道：「嗯。」

楚留香道：「就住在這附近？」

石繡雲道：「我們家種的田，也是薛家莊的，我父親沒有去世的時候，還在薛家的家塾裡教過書。」

楚留香道：「所以你姐姐才會認得薛斌？」

石繡雲咬著嘴唇道：「薛斌小的時候，我父親最喜歡他，總說他又聰明，又能幹，又文武雙全，將來一定有出息，所以時常帶回家來玩，誰知他……他竟是個人面獸心的畜牲，爹爹在九泉下若知道他做的事，只怕……只怕……」

說著說著，她不禁又輕輕啜泣起來。

楚留香道：「你姐姐究竟是怎麼死的呢？」

石繡雲只是搖著頭，流著淚，什麼話都不說。

楚留香知道這件事其中必有許多難言的隱衷，他本不願逼別人說出自己不願說的事。

但薛斌卻是施茵的未婚夫婿，有關他的每件事，都可能關係著這「借屍還魂」的秘密。

楚留香忽然道：「你的腳還疼麼？」

石繡雲又流著淚點了點頭。

沙。

楚留香輕輕握住了她纖巧的足踝，用一塊潔白的絲巾溫柔地替她擦淨了腳底的血污和泥

石繡雲的身子已劇烈地顫抖起來，臉上更紅得像是晚霞，只覺全身再也沒有一絲力氣，連頭都無法抬起。

全身都在發抖。

楚留香用絲巾替她包紮著傷口，忽又問道：「你姐姐是不是上了薛斌的當？」

石繡雲似乎已連一絲抗拒的力量都沒有了，無論楚留香問她什麼，她都會毫不遲疑地回答。

她說得雖然含糊不清，但楚留香也已明白她姐姐在癡戀著一個人，那人卻是個薄情人，她姐姐為相思所苦，纏綿入骨，竟至一病不起，她看到她姐姐死前的痛苦，所以才決心殺死這負心的人！

楚留香嘆道：「你說得不錯，他騙得她這麼慘，倒真不如一刀殺了她反倒仁慈些，可是……你是怎麼知道這男人就是薛斌？」

石繡雲恨恨道：「我當然知道。」

楚留香道：「是你姐姐告訴你的？」

石繡雲又流淚道：「她……她對他實在太好了，直到臨死時還不肯說出他的名字，但用不著她說，我也知道。」

楚留香道：「爲什麼？」

石繡雲道：「因爲我姐姐病重的時候，薛斌總是藉故來探望消息，看他那種鬼頭鬼腦的樣子，我就知道他沒有安什麼好心。」

她咬著牙道：「我知道他是希望我姐姐快些死，他才好放心跟施茵成親。」

楚留香沉吟著，喃喃道：「不錯，他若和這件事全無關係，又怎會對你姐姐那麼關心？」

石繡雲道：「所以我姐姐一死，我就決心殺了他。」

楚留香嘆了口氣，道：「所以你就到那裡去找他。」

石繡雲道：「我知道他時常都到那小屋子裡去，所以就在那裡等著，等了兩天，果然被我等到了，可是……」

她黯然接著道：「可是我也知道我絕沒有殺死他的力量，所以……所以我就……」

楚留香摸了摸鼻子，道：「所以你就想到了那法子。」

石繡雲垂下頭，顫聲道：「我除了用那種法子之外，根本就沒有別的法子接近他。」

美麗的胴體的確是女人最好的武器。

楚留香又嘆了口氣，苦笑道：「你不覺這法子太冒險了些？」

石繡雲頭垂得更低，流淚道：「我早已準備殺了他之後，自己也一死了之。」

楚留香沉默了半晌，忽又問道：「你姐姐是在哪天死的？」

石繡雲道：「九月二十七，就是立冬前一天的晚上，也就是大前天晚上。」

安』」。

楚留香道：「那麼，她現在還沒有下葬？」

石繡雲道：「第二天就已經下葬了。」

楚留香皺眉道：「爲什麼要如此匆忙？」

石繡雲道：「我二叔堅持要快些將她下葬，他老人家說人死了之後，最好『入土爲

楚留香道：「你二叔？」

石繡雲道：「我父母都已去世了，什麼事都由二叔作主。」

楚留香又沉默了半晌，道：「我想……我想到你姐姐的墓上去瞧瞧。」

秋風肅殺，已吹寒了白楊下的一抔黃土。

單薄的石碑上很簡單的刻著：「石鳳雲之墓」。

一個披麻戴孝的少年，正跪在墓前，哀哀地悲哭著。

楚留香和石繡雲遠遠就看到了這少年。

石繡雲訝然道：「這人是誰？爲什麼來哭我姐姐的墓？」

楚留香也覺得很奇怪，道：「你不知道他是誰？」

石繡雲道：「除了二叔外，我們連一個親人都沒有……」

那少年似乎已被他們的腳步聲所驚動，突然跳了起來，用雙手掩著臉，飛也似地跑走。

他身法居然很快，看來輕功的根基很不錯。

但沒有人能在楚留香面前跑掉。

楚留香身形一閃，已擋在他面前。

這少年從未見過身法這麼快的人，簡直是快如鬼魅，一驚之下，臉色都黃了，嘎聲道：

「求求你，讓我走吧，我並沒有做什麼。」

楚留香道：「你既然沒有做什麼事，爲何要逃呢？」

這少年道：「我……我……」

突然出手一拳，向楚留香胸膛擊出。

這一拳居然也很快，看來他武功的根基也很不錯。

但除了撒嬌的女孩子外，又有誰的拳頭能打得上楚留香的胸膛？

楚留香又一閃，一伸手就刁住了他的腕脈。

這時石繡雲也已趕了過來，這少年真恨不得將自己的頭藏到褲襠裡去，但石繡雲還是看到了他，失聲道：「是你？」

楚留香道：「你認得他？」

石繡雲道：「他是薛斌的書僮，小時候也常跟薛斌到我家去的。」

她瞪著那少年，道：「倚劍，我問你，你慌裡慌張，鬼鬼祟祟的究竟在幹什麼？」

倚劍似乎剛流過淚，此刻卻在流著冷汗，勉強陪笑道：「我……我沒有呀。」

石繡雲道：「我姐姐死了，為什麼要你來披麻戴孝？」

倚劍道：「我……我……」

他似乎忽然靈機一動，立刻大聲道：「石老師一向對我很好，石姑娘去世，我自然要盡盡心。」

石繡雲道：「那麼我父親去世的時候，你為何沒有披麻戴孝呢？」

倚劍怔住了，滿頭大汗如雨而落。

石繡雲忽然一把揪住了他的頭髮，嗄聲道：「你……你難道敢對我姐姐……」

她話未說完，倚劍已跪了下去，以首頓地，嘶聲道：「我該死，求姑娘饒我，我該死……」

石繡雲瞪著他，身子又顫抖起來，忽然狂吼道：「我殺了你……我殺了你……」

但楚留香已握住了她的手，柔聲道：「無論如何，他這麼做總是出於誠心，我若死了，若有人肯為我披麻戴孝，我也就死得很安心了。」

石繡雲道：「可是他……他怎麼能對我姐姐……我姐姐怎麼會對他……」

她又急，又怒，連話都說不清了。

楚留香嘆道：「你莫忘了，他也是人。」

石繡雲忽然放聲哭了起來，跺著腳道：「我錯了，我弄錯了，我不該去找薛斌，我怎麼能在他面前那麼丟人？我以後還有什麼臉見人？」

楚留香輕輕摟住了她，他的手臂是那麼溫柔，那麼堅強，無論多麼悲傷，多麼紊亂的心，在這裡都可以獲得平靜。

倚劍仍然跪在地上，流著淚。

楚留香嘆道：「她死了你如此傷心，她活時，你為何不對她好些？」

倚劍流淚道：「我不敢。」

楚留香道：「不敢？為什麼不敢？」

倚劍道：「我是個低三下四的人，我配不上她。」

楚留香道：「所以你寧可眼看著她為你而死？」

倚劍痛哭失聲道：「我不知道她會這樣，我也不知道她對我這麼好。」

楚留香道：「無論怎麼樣，她病重的時候，你總該去看看她的。」

倚劍道：「是她叫我莫要去找她的。」

楚留香搖了搖頭，嘆道：「女孩子若要你莫去找她，她的意思也許就是要你去找她，你若連這道理都不明白，怎麼能做男人？」

倚劍怔了怔，吃吃道：「但她說她永遠也不要再見我。」

楚留香嘆道：「那是因為她覺得你太沒有勇氣，所以才故意這麼說的，你若真的愛她，就該鼓起勇氣向她求親。」

倚劍道：「她若真有這意思，爲什麼不說出來？」

楚留香苦笑道：「她若肯說出來，就不是女子了。」

倚劍怔了半晌，忽然將頭撞在地上，痛哭著道：「鳳雲，我該死，我是個混蛋，是個呆子……可是你爲什麼要這樣做，你不但害苦了我，也害了你自己。」

楚留香嘆了口氣，喃喃道：「其實你也用不著難受，在自己喜歡的女人面前，每個男人都會變成呆子的。」

看著一個大男人在自己面前號啕大哭，實在不是一件愉快的事，等倚劍哭聲停下來的時候，楚留香就立刻道：「我想請你做件事，不知道你肯不肯答應？」

倚劍抽泣著道：「你是個好人，無論你要我做什麼，我都答應。」

楚留香道：「請你轉達薛公子，就說我大後天晚上在那小屋等他，希望他來跟我見見面。」

倚劍道：「可是……我家公子怎知道你是誰呢？」

楚留香道：「我叫楚留香。」

倚劍就像是忽然吞下個熱雞蛋，整個人都僵住了，連氣都透不過來。

他張大了眼睛，張大了嘴，過了半晌，才長長吐出口氣，吃吃道：「你老人家就是楚香帥？」

楚留香笑了笑，道：「我就是楚留香，但卻並不老。」

倚劍用袖子擦了擦鼻涕，喃喃地說道：「早知你老人家就是楚留香，方才就算殺了我，我也不敢出手了。」

石繡雲，這時張大了眼睛，癡癡地望著楚留香。等倚劍走了，才輕輕嘆息一聲，道：「原來你這麼有名……」

楚留香苦笑道：「有名並不是件好事。」

石繡雲垂下了頭，望著自己的腳，望著腳上的那塊絲巾，也不知在想什麼，竟想得出了神。

楚留香道：「我也想求你一件事，不知你肯不肯答應？」

石繡雲輕輕道：「你說吧，無論什麼事，我都肯答應你。」

她似乎發覺自己這句話說得有些語病，面靨又飛紅了起來，在漸已西斜的陽光下，看來就像一朵海棠。

楚留香心裡也不禁泛起了一陣漣漪，柔聲道：「那麼你趕快回家好好睡一覺，將這所有的一切都暫時忘記。」

石繡雲道：「你呢？」

楚留香道：「我還要去辦些事，等到……」

石繡雲忽然打斷了他的話，大聲道：「其實你用不著趕我走，我也不會纏住你的，我至少還沒有你想像中那麼……不要臉……」

她雖然在勉強控制自己，語聲還是不免有些哽咽，剛擦乾了的眼淚又簌簌地流了下來，話沒有說完，就扭頭飛奔了出去，可是還沒有奔出幾步，腳下一個踉蹌，又跌倒在地。

楚留香苦笑道：「你爲什麼要說這種話？你可知道，就算你不纏住我，我也要纏你的。」

石繡雲流著淚說道：「你也用不著來騙我，像你這樣的名人，自然不會願意和我這樣的女孩子來往，你……你走吧。」

楚留香俯下身，輕撫她的柔髮，道：「誰說我不願和你來往，我一直想約你今天晚上在這裡見面，可惜你不等我說完話，就跟我發脾氣。」

石繡雲怔了怔，眼淚不再流了，頭卻垂得更低，幽幽道：「現在我既然已跟你發了脾氣，你自然不願再和我見面了。」

楚留香笑道：「你以爲我和你一樣，也會發孩子脾氣？」

石繡雲嘟起了嘴，道：「誰說我是孩子？你看我還像孩子麼？」

任何人都可以看出她不再是孩子了，就算是孩子也可以感覺得出，她自己也很明白這一點，故意深深吸了口氣，似乎想證實自己的話，又似乎在向楚留香示威，那豐滿的胸膊幾乎已脹破了衣服。

楚留香摸了摸鼻子，笑道：「你自然也是個大人了，你以後就該像大人一樣，莫要亂發脾氣，也莫要再胡思亂想……」

血。

他目光自她的胸脯望下，落在她巧纖的足踝上，包在她纖足上的絲巾，又滲出了一絲絲

楚留香忍不住又道：「你的腳若還在疼，我……我抱你回去好不好。」

石繡雲道：「你若抱我回家，以後只怕就要別人抱你了。」

楚留香道：「爲什麼？」

石繡雲噗哧一笑，道：「我二叔若看到你抱我回家，不打斷你的腿才怪。」

她嬌笑著自楚留香身旁跑開，忽又回眸笑道：「莫忘了，今天晚上……」

這次她跑得很快，也沒有摔跤。

她的腳似已不痛了。

楚留香望著她纖細的腰肢，飛揚的黑髮，忍不住將自己的鼻子重重的捏了一下，苦笑著喃喃道：「楚留香呀楚留香，看來你的病已愈來愈重了。」

他自己很明白自己的毛病，那就是一遇見美麗的女孩子，他的心就軟了，隨便怎麼樣也板不起臉來說話。

也不知爲什麼，也許是因爲他的運氣太好，也許是因爲他運氣太壞，他時常總是會遇見一些美麗的女孩子。

最要命的是，這些女孩子也都很喜歡他。

楚留香算準薛紅紅和薛斌都已走了，於是他又回到那小屋，小屋果然空無人跡，倒翻了的椅子也沒有扶起來。

他就像遺落了什麼東西似的，在屋子裡搜索了很久，表情看來很失望，顯然什麼也沒有找著。

屋子裡有個很大的鐵火爐，現在還是秋天，這火爐自然已有很久都沒有用過了，但爐子上卻連一點灰塵都沒有。

楚留香眼睛一亮，打開了爐門，就發現爐子裡藏有個小鐵箱，鐵箱裡裝的竟都是女子梳妝用的花粉。

這小屋本是個很男性的地方，只有這鐵箱卻顯然是女子之物，裡面每樣東西都很精緻，有個小小的菱花鏡，兩柄檀香木的梳子，幾盒胭脂花粉也都是很上等的品質，這些東西的主人想必是個很講究修飾的女子，身分也一定不低，否則就用不起這麼貴的東西。

花金弓和薛紅紅都可能常到這地方來，她們若在這裡和別人幽會，當然用得著這些東西。

一個和別人幽會過的女子，自然很需要梳梳頭髮，抹抹胭脂，將自己重新打扮打扮，才好回去見自己的丈夫。

但這鐵箱子卻絕不是花金弓的，也不是薛紅紅的，因爲她們身上的香氣很濃郁，這些花粉的香氣卻很清雅。

那麼，是誰將這鐵箱子藏在這裡的呢？

楚留香用手沾了些花粉，抹在鼻子上，仔細嗅了很久，嘴角漸漸露出了一絲滿意的微笑……

門是開著的。

就在這時，突然有個人自門外掠了進來。

他穿著緊身的黑衣，以黑巾蒙面，身法快如急風，輕如飛絮，掌中一柄長劍，更急如閃電。

長劍閃電般刺向楚留香的背心。

這一劍之快，縱然是迎面刺來的，世上只怕也很少有人能閃避得開，何況是自背後暗襲。

楚留香只覺背心一寒，劍風刺耳，再想閃避，已來不及了。

劍尖已刺入他的背脊。

六 死裡逃生

一陣尖銳的痛苦，直透入楚留香心底。

他身上每一根肌肉，全都生出了一種劇烈的反應，身子也立刻飛掠而起，凌空一個翻身，反手將兩盒花粉撒了出去。

黑衣人一劍得手，第二劍又待刺出，突見一片淺紅色的粉霧自楚留香手裡撒了出來，鼻子裡也嗅到了一陣淡淡的香氣。

他大驚之下，立刻閉起眼睛，掌中劍化爲一片光幕，護住了全身，倒退八尺，退到門口。

等他再張開眼睛，只見楚留香還是槍一般筆直的站在那裡，靜靜地望著他，嘴角居然也還帶著微笑。

但劍尖上卻已有鮮血在滴落。

黑衣人也笑了，格格笑道：「楚留香應變之快，果然是天下無雙，只可惜還是沒有避開我那一劍。」

楚留香淡淡一笑，道：「我本在奇怪，是誰的劍如此快，想不到原來是你。」

黑衣人道：「你豈非正在找我？」

楚留香道：「不錯，我一直都在找你，卻未想到你真的在這裡。」

黑衣人道：「你既然在這裡，我自然也在這裡。」

楚留香道：「難道你是跟著我來的？」

黑衣人道：「正是。」

這人自然就是那刺客組織的首領。

他鷹隼般的目光瞪著楚留香，冷笑道：「你一直在找我，我也一直在找你，你想要我的命，我也想要你的命，我們兩人之間，反正只有一個人能活下去。」

楚留香微笑道：「你認爲誰能活下去呢？」

黑衣人的目光又落在劍尖的血滴上，悠然道：「到了此刻，你難道還想活下去？」

楚留香忽然又笑了，淡淡道：「閣下劍法之快，縱然天下無雙，只可惜……」

黑衣人厲聲道：「你既然未能避開我一劍，我第二劍就必能要你的命！」

楚留香微笑道：「不錯，我既已受傷，自然就無法再避開你的快劍，可是你這第二劍是否能刺得出來呢？」

黑衣人冷笑道：「我殺人從來不會手軟的。」

楚留香道：「有句話江湖中很多人都知道，你難道未曾聽人說起？」

黑衣人道：「什麼話？」

楚留香曼聲長吟道：「盜帥銷魂香，悄悄斷人腸……」

黑衣人的瞳孔驟然收縮了起來，失聲道：「銷魂香？」

楚留香道：「不錯，你方才既已中我的銷魂香，若還不求我救你，一個時辰內便要毒發無救了。」

黑衣人瞪了他半晌，忽然仰面大笑起來，道：「楚留香，你休想要我上你的當，那只不過是盒女人用的香粉而已。」

楚留香嘆了口氣，喃喃道：「女人用的香粉？這裡怎會有女人用的香粉？我難道會將女人用的香粉一天到晚藏在身上？……」

他愈說愈好笑，又忍不住笑了起來。

黑衣人厲聲道：「你若活在世上，我食不知味，寢不安枕，無論如何我也要先殺了你再說。」

楚留香厲聲道：「請。」

黑衣人道：「就算那真是銷魂香，你身上就必有解藥，我先要你的命，再搜你的解藥。」

楚留香微笑道：「好主意。」

黑衣人緊握著劍，牙齒咬得格格作響，嘴裡雖然說得兇，其實手已不免有些軟了，這第二劍再也刺不出去。

楚留香背負著雙手，笑道：「閣下爲何還不出手？早些殺了我，解藥豈非也就能早些到手了麼？」

黑衣人道：「解……解藥難道不在你身上？」

楚留香道：「我說的話你反正不信，又何必還要問我？」

黑衣人咬了咬牙，道：「我就算肯放了你，又怎知你會給我解藥？」

楚留香道：「你的確沒把握。」

黑衣人的目光反而突然冷靜了下來，凝注著楚留香的臉。

過了半晌，他才緩緩道：「我不殺你，你給我解藥？」

楚留香道：「這交易我們兩人反正誰也不會吃虧。」

黑衣人道：「解藥在哪裡？」

楚留香道：「你等我走出門後，就開始從『一』數起，數到『一千』時再出去。」

黑衣人道：「然後呢？」

楚留香道：「我會將解毒的法子寫在你出門後第一眼看到的樹下，但你千萬要記著，一定要數到『一千』時才能出去，否則這交易就算砸了。」

黑衣人沉默了半晌，緩緩道：「據說楚留香從不食言，卻不知是真是假？」

楚留香笑了笑，道：「無論是真是假，你很快就會知道了。」

他從黑衣人身旁走過去，黑衣人只要一伸手，就可刺穿他的咽喉，但他甚至連瞧都沒有瞧這黑衣人一眼。

賭注現在已經押上了，他知道黑衣人已非賭下去不可。

起。

黑衣人眼睛盯著他，全身每一根肌肉都已繃緊，只見楚留香施施然出了門，輕輕將門掩

他從未見過一個人走在生死邊緣上還能如此輕鬆的。

他自己掌心早已沁出了冷汗。

「一、二、三……」

從「一」數到「一千」並不是件很困難的事，若是數得快，用不了盞茶時候就可以數完。

但黑衣人卻覺得好像永遠也數不完似的。

他本也是個賭徒，只不過這次賭得未免太大了，也未免太冒險，若有一絲選擇的餘地，他就絕不會將賭注押下去。

「九百九十二，九百九十二……」

黑衣人「砰」的撞開門，一躍而出，兩個起落後便已掠到第一眼看到的樹下，地上果然有用樹枝劃出的字跡。

只有四個字。

「你未中毒。」

歪歪斜斜的字跡，像是正在對他嘲笑。黑衣人呆住了，呆了半晌，忍不住在這四個字上重重吐了口口水，又狠狠踩了幾腳，喃喃道：「直娘賊，媽那巴子，操……」

他幾乎將各省各地，只要他知道的罵人的話全都罵了出來，「這姓楚的王八蛋原來又在使

詐。」

原來他方才只要一伸手就可將楚留香置之於死地！

他實在想不通楚留香在那種時候怎麼還能一點也不緊張，楚留香那時只要淌出一滴汗，他的劍只怕早已出手！

「楚留香，楚留香，你也用不著得意，今日你雖然又逃脫了一次，但我殺你的機會還是多得很！」

他忽然想起楚留香既已受了重傷，必定逃不遠的，就算已逃出一千步，他還是很快就能追上。

地上果然有一滴乾涸了的血跡。黑衣人伏下身子，像獵狗般在地上搜索著，終於找到了一行足跡。

他就像狼一般追出去。以楚留香受傷之重，的確是逃不遠的，他的確很快就能追上。只可惜楚留香根本沒有逃，他就躲在這株樹上，黑衣人罵他的每句話他都聽得清清楚楚。他這一生中挨的罵只怕還沒有今天一天多。

楚留香望著黑衣人去遠，只覺眼前漸漸發花，身子說不出的虛弱，竟自樹上直跌下來。

現在黑衣人若是趕回來，他根本全無抵抗之力，無論如何，他也是血肉之軀，被人在背上刺了一劍總不是玩的。

楚留香雖看不到背上的傷勢，卻知道這一劍刺得很深，說不定已經刺到骨頭，流的血自然也不少。

以他現在的體力，絕對無法走回「擲杯山莊」。

他倚著樹幹，喘了半天氣，正想找個地方先躲一躲，突聽一陣「沙沙」的腳步聲穿林而來。

楚留香幾乎連呼吸都停頓了。

黑衣人若是去而復返，他只有死路一條。

只聽一人道：「這種地方怎會有好戶頭，看來我又上了你這小賊的當了。」

另一人道：「我騙你幹什麼，我每次只要一來，他們一出手至少就是五錢銀子。」

第一人道：「五錢銀子給臭要飯的，那人難道闊瘋了麼？」

第二人笑道：「這你就不懂了，男人在女人面前，總會裝得大方些的……我說的可不是夫妻，是情人，在老婆面前就不會大方了。」

第一人也笑了，道：「你說的這一男一女兩位財神爺在哪裡？」

第二人道：「就在前面的小屋裡，依我看，他們八成是在那裡幽會。」

這兩人從說話的聲音聽來俱是童子的口音。

楚留香暗中鬆了口氣，回頭望去，只見兩個十三四歲的叫化子笑嘻嘻地從這邊走，兩人穿的雖然破破爛爛，神情卻是高高興興，左面的是個小麻子，大大的眼睛，滿臉都是調皮搗蛋的樣子。

右面的一個是個小禿子，看來比小麻子還要調皮十倍，兩人身法都很輕靈，武功的根基顯然不弱。

楚留香這一生中簡直沒有看到過比這兩個小叫化子更令他愉快的人了，他從未想到叫化子居然如此可愛。

那小禿子和小麻子也瞧見了他，兩人一齊停下腳步，四隻大眼睛瞪著他，滴溜的亂轉。

楚留香向他們笑了笑，道：「兩位小兄弟腳下功夫不錯，不知可是丐幫門下？」

小禿子眼珠子一轉，道：「我爲何要告訴你？」

楚留香笑道：「你們能帶我去見此地的龍頭大哥麼？」

小麻子眼珠也轉了轉，道：「我爲何要帶你去？」

楚留香道：「我叫楚留香，我想他一定願意見我的。」

小麻子道：「楚留香是什麼……」

他話未說完，臉上已挨了小禿子一個耳光，大叫道：「你爲何打我？」

小禿子扮了個鬼臉道：「你若連楚香帥都不知道，就算挨十個耳光都嫌太少了。」

小麻子捂著臉，眼睛忽然亮了道：「楚香帥？你說的是那位『盜帥夜留香，威名震八方』的楚香帥？」

小禿子道：「除了這位楚香帥，哪裡還有第二位楚香帥。」

小麻子「啪」的又給了自己一個耳光，道：「我的媽呀……」

鍋裡燉著狗肉，香得要命。世上縱有不咬叫化子的狗，也很少有不吃狗肉的叫化子。這正如喝酒的時候可以不吃狗肉，吃狗肉的時候卻絕不能不喝酒，叫化子、狗肉、酒，好像永遠分不開的。

破廟裡有十來個叫化子，衣衫雖破爛，神情卻絕不猥瑣，一望而知必定都是丐幫弟子。這些人背後大多背著兩三隻麻袋，其中只有一個黝黑短小的少年乞丐，身後的麻袋有六隻，腰上還插著個黑鐵筒，也不知是做什麼用的，楚留香後來才知道他叫「小火神」。正是此間的龍頭老大。

此刻數十雙眼睛都在望著楚留香，目光中充滿了敬畏仰慕之色，也有幾分親切之意，因為大家都知道楚香帥是丐幫的朋友。

這也是每個丐幫弟子都引以爲榮的事。

小火神正陪著笑道：「弟子們早已久仰香帥的大名了，可是做夢也未想到今日居然能真的有幸見到香帥的大駕，這實在是天大的喜事。」

楚留香傷口已包紮好了，此刻正倚在神案前啜啖著比人參湯還滋補的狗肉湯，微笑著道：「你們現在歡喜，以後只怕連討厭都來不及了。」

他又啜了口狗肉湯，笑道：「因爲你們請我吃肉，我卻是來找你們麻煩的。」

小火神怔了怔，吃吃道：「難道兄弟有什麼地方得罪了香帥？」

楚留香笑道：「你們怎會得罪我，只不過，我有幾件麻煩事想求你們而已。」

小火神鬆了口氣，展顏道：「香帥對丐幫恩重如山，莫說要我們效勞做事，就是要我們跳河，我們也照跳不誤。」

丐幫門下雖然多的是血性男子，楚留香知道若是對這些人講客套話，就顯得自己是僞君子，當下正色道：「第一件事，我要你們去打聽一個人，這人本來的名字叫葉盛蘭，據說是在京城混的，但我想這幾天他必定已到了這裡，我希望你們能打聽出他落腳在什麼地方？究竟是幹什麼的，是不是有人和他同住？」

小火神聽楚留香說，第一件事情要他去打聽葉盛蘭的近況，不由笑道：「香帥請放心，打聽消息正是我們的拿手本事，只要世上有葉盛蘭這個人，我們就能刨出他的根來。」

楚留香道：「第二件事，我要你派幾位兄弟去盯住薛家莊的二公子薛斌，和施家莊裡的一個老奶媽叫梁媽的，無論他們到哪裡去，都要盯住他。」

小火神道：「這也辦得到。」

楚留香道：「第三件事，我希望你能想個法子將『丁家雙劍』的丁老二騙回家去，這兩天他也到這裡來了，就住在擲杯山莊。」

小火神想了想，道：「這件事也包在我們身上，一定替香帥辦好。」

楚留香長長吐出口氣，道：「第四件事可就困難些了。」

小火神笑道：「只要是香帥交代下來的，再困難我們也辦得到。」

楚留香道：「好，今天晚上，我要你們陪我去挖墳。」

小火神這才真的怔住了，香帥的主意難道已打到死人身上去了麼？小火神眼睛發直，簡直有些哭笑不得。

小禿子道：「老大若不敢去，我去。」

楚留香笑了，道：「你真敢去？」

小禿子道：「若是別人叫我去挖人家的墳，我不打他十七八個耳光才怪，但香帥要我去挖墳，我就去挖墳。」

楚留香道：「爲什麼？」

小禿子眨了眨眼睛，道：「因爲我知道香帥絕不會要我們去做壞事的。」

小麻子立刻道：「不錯，我也去。」

小火神嘆了口氣，苦笑道：「看來這兩個小鬼比我還懂事，比我還知道好歹。香帥，你要我們什麼時候去挖墳，我們就什麼時候去。」

楚留香道：「今夜三更。」

他拉起了兩個孩子的手，笑道：「你們都是我的好朋友，但有時我也會帶你們去做壞事的，過兩年等你們長大了些，我一定來找你們去痛痛快快的喝幾杯，還要找兩個小美人兒來替你們斟酒。」

他大笑著接道：「這些也並不是什麼好事，但總比挖墳有趣些。」

楚香帥居然拿他們當朋友，居然要請他們喝酒，小禿子和小麻子幾乎開心得更要發瘋了。

楚留香忽然又道：「你們今天本來是想到那小屋去的麼？」

小麻子道：「小禿子說那小屋裡有兩個很大方的人，他第一次遇見他們，他們就給了一兩多銀子，第二次又是七八錢。」

小禿子笑道：「但是我卻不是故意去敲竹槓的，第一次我是到那裡去捉蝴蝶，遇見他們從那小屋裡出來，他們硬要給我銀子，我也只好收下了。」

小麻子道：「第二次呢？難道也不是故意的嗎？」

小禿子瞪了他一眼，才笑道：「以後我只不過時常都去逛逛罷了，從來也沒有去敲過他們的門，也不是每次都能遇見他們的。」

小麻子撇了撇嘴，道：「還說什麼有福同享，有難同當，自己去了十七八次才叫我去。」

小禿子笑道：「我是怕你生得太醜，把人家嚇跑了。」

小麻子叫了起來，道：「我醜？你很美嗎？禿不禿，癩葫蘆。」

楚留香也笑了，但眼睛卻發著光，又問道：「那兩人是一男一女？」

小禿子道：「嗯，兩人都很年輕，穿得也都很漂亮，一看就知道是有錢人家的小姐和少爺，但對人卻很和氣。」

楚留香道：「他們長得是何模樣？」

小禿子想了想，道：「兩人長得都沒有什麼特別的地方，都不難看，尤其那位姑娘，一笑就有兩個酒渦，美極了。」

楚留香道：「下次你若再看到他們，還認不認得？」

小禿子道：「當然認得，我小禿子可不是忘恩負義的人，無論誰對我有好處，我一輩子都忘不了。」

楚留香拍了拍他肩頭，笑道：「好，好極了……」

七 人約黃昏後

天還沒有黑，石繡雲就已在等著了。

她既不知道楚留香爲何要約她在這裡相見，更想不到自己會在親姐姐的墳墓前和一個陌生的男人有約會。

但她卻還是來了，還沒有吃晚飯，她的心就已飛到了這裡，剛提起筷子，就恨不得一口將飯扒光。

然後她就站在門口等天黑下來，左等天也不黑，右等天也不黑，她常聽人說到了秋天就會黑得早些。

幸好這地方很荒僻，終日也瞧不見人影，所以她一個人站在這裡癡癡地等，無論等多久都不怕被人瞧見。

望著自己姐姐的墳，她心裡本該發酸、發苦才是，但現在只要一想起楚留香，她心裡就覺得甜甜的，把別的事全都忘了。

腳還有些疼，她已將楚留香替她包紮的那塊絲巾悄悄藏在懷裡，悄悄換了雙新繡花鞋。

姐姐剛死了沒幾天，她就穿上新的繡花鞋了，她自己也覺得自己很不對，卻又實在忍不住不穿。

她將這雙新繡花鞋脫下來好幾次，最後還是穿了出來，她覺得楚留香一雙眼睛總是在看著她的腳。

她覺得自己一穿上這雙新鞋子，腳就顯得特別好看。

天愈來愈黑，風愈來愈大。

她卻覺得身子在發熱，熱得要命。

「他爲什麼還不來？會不會不來了？」

她咬著嘴唇，望著剛升起的新月。

「月亮升到樹這麼高的時候，他若還不來，我絕不再等。」

可是月亮早已爬過了樹梢，她還是在等。

她一面癡癡地等，一面悄悄地恨。

「他就算來了，我也絕不睬他。」

可是一瞧見楚留香的身影，她就什麼都忘了，忘得乾乾淨淨。

她飛也似地迎了上去。

楚留香終於來了，還帶來許多人。

石繡雲則跑出兩步，又停下腳。

楚留香正在對著她微笑，笑得那麼溫柔。

「可是你爲什麼要帶這麼多人來呢？」石繡雲咬了咬牙，扭頭就走。

她希望楚留香追了上來，但卻偏偏聽不到腳步聲，她忍不住放緩了腳步，想回頭去瞧，卻又怕被人家笑。她又是生氣，又是傷心，又有些著急，有些後悔，正不知該如何是好，突聽身旁有人在笑，楚留香不知何時已追上來了，正帶著笑瞧著她，笑得那麼可愛，又那麼可恨，像是已看透了她的心事。

石繡雲的臉紅了。楚留香沒有追來的時候，她想停下來，楚留香追上來，她的腳步就又加快了，低著頭從楚留香面前衝了過去。

但楚留香卻拉住了她，柔聲道：「你要到哪裡去？」

石繡雲咬著嘴唇，跺著腳道：「放手，讓我走，你既然不願見我，爲何又來拉著我？」

楚留香道：「誰說我不願見你？」

石繡雲道：「那麼就算我不願見你好了，讓我走吧。」

楚留香道：「你既然不願見我，爲什麼要在這裡等我？」

石繡雲的臉更紅，眼圈兒也紅了，跺著腳道：「不錯，我是想見你，你明知我一定會在這裡等你，所以就帶這麼多人來瞧，瞧你多有本事，到處都有女孩子等你。」

楚留香笑了，道：「其實我也不想帶他們來的，但有件事卻非要他們幫忙不可。」

石繡雲忍不住問道：「什麼事？」

楚留香道：「我要他們將這座墳墓挖開來瞧瞧。」

石繡雲叫了起來，道：「你……你瘋了！爲什麼要挖我姐姐的墳？」

楚留香道：「這不是你姐姐的墳，若是我猜得不錯，這一定是座空墳。」

石繡雲嗄聲道：「誰說的？我明明看到他們將棺材埋下去……」

楚留香道：「他們雖然將棺材埋了下去，但棺材絕不會有人。」

他輕輕撫著石繡雲的手，柔聲道：「我絕不會騙你，否則我就不會約你到這裡來了，只要你肯等一等，就會知道我說的話不假。」

棺材裡果然沒有人，只裝著幾塊磚頭。

冷夜荒墳，秋風瑟瑟，冷清清的星光照著一座挖開的新墳，一口薄薄的棺材，棺材裡卻只有幾塊磚頭……

死人到哪裡去了？難道她已復活？

石繡雲全身都在發抖，終於忍不住嘶聲大喊起來。

「我姐姐到哪裡去了？我姐姐怎會變成了磚頭？」

淒厲的呼聲帶起了回音，宛如鬼哭，又宛如鬼笑，四下荒墳中的冤鬼似乎都一齊溶入了黑暗中，在向她嘲弄。

就連久走江湖的丐幫弟子心裡都不禁泛起了一陣寒意。

楚留香輕輕摟住了石繡雲的肩頭，道：「你有沒有看到他們將你姐姐的屍身放入棺材？」

石繡雲道：「我看到的，我親眼看到的。」

楚留香道：「釘棺材的時候呢？」

石繡雲想了想，道：「蓋棺材的時候我不在……我本來也不願離開的，可是二孀怕我悲哀過度，一定要我回房去。」

楚留香道：「是你二叔釘的棺材？」

石繡雲道：「嗯。」

楚留香道：「現在他的人呢？」

石繡雲道：「我姐姐落葬後第二天，二叔就到省城去了。」

楚留香道：「去幹什麼？」

石繡雲道：「去替薛家莊採辦年貨。」

採辦年貨自然是件很肥的差使。

楚留香眼睛亮了，道：「薛家莊的年貨是不是每年都由他採購？」

石繡雲道：「往年都不是。」

楚留香嘴角露出一絲難測的笑容，喃喃道：「往年都不是，今年這差使卻忽然落到他頭上了……有趣有趣，這件事的確有趣得很。」

他忽又問道：「這差使是不是薛二公子派給他的？」

石繡雲道：「不錯，就因為如此，所以我才更認為姐姐是被他害死的，他為了贖罪，所以才將差使派給我二叔。」

楚留香嘆了口氣，道：「他只怕不是為了贖罪，而是……」

石繡雲道：「是什麼？」

楚留香嘆道：「這件事複雜得很，現在我們就算對你說了，你也不會明白。」

石繡雲流淚道：「我也不想明白，我只要知道我姐姐的屍身到哪裡去了？」

楚留香沉吟了半晌，道：「若是我猜得不錯，不出三天，我就可以將她的屍身帶回給你。」

石繡雲道：「你……你知道她的屍體在哪裡？」

楚留香道：「到目前為止，我還只不過是猜測而已，並不能確定。」

石繡雲道：「她屍身難道是被人盜走的？」

楚留香道：「嗯。」

石繡雲道：「是誰盜走了她的屍身，為的是什麼？她又沒有什麼珠寶陪葬之物，那人將她的屍身盜走又有什麼用？」

楚留香柔聲道：「現在你最好什麼都不要多問，我答應你，三天之內，我一定將所有的事都對你說清楚。」

楚留香回到「擲杯山莊」的時候，天已快亮了。

左輕侯雖然早已睡下，但一聽到楚留香回來，立刻就披著衣裳趕到他房裡，一見就拉著他的手，道：「兄弟，整天都見不到你的人影，可真快把我急死，你究竟跑到哪裡去了？可探出什麼消息？」

楚留香笑了笑，先不回答他這句話，卻反問道：「丁二俠呢？」

左輕侯道：「丁老二本來一直在逼著我，簡直逼得我要發瘋，但今天晚上，也不知爲什麼，他又忽然跑了，連話都沒有說，看情形好像家裡出了什麼事似的。」

他嘆了口氣，苦笑道：「兄弟，不是我幸災樂禍，但我真希望他們家裡出些事，莫要再到這裡來逼。」

楚留香道：「姑娘呢？」

左輕侯道：「她倒真聽你的話，整天都將自己關在屋裡，沒有出來。」

楚留香道：「她本來就是個乖孩子。」

左輕侯道：「可是……可是這究竟是怎麼回事呢？我究竟該怎麼辦？丁家那邊也不能老是這樣拖下去。」

他緊緊拉著楚留香的手，道：「兄弟，你可千萬要替我想個法子。」

楚留香道：「法子總有的，但二哥現在卻不能著急，也許不出三天，什麼都可以解決了……」

三天，三天……這三天內難道會有什麼奇蹟出現不成？

左輕侯還待再問，楚留香卻居然已睡著了。

楚留香一醒，就聽說有兩個人在外面等著他。

一個丐幫的弟子，左二爺已請他在客廳裡喝茶，還有一個人卻不肯說出自己的來意，而且一直等在大門外，不肯進來。

回話的人叫左升，是左二爺的親信，自然也是個很精明幹練的人，他想了想，才陪著笑道：「這人長得倒也很平常，但形跡卻很可疑，而且不說實話。」

楚留香道：「哦？」

左升道：「他說是自遠道趕來的，但小人看他身上卻很乾淨，一點也沒有風塵之色，騎來的那匹馬也不像是走過遠路的。」

楚留香道：「你看他像不像練家子？」

左升道：「他走路很輕快，動作也很敏捷，看來雖有幾分功夫，但卻絕不像是江湖人，小人敢擔保他這輩子絕沒有走出松江府百里外。」

楚留香笑了笑道：「難怪二爺總是說你能幹，就憑你這雙眼睛，江湖中已很少有人能趕得上你。」

左升趕緊躬身道：「這還不都是二爺和香帥你老人家的教誨。」

楚留香道：「二爺呢？」

「二爺吃了張老先生兩帖寧神藥，到午時才歇下，現在還沒醒。」

楚留香道：「大姑娘呢？」

左升道：「姑娘看來氣色倒很好，而且也吃得下東西了，就是不讓人到她屋裡去，整天關著房門在屋子裡……」

他嘆了口氣，壓低了聲音，道：「香帥總該知道，姑娘以前不是這個樣子，從來不願在屋子裡，這件事……這件事的確有點邪門。」

楚留香沉吟著，道：「煩你去稟報姑娘，就說我明天一定有好消息告訴她，叫她莫要著急。」

左升道：「你老人家現在是不是要先到客廳去見見那位丐幫的小兄弟？」

楚留香道：「好。」

小禿子顯然已經等得不耐煩了，正在那裡東張西望，看到楚留香立刻就迎上前來請安，然後就笑道：「香帥昨天吩咐我們辦的事，今天已經有些眉目了。」

楚留香笑道：「你們辦事倒真快。」

小禿子道：「昨天香帥一交代下來，大哥立刻就叫全城的弟兄四下打聽，最近有沒有說北方話的陌生人在城裡落腳，今天上午，就有了消息。」

楚留香微微笑著，等他說下去。

小禿子道：「最近到松江府來的北方人一共十一個，其中六個人是從張家口來的皮貨商，年紀已有四五十了，當然不會是香帥要找的人。」

楚留香道：「嗯。」

小禿子道：「還有四個人是京城來的鏢師，有兩位年紀很輕，但我們已去盤過他的底，四個人中沒有一個姓葉的。」

楚留香笑道：「還有兩個人呢？」

小禿子道：「那兩人是一對夫妻，兩人年紀都很輕，也都很好看，據說是京城什麼大官的公子，帶著新婚的媳婦到江南來遊賞，順便也來嘗嘗松江府的鱸魚，但就連那客棧的店小二都知道他們在說謊。」

楚留香道：「哦！何以見得？」

小禿子道：「因爲他們說是來遊山玩水的，卻整天躲在屋子裡不敢出來，更從來也沒有吃過一條鱸魚，兩人穿的衣服雖然很華貴，但氣派卻很小，出手也不大方，一點也不像有錢的闊少爺。」

他笑了笑，悄聲道：「聽那店小二哥說，有一天他無意中瞧見這位大少爺居然替他老婆洗腳，他老婆嫌水太熱，一腳將整盆的洗腳水全都踢在這位大少爺身上，這大少爺卻連屁也不敢放一個。」

楚留香眼睛亮了，道：「他姓葉？」

小禿子道：「他在櫃台上說的名字是李明生，但名字可以改的。」

「不錯，名字可以用假的……這兩人住在哪家客棧？」

小禿子道：「就在東城門口那家福盛老店。」

楚留香道：「好，你先到那裡去等我，我隨後就來。」

河畔的柳樹下繫著一匹白馬，一個青衣人正站在樹下，眼睛盯著「擲杯山莊」的大門。

楚留香並不認得他，他卻認得楚留香。

楚留香問他：「有何貴幹？」

這青衣人只道：「主人有很要緊的事要見香帥一面。」

楚留香問他：「你家主人是誰？」

這青衣人陪笑道：「是香帥的故交，香帥一見面就知道了，現在他正在前面相候，特命小人來這裡相請。」

楚留香問他：「你家主人爲何不來？又爲何不讓你說出他的姓名？」

這青衣人卻什麼話都不肯說了，只是彎著腰，陪著笑，但卻顯然是假笑，不懷好意的假笑。

楚留香也笑了，凝注著他，悠然道：「你什麼都不肯說，怎知我會跟你去呢？」

青衣人陪笑道：「香帥若是不去，豈非就永遠不知道我家主人是誰了，那麼香帥多少總會覺得有些遺憾吧！」

楚留香大笑道：「好，你家主人倒真是算準了我的短處，我若不去見一面，只怕真的要連覺都睡不著了。」

青衣人笑道：「我家主人早說過，天下絕沒有楚香帥不敢見的人，也絕沒有楚香帥不敢去的地方。」

他一面說話，一面已解開了繫在樹上的馬鞍，用衣袖拍淨了鞍上的塵土，躬身陪笑道：「香帥請。」

楚留香道：「我騎馬，你呢？」

青衣人笑道：「已經用不著我了，這匹馬自然會帶香帥去的。」

這青衣人的確摸透了楚留香的脾氣，愈危險、愈詭秘的事，楚留香往往會覺得愈有趣。有時他縱然明知前面是陷阱，也會忍不住往下跳的。

楚留香騎著馬越過小橋，還隱隱可以聽到那青衣人笑聲隱隱傳來，笑聲中帶著三分諂媚，卻帶著七分惡意。

他的主人究竟是誰，莫非就是那刺客組織的首領？

楚留香覺得興奮，就像是小時候和小孩捉迷藏的心情一樣，充滿了新奇的緊張和刺激。

馬走得很平靜，也很快，顯然是久經訓練的良駒。

楚留香並沒有挽韁，他居然隨隨便便地就將自己的命運託給這匹馬了，而且居然一點也不著急。

楚留香索性閉上了眼睛。

他張開眼睛時會看到什麼呢？

約他的人也許並不是那神秘的刺客，也許並不是他的仇敵，而是他的朋友，他有很多朋友都喜歡開玩笑。

何況，還有許多女孩子，許多美麗的女孩子……

他忽然想起一個姓蔡的女孩子，大大的眼睛，細細的腰，還有兩個很深的酒渦，有一次在衣櫃裡躲了大半天，連飯都沒有吃，餓得幾乎連腿都軟了，就爲了要等他回來，嚇他一跳。

楚留香忍不住笑了。

他只希望自己張開眼睛時，會看到她們其中一個。

其實他也並不是個很喜歡做夢的人，只不過遇著的事愈危險，他就愈喜歡去想一些有趣的事。

他不喜歡緊張，憂慮，害怕……

他知道這些事對任何人都沒有好處。

馬奔行了很久很久，驟然停了下來。

蹄聲驟頓，只剩下微風在耳畔輕輕吹動，天地間彷彿很安靜——他還是沒有張開眼睛。

然後，他就聽到一陣很輕的腳步聲。

一個人正向他走過來。

這人走在落葉上，腳步聲雖仍是十分輕微，除了楚留香之外，世上只怕很少有人能聽得到。

這人還遠在十步外，楚留香就覺得有一股可怕的劍氣迫人眉睫，但是他反而笑了，微笑道：「原來是你，我實在沒有想到會是你。」

站在楚留香面前的，赫然竟是薛衣人。

秋風捲起了滿地黃葉，薛衣人正標槍般肅立在飛舞的黃葉中，穿著身雪白的衣裳，白得耀眼。

他身後背柄烏鞘長劍，揹劍的方式，任何人都想得到他如此揹劍，只爲了能在最短的時間裡將劍拔出來。

現在，劍還未出鞘，劍氣卻已出鞘。

他的眼睛裡就有股可怕的劍氣，只因他的劍就是他的人，他的人已和他的劍溶爲一體。

他靜靜地望著楚留香，冷冷道：「你早就該想到是我的。」

楚留香道：「不錯，我早該想到你的，連左升都已看出你那位使著並非遠道而來，薛家莊的人到了左家，自然不肯說出自己的身分。」

薛衣人道：「決戰在即，我不願再和左家的人生事。」

楚留香道：「但他在我前面爲何還不肯說出來意呢？」

薛衣人道：「只因他怕你不敢來。」

楚留香道：「不敢來？我爲何不敢來？有朋友約我，我無論如何都會趕來的。」

薛衣人瞪著他，一字字道：「你不敢來，只因爲你已不是我的朋友！」

楚留香摸了摸鼻子，笑道：「我昨天還是你的朋友，怎地今天就不是了？」

薛衣人道：「我本來確想交你這個朋友，所以才帶你入劍室，誰知你……」

他面上忽然泛起一陣青氣，一字字道：「誰知你根本不配做朋友！」

「你……你難道認爲我偷了你的劍？」

薛衣人冷笑道：「只因我帶你去過一次，所以你才輕車熟路，否則你怎能得手？」

楚留香幾乎將鼻子都摸紅了，苦笑道：「如此說來，你的劍真的被竊了？」

薛衣人沒有回答這句話，卻垂下頭凝著自己身上的白衫，緩緩道：「這件衣服，還是我二十年前做的，我直到今天才穿上它，因爲直到今天我才遇見一個該殺的人，值得我殺的人！」

楚留香嘆了口氣，道：「第一天我到你家，過兩天你的劍就被人偷了，這也難怪你要疑心是我偷的，可是你若殺了我，就永遠不會知道誰是那真正偷劍的賊人了。」

薛衣人道：「不是你是誰？難道我還會故意陷害你？我若要殺你，根本就用不著編造任何理由。」

楚留香道：「你自然不必陷害我，但卻有人想陷害我，他偷了你的劍，就為了要你殺我，你難道從未聽說過『借刀殺人』之計？」

薛衣人道：「誰會以此來陷害你？」

楚留香苦笑道：「老實說，想陷害我的人可真不少，昨天還挨了別人一冷劍……」

薛衣人皺眉道：「你受了傷？」

楚留香嘆了口氣，道：「受傷並不是什麼光采的事，我為何要說謊。」

薛衣人道：「是誰傷了你？」

楚留香道：「就是我要找的刺客。」

薛衣人銳利的目光在他身上一掃，道：「傷在何處？」

楚留香道：「背後。」

薛衣人冷笑道：「有人在你背後出手，堂堂的楚香帥竟會不知道？」

楚留香摸了摸鼻子道：「當我發覺時，已躲不開了。」

薛衣人道：「閣下若是時常被人暗算，能活到現在倒真不容易。」

楚留香笑了笑，道：「在下被人暗算的次數雖不少，但負傷倒是生平第一遭。」

薛衣人道：「他的劍很快？」

楚留香嘆道：「快極了，在下生平還未遇到這麼快的劍。」

薛衣人沉吟了半晌，道：「聽說你和石觀音、『水母』陰姬、帥一帆這些人都交過手！」

楚留香說道：「不錯，石觀音出手詭秘，帥一帆劍氣已入門，『水母』陰姬內力之深厚，更是駭人聽聞，但論出手之快，卻還是都比不上此人。」

薛衣人臉上似已泛起了一種興奮的紅光，喃喃道：「這人竟有如此快的劍，我倒也想會會他。」

楚留香又笑了笑，笑容有些神秘，緩緩道：「他既已到了這裡，莊主遲早總會見著他的。」

薛衣人道：「你難道想說盜劍的人就是他？是他想借我的手殺你？」

楚留香道：「這自然很有可能。」

薛衣人厲聲道：「但他又怎知你到過我的劍室，怎知我的劍藏在哪裡？」

楚留香道：「這也是我想不通的地方，但要給我幾天時間，我可以保證一定能將真象探查出來！」

薛衣人沉默了很久，冷冷道：「你受了傷，實在是你的運氣……」

他忽然掠上馬背，急馳而去。

楚留香默然半晌，喃喃道：「李明生當真就是葉盛蘭，那才真是我的運氣。」

裡。

福盛老店是個很舊式的客棧，屋子已很陳舊，李明生「夫婦」就住在最後面的一個小跨院

楚留香發現他們住的屋子不但關著，連窗子也是緊緊關著的，雖然是白天，他倒卻像是還躲在房裡睡大覺。

這兩人究竟有什麼見不得人的地方？

楚留香問道：「他們沒有出去？」

小禿子道：「沒有出去，從昨天晚上起，這裡一直都有人守著的。」

楚留香目光一轉，忽然大聲道：「李兄怎會到這裡來了，就住在這裡麼？」

他一面說著話，一面已走過去，用力拍門，喚道：「開門！」

房子裡立刻「窸窸窣窣」響起一陣穿衣服的聲音，過了很久，才聽到一個人懶洋洋地道：「是誰？你找錯門了吧？」

楚留香道：「是我，張老三，李兄難道連老朋友的聲音都聽不出了麼？」

又過了半晌，那扇門才「呀」的開了一線，一個面色蒼白，頭髮凌亂的少年人探出半個身子來，上上下下瞧了楚留香一眼，皺眉道：「你是誰？我不認得你！」

那少年面色變了變，身子立刻縮了回去，但他還沒有將門關上，楚留香的腿已插了進去，輕輕一推，門就被推開了。

那少年被推得踉蹌後退了好幾步，怒道：「你這人有毛病麼，想幹什麼？」

楚留香微笑道：「我想幹什麼，你難道還不明白？」

屋裡還有個套間，門沒有關好，楚留香一眼掃過，已發現床上躺著個人，用棉被蒙著頭，卻露出一隻眼睛偷偷的瞧，床下擺著雙紅繡鞋，旁邊的椅子上還堆著幾件粉紅緞子的衣裙。

那少年面上更連一點血色都沒有了，搶著想去將這扇門拉上，但是楚留香身子一閃，已擋住了他的去路，笑道：「我既已找著了你們，再瞞我又有何用？」

那少年顫聲道：「你……你可是曹家派來的？」

楚留香皺了皺眉，道：「曹家？」

那少年突然「噗」地跪了下去，哭喪著臉道：「小人該死，只求大爺你放我們一條生路……」

床上那女子忽然跳了起來，長得果然很年輕，很妖嬈，卻很潑辣，身上只穿著件很薄的褻衣，幾乎完全是透明的，連大腿都露了出來，但她卻完全不管，衝到楚留香面前，兩手叉著腰，大聲道：「你既然是曹家派來的，那就更好了，你不妨回去告訴曹老頭，就說我已跟定了小謝，再也不會回去受他那種活罪，我雖然帶了他一匣首飾出來，但那也是他給我的，再說我一個黃花閨女跟了他好幾年，拿他幾文臭錢又有什麼不應該，你說……你說……有什麼不應該？」

她說話就像爆蠶豆似的，別人簡直插不上嘴。

楚留香怔住了，實在有些哭笑不得。

他現在已知道自己找錯了人，這少年並不是葉盛蘭，而是「小謝」，這少女更不是他想像中的那人。

看來她只不過是「曹家」的逃妾，看上了「小謝」，就捲帶了細軟，和小謝雙雙私奔到這裡來。

他們知道曹老頭不肯就此罷休，自然躲著不敢見人。

楚留香摸了摸鼻子，喃喃道：「清官難斷家務事，但你們若真的想好好過日子，就該想法找些正當事做，怎麼能整天關起門來睡覺。」

「小謝」的臉紅了，頓首道：「是，是，是，小人一定聽大爺的吩咐，從此好好做人。」

楚留香已走出了門，卻還不肯放心，忽又回頭來問道：「你們既是京城來的，可知道一個叫葉盛蘭的麼？」

小謝道：「葉盛蘭？大爺說的可是大柵欄，『富貴班』裡那唱花旦的小葉？」

楚留香的心已跳了起來，卻還是不動聲色，道：「不錯，我說的就是他！」

小謝道：「我前兩天還看到過他。」

楚留香趕緊問道：「在哪裡？」

小謝道：「他好像就住在前面那條『青衣巷』，是第幾家門小人卻沒看清，因爲他好像有點鬼鬼祟祟的，連人都不敢見。」

他只顧說別人，卻忘了自己，等他說完話，再抬起頭來，面前的人忽然不見了。

楚留香又是興奮，又是好笑。

他猜得果然不錯，葉盛蘭果然就躲在這松江城裡，但他卻未想到葉盛蘭是個唱戲的。

青衣巷是條很長的巷子，最少有一百多戶人家，葉盛蘭究竟住在哪一家裡？小禿子拍著胸脯，說是用不著兩個時辰，他就能打聽出來。

這時天已快黑了。

楚留香找了家館子，結結實實地大吃了一頓，就去找石繡雲，他告訴自己這是為了正事，而非為了私情。

他自己是否真心說的這句話呢？那就只有天知道了。

石繡雲的家，是一棟很小的屋子，顯然最近才粉刷一新，連那兩扇木板門也是新油漆的。

石繡雲正在院子裡趕雞回籠。

她穿件粗布衣服，頭髮也沒有梳好，赤著足穿著雙木屐，正是「屐上足如霜，不著鴉頭襪」，雖然蓬頭粗服，看來卻別有一種風情。

楚留香在竹籬外，悄悄地欣賞了半天，才輕輕喚道：「石姑娘，石繡雲。」

石繡雲一驚，抬頭，瞧見了他，臉忽然飛紅了起來，話也不說，扭頭就走，飛也似地跑了回去。

楚留香只有等。

等了半天，石繡雲才出來，頭已梳好了，衣服也換過了，又穿起了那雙水紅色的新繡鞋。

楚留香笑了，輕聲道：「你這雙鞋子好漂亮。」

石繡雲臉忽然又飛紅了起來，咬著嘴唇，跺著腳道：「你要來，爲什麼也不先說一聲。」

楚留香道：「我本來想明天來的，可是今天晚上我又非來不可。」

石繡雲垂著頭，弄著衣角，道：「爲什麼？」

楚留香道：「你二嬸呢？」

石繡雲偷偷看了他一眼，道：「她起得早，現在已睡了。」

楚留香道：「你能出來嗎？」

石繡雲道：「這麼晚了，叫我出去幹什麼？」

她呼吸似已有些急促，但聲音已有些發抖，楚留香只覺心裡一陣蕩漾，忍不住自竹籬間握住她的手。

她的手好燙。

石繡雲著急道：「快放手，被我二嬸看到，小心她打斷你的腿。」

楚留香笑嘻嘻道：「我不怕，她反正已經睡了。」

石繡雲道：「你……你……你……你不是好人，我偏不出去，看你怎麼樣？」

楚留香道：「你不出來，我就不走。」

石繡雲眼睛瞟著他，輕輕嘆了口氣，道：「你真是我命裡的魔星，我……」

突聽屋子裡有人喚道：「繡雲，你在跟誰說話？」

石繡雲緊張道：「沒有人，只不過是條野狗。」

她又瞟了楚留香一眼，自己也忍不住噗哧一笑，在他手上重重擰了一把，恨恨道：「我一看到你，就知道要倒楣了。」

她一扭腰跑了出來，楚留香望著她飛揚的髮絲，心裡只覺甜絲絲的，就彷彿又回到遙遠的少年時，他和鄰家的小女孩偷偷約會晚上去湖畔捉魚，魚兒雖始終沒有捉到，卻捉回了無數的甜笑。

石繡雲已走出了門，不肯過來。

楚留香忍不住過去抱住了她，輕輕咬了她一口。

石繡雲嬌嗔道：「你……你幹什麼？」

楚留香笑道：「你剛剛不是說我是條野狗麼，野狗本就會咬人的。」

石繡雲咬著嘴唇道：「你不但是條野狗，簡直是條小瘋狗。」

楚留香忽然「汪」的一聲，張開了大嘴。

石繡雲嬌笑轉身逃了出去，楚留香就在後面追。

天上星光閃爍，天地間充滿了溫柔，田裡金黃的稻子在晚風中起伏著，彷彿海浪。

誰說生命是杯苦酒？

石繡雲似已笑得沒有力氣了，跑著跑著，忽然倒在穀倉旁的草堆上，不停地喘息著，輕輕喚道：「救命呀！有瘋狗要來咬人了。」

楚留香「汪」的一聲，撲了過去，抱住了她，笑道：「你叫吧！沒有人會來救你的，我要先咬掉你的鼻子，再咬掉你的耳朵，再咬破你的嘴……」

石繡雲嚶嚀一聲，想去推他，怎奈全身都已發軟，哪有半分力氣，只有將頭埋入他懷裡，求饒道：「饒了我吧！下次我再也不敢……」

她這句話沒有說完，因爲她的嘴唇已被咬住。

在這一刹那間，她全身都崩潰了，只覺一個人在往下沉落，堅實的大地似已變成了溫柔地湖水。

她的人正在往湖心沉落……

星光彷彿正在向他們眨著眼，晚風似在輕笑，連田裡的稻子都低下了頭，不好意思再看了。

生命原來是如此美好。

也不知過了多久，楚留香忽然站了起來，柔聲道：「時候已不早了，我們走吧！」

石繡雲軟軟的躺在草堆上，星眸如絲，道：「還要到哪裡去？」

楚留香道：「我要帶你去看樣東西，你看到之後，一定會很驚奇的。」

八 成人之美

石繡雲伏在楚留香背上，就好像騰雲駕霧一樣。一重重屋脊，一棵棵樹木，迎面向她飛來，又自她腳底飛過去。

她第一次領略到這種新奇的刺激，她覺得只要和楚留香在一起，隨時隨地都可能有新奇的事發生。

這時他們已到了個很大的庭園中，他們悄悄穿過許多小竹林，來到個小院，院中竹葉蕭蕭，屋裡一燈如豆。

屋子裡沒有人，只有口棺材，燭台上的燭淚已乾，僅剩下一燈熒熒，素幔黃棺，更顯得說不出的淒涼蕭索。

神案上有個靈牌，上面寫的名字是：「施茵」。

石繡雲顫聲道：「這裡難道是施家莊？」

楚留香道：「嗯。」

石繡雲道：「你……你帶我到這裡來幹什麼？」

楚留香沒有說話，卻推開門，拉著她走了進去。

石繡雲只覺全身都在發冷，道：「你這人真奇怪，帶我到這裡來幹什麼？」

楚留香笑了笑，他笑得很神秘，道：「帶你來看看這位施姑娘。」

石繡雲機伶伶打了個寒噤，嗄聲道：「我不要看，我……我們快走吧！」

楚留香非但不放她走，反而將她拉到棺材旁。

石繡雲幾乎忍不住要駭極大叫起來，但卻已怕得連聲音都發不出了，她再也想不出楚留香爲何要這樣對她。

楚留香竟已將棺材掀開。

他全神卻貫注在棺材裡，竟未發覺窗外正有個人屏住了呼吸，在偷偷地盯住他，目中充滿了恨意。

楚留香忽然將手伸入了棺材，去摸死人的臉。

石繡雲牙齒格格地打戰，人已幾乎倒了下去。

她這才發現楚留香真的瘋了，瘋得可怕。

楚留香似乎在死人臉上揭下了一層皮，忽然回頭道：「你來看看，認不認得她？」

石繡雲拚命地搖頭，道：「不……不……」

楚留香柔聲道：「你只要看一眼，就知道我爲什麼要你到這裡來了。」

石繡雲只有去看一眼。

這一眼看過，她也好像忽然瘋了似的，張開嘴大叫起來。

棺材裡的死人竟是她姐姐！

楚留香不等她呼聲發出，已掩住了她的嘴。輕輕扶著她的背，等她的驚慌平靜下來，再柔聲道：「輕聲說話，莫要驚動別人，知道嗎？」

石繡雲點了點頭，等楚留香的手放開，她目中已不禁流下淚來，顫聲泣道：「我姐姐的屍身怎會到這裡來了？」

楚留香眼睛裡發著光，緩緩道：「只因爲要有一個人的屍體來頂替施茵，你姐姐又恰巧病在垂危，所以他就選上了你姐姐。」

石繡雲道：「這……這人難道是和我二叔串通好了的？」

楚留香嘆了口氣，道：「財帛動人心，這也怪不了你二叔。」

石繡雲張大了嘴，連氣都幾乎憋住了。她再也想不到世上竟有這種不可思議的事。

過了半晌，她忍不住問道：「棺材裡既然是我姐姐，那麼施茵到哪裡去了？」

楚留香一字字道：「若是我猜得不錯，你很快就可看到她了！」

等楚留香他們走出去，躲在窗外的人立刻也轉身飛奔，星光照著她頭上的白髮，這人赫然竟是梁媽。

難道她早已知道棺材的屍體並非她的茵兒？那麼她又爲何還要故作悲傷？這和善的老婦人難道也有什麼詭秘的圖謀不成？

楚留香忙拉著石繡雲向外跑，只望能快些離開這地方。

但就在這時，突然一個人道：「大叔，你騙我，大人怎麼能騙小孩子。」

這句話沒說完，已有個人攔住了他的去路。

只見這人紅紅的臉，頭上都已白髮蒼蒼，身上穿著件大紅繡花的童衣，這不是那位薛寶寶是誰？

楚留香暗中嘆了口氣，推開石繡雲，悄悄道：「轉角那邊有道門，你快走，回家去等我。」

石繡雲早已嚇呆了，連跑都跑不動。

薛寶寶根本沒有留意到她，只是瞪著楚留香道：「你騙我，天上的星不是兩萬八千四百三十七個。」

楚留香見到石繡雲已走遠，才笑了笑，道：「不是麼？只怕我數錯了。」

薛寶寶道：「大人不可以騙小孩子，你卻騙了我，我、我……」

他的嘴一撇，忽然坐到地上放聲大哭起來。

這一著倒出了楚留香意料之外，只有陪笑道：「我今天晚上替你數清楚，明天再告訴你好不好？」

薛寶寶道：「不行，你今天晚上就要陪我數，除非你肯讓我摸摸你鼻子，否則我絕不放你走。」

楚留香怔了怔，道：「你為什麼要摸我的鼻子？」

薛寶寶道：「因為你的鼻子很好玩。」

楚留香失笑道：「我的鼻子很好玩？有什麼好玩的？」

薛寶寶道：「你的鼻子若不好玩，你為什麼老是去摸它？」

他跳著腳，撒賴道：「我也要摸你的鼻子，我也要摸……快給我摸……你要是不給我摸，我就要你賠星星。」

被人摸鼻子雖然不大愉快，但總比數星星好多了。

楚留香實在不願和這白癡再糾纏下去，苦笑道：「我讓你摸鼻子，你就不再纏著我？」

薛寶寶立刻破涕為笑，道：「我只要摸一下，就讓你走。」

楚留香嘆了口氣，道：「好，你摸吧！」

薛寶寶雀躍三丈，緩緩伸出手，去摸楚留香的鼻子。

他臉上一直笑嘻嘻的，動作木來很慢，但突然間，他的手如閃電般向楚留香鼻窪旁的「迎香穴」一捏——

楚留香只覺身子一麻，人已被他舉了起來。

只聽他格格笑道：「你弄壞了我的星星，我要砸扁你的頭！」

他竟將楚留香的身子掄了起來，往假山上摔了過去。楚留香眼看就要被砸得稀爛。

急。

石繡雲奔到角門時，已喘不過氣來了。門雖然沒有上鎖，卻是用鐵拴拴著的。石繡雲喘息著去拉鐵栓，怎奈鐵栓已被鏽住，她愈著急，愈拉不開，愈拉不開，就愈著急。

她簡直快急瘋了，又不知楚留香會不會趕來。

就在這時，突聽一人格格笑道：「你既已來了，就在這裡玩幾天吧！何必急著走呢？」

石繡雲嚇得魂都沒有了，連頭都不敢回，拔腳就跑。可是她才跑了兩步，就有隻又瘦又乾，鬼爪般的手伸了過來，一把扼住了她雪白的脖子。她連驚呼都沒發出，就暈了過去。

楚留香做夢也沒有想到自己竟會死在個「白癡」手上。薛寶寶一鬆手，他身子就向假山飛了過去，這時他雖已能動彈，但若想改變身形，卻是無論如何也來不及的了。

他只有用手捂著頭，希望能勉強擋一擋，可是他自己也知道這一撞就算不死，至少也去了半條命。

那「瘋子」仍然不會放過他的。只聽「轟」的一聲，宛如天崩地裂，石頭一片片飛了起來，他的頭皮沒有被撞破，假山反而被撞開了一個大洞。他的頭難道比石頭還硬？

薛寶寶本來在拍手大笑著，忽然也怔住了，大叫道：「不得了，不得了，這人的腦袋是鐵做的。」

他一面大叫，一面已轉身飛奔了出去。楚留香只覺全身發疼，腦袋發暈，也弄不清這是怎麼回事，他彷彿聽到假山有人驚呼，但眼睛發花，也看不清裡面是否有人。

只聽一人驚呼道：「這不是楚留香麼……」聲音又尖又響，一聽就知道是花金弓。楚留香掙扎著，揉了揉眼睛，才看清自己竟已跌在一張床上，床旁邊有個人用手掩住胸膛，正是花金弓。另外還有個男人已縮成一團，簌簌地發抖。

這假山原來是空的，外面看來雖然很堅實，其實卻薄得很，而且並不是石頭，只是用水泥砌成了假山的模樣，上面再鋪些青草。這原來是花金弓和男人幽會的地方。

楚留香忍不住笑了，他覺得自己運氣實在不錯。只見那男人已一溜煙逃了出去。

楚留香也站了起來，抱拳笑道：「對不起！對不起，下次我若再往石頭上撞時，一定先敲門。」

花金弓卻一把拉住了他，似笑非笑地瞟著他，道：「你現在就想走，你難道不是來找我的？」

楚留香實在不敢去瞧她那副尊容，更不敢去瞧她赤裸的身子，他實在受不了，眼睛也不知該往哪裡瞧才好，只有苦笑道：「我雖然是來找你的……」

話還未說完，花金弓早已撲了過來，吃吃笑道：「小兄弟，我早就知道你遲早總忍不住會來找我的，我早就知道你不是好東山，看在你這雙要人命的眼睛份上，姐姐我就答應了你這一次吧！」

她身上汗淋淋的，又黏又濕，雖然到處都擦滿了香油和花粉，卻還是掩不住那一股狐狸臭。

楚留香生平第一次覺得鼻子不靈也有好處，趕緊伸手去推，一不小心，卻推在一團軟綿綿的東西上。

花金弓格格笑道：「你這雙手可真不老實……」

楚留香連動都不敢動了，苦著臉道：「我本來雖是來找你，可是我現在不想走也不行了。」

花金弓道：「為什麼？」

楚留香道：「你難道沒有看到我是被薛寶寶拋進來的？現在他已經知道我在這裡，這地方又有了個大洞，若是被別人瞧見，被施舉人瞧見……」

花金弓道：「我才不怕。」

楚留香道：「可是薛寶寶若又回來搗蛋呢？那豈非大煞風景，你總該知道，他那種人是什麼事都做得出的。」

花金弓手這才鬆了，恨恨道：「這瘋子，白癡……我饒他才怪。」

楚留香這才鬆了口氣，卻又問道：「他真是白癡？白癡真會有那麼好的功夫？」

花金弓道：「他從小就受哥哥的氣，他哥哥總是罵他沒出息，別人都說他是練武練瘋了的，我看他簡直是被氣瘋了的。」

楚留香沉默了很久，才嘆息道：「哥哥若是有名，做弟弟的人總是吃虧些的。」

花金弓忽又拉住了他的手，楚留香嚇得幾乎連冷汗都冒出來了，幸好花金弓並沒有什麼動作，只是用眼睛瞟著他，道：「你還來不來？」

楚留香輕咳了兩聲，道：「當然要來。」

花金弓道：「什麼時候？」

楚留香道：「明……明後天，我一定……一定……」

他忽然跳了起來，道：「又有人來了，我得趕緊走……」

話未說完，他已鑽了出去，逃得真快。幸好他走得快，否則麻煩又大了。

他一走，就瞧見幾十個人飛跑了過來，有的拿燈籠，有的提刀，走在前面的是個又高又大的胖老頭，身上只穿著套短褲褂，手裡也提著柄單刀，氣得一張臉都紅了，怒沖沖的揮著刀道：「誰打死那採花賊，黃金百兩，千萬莫讓他逃走！」

楚留香雖被他當做採花賊，似也並不怪他。

因爲這人的確很可憐，不但娶錯了媳婦，也娶錯了老婆，家裡有了這樣兩個女子，居然還未被氣死已很不容易了。但他卻怎會知道這裡有個「採花賊」呢？難道是那「白癡」去告訴他的？楚留香愈來愈覺得那「白癡」危險，也愈來愈覺得他有意思了……

楚留香雖已來過松江府很多次，但路還是不熟，白繞了個圈子，才總算找到那條「青衣巷。」

只見小禿子正蹲在一根繫馬石旁啃燒餅，一雙大眼睛在黑暗中滴溜亂轉，楚留香一眼就瞧見了他。

但他卻等到楚留香已來到他身旁，才瞧見楚留香，他嚇了一跳，連手裡的半個燒餅都嚇飛了。

楚留香一伸手就將小禿子嚇飛掉的燒餅接住，含笑還給了他，道：「今天你一定連飯都沒空吃，後天我一定好好請你大吃一頓，你想吃什麼？」

小禿子望著他，滿臉都是傾慕之色，道：「我什麼都不想吃，只想學會大叔你一身本事，就心滿意足了。」

楚留香拍了拍他肩頭，笑道：「本事要學，飯也要吃，無論本事多大的人，也都要吃飯。」

他目光一轉，又問道：「你找著了沒有？」

小禿子拍了拍胸脯，道：「當然找著了，就是那個前面掛著盞小燈籠的門。」

他將燒餅吞下去後，話才說得清楚了些，接著又道：「這條巷子裡只他們一家是剛搬來的，而且只有小夫妻兩個，連丫頭都沒有，太太好像是本地人，男的說話卻是北方口音。」

楚留香道：「他們在不在家？」

小禿子道：「聽說這夫妻兩人也是整天都關在家裡的，連菜都不出去買，更不和別人打交道，可是剛才卻有個人在找他們。」

楚留香道：「哦？是什麼樣的人？」

小禿子道：「是個老太婆，連頭髮都白了，但精神很好，只不過看來很慌張，一路不停地向後面望，像是生怕後面有鬼似的。」

楚留香眼睛亮了，道：「老太婆……她是什麼時候來的？」

小禿子道：「她來的時候我正開始吃燒餅，到現在八個燒餅還沒有吃完。」

他抹了抹嘴，自言自語地道：「我吃起燒餅來就好像吃蠶豆一樣，快得很。」

楚留香道：「她還在裡面？」

小禿子道：「還沒有出來。」

他這句話剛說完，楚留香已飛身掠入了那間屋子。

小禿子吐了吐舌頭，喃喃道：「我若非早就看清他是個人，只怕真要以爲他是隻鳥……」

這是間很普通的屋子，小小的院子裡種著兩株桂樹，秋已深了，桂花開得正盛，散發著一陣陣清香。

屋子裡還亮著燈光，門窗卻是開著的。

窗上有個女人的影子，梳著很老派的髮髻，正坐在桌旁，低著頭，像是在寫字，又像是在繡花。

到了這時，楚留香也顧不得是否無禮了，用力推開了門，屋裡的人原來正在吃稀飯，一驚之下，碗也跌碎了。這人青衣布裙，白髮蒼蒼，竟是梁媽。

楚留香笑了，道：「果然是你。」

梁媽拍著心口，喘著氣道：「嚇死我了，我還以爲是強盜哩，想不到原來是公子，公子你今天怎麼會有空到這裡來？」

楚留香道：「我正要問你，你是怎麼會到這裡來的？」

他眼睛一掃，就瞧見桌上是三副碗筷。

梁媽陪笑道：「我本來是沒空的，可是有好幾天沒有見到他們，就忍不住想來看看。」

楚留香目光灼灼，盯著她道：「他們是……」

梁媽道：「我女兒，還有我女婿……」

楚留香冷笑道：「真的，我也想見見他們。」

梁媽居然沒有拒絕，立刻就喊道：「大牛，小珠，快出來，有客人來了。」

屋子裡果然有一男一女兩個人走出來，兩人都是滿臉的不高興，嘴裡還喃喃的嘰咕著：「三更半夜的，連覺都不讓人睡嗎？」

楚留香怔住了。這兩人雖然年紀都很輕，但女的又高又胖，就像是條牛，男的也是憨頭憨腦，哪裡像是個唱花旦的，倒像是個唱黑頭的。

梁媽笑道：「這位公子想見見你們，只怕是知道你們家窮，想來救濟你們的，還不趕快過來磕頭。」

那兩口子果然「噗咚」跪了下去，居然還伸出了手來。

楚留香哭笑不得，只有往懷裡掏銀子，嘴裡含含糊糊的說著話，卻連他自己都不知道在說什麼。

好容易找了個機會，他才算脫了身，三腳兩步就衝出了門。梁媽將門緩緩掩上，一回到屋裡就格格的笑了起來，道：「這下子楚留香總算栽了個大跟斗。」

那女的一面數銀子，一面笑道：「二兩一錢的銀錠子，一共有十二個，想不到這位強盜元帥也有偷雞不著，倒蝕把米的時候。」

梁媽卻已爬上桌子，敲了敲屋頂，道：「少爺小姐下來吧，人已走了。」

過了半晌，屋頂上的木板就忽然被掀起，兩個人一先一後跳了下來，女的很漂亮，也很秀氣，一看就知道是位養尊處優的小姐，男的卻更漂亮，更秀氣，簡直比女人還要像女人。

他笑得也很溫柔，一跳下來就笑道：「今天可真多謝梁媽了，咱們真不知該怎麼樣謝你老人家。」

他一口京片子又甜又脆，就好像黃鶯兒唱歌一樣。

梁媽笑得連眼睛都瞧不見了，道：「只要少爺以後好好對我們家小姐，我老婆子就比什麼都受用了。」

這少年溫柔地瞧了身旁的少婦一眼，柔聲道：「你老人家就算叫我對她壞些，我也是沒法子做到。」

少婦紅著臉，笑嗔道：「你看他這張嘴有多甜。」

那憨頭憨腦的傻小子忽也笑道：「少爺的嘴若不甜，只怕小姐也就不會非嫁他不可了。」

梁媽瞪了他一眼，自己也不禁笑了起來。

少年乾咳了兩聲，道：「這一次難關雖然度過，但這裡卻已非久留之地。」

少婦道：「不錯，那位『盜帥』楚留香果然非同小可，難怪江湖中人都說什麼事也休想瞞得過他。」

忽聽一人笑道：「多謝姑娘的誇獎，在下卻有些不敢當……」

屋子裡的人臉色全都變了。

梁媽哼聲道：「什……什麼人？」

其實她根本用不著問，她已知道來的人是誰，只見門又被推開，一個人笑嘻嘻站在門口，卻不是楚留香是誰？那少年一跺腳，身子已凌空翻起，連環踢向楚留香胸膛，用的居然是正宗北派譚腿的功夫。

楚留香道：「南拳北腿，北派武人，腿上的功夫多不弱，但能將譚腿凌空連環踢出的卻也不多。」

只因腿上功夫講究的是下盤穩固，沉穩有餘，輕靈不足，是以腿法中最難練的就是這種鴛鴦腳。

瞧這少年的功夫，顯然已是北派武林中的健者。只可惜他遇見的是楚留香。

他兩條腿方才踢出，就覺得膝上「犢鼻」穴一麻，身子已直落下去，竟未看清楚留香是如何出手的。

那少婦一個箭步，撲上去接住了他，顫聲道：「他……他傷了你麼？」

少年咬著牙，搖了搖頭，厲聲道：「他既來了，就絕不能放他走。」

楚留香笑了笑，道：「在下找兩位已找了很久，兩位就是要我走，我也不會走的。」

那少婦道：「我們根本不認得你，你找我們幹什麼？」

楚留香笑道：「兩位雖不認得我，我卻早已久仰兩位的大名，尤其是這位葉相公，京城的王孫公子誰不知道葉盛蘭相公文武全才，色藝雙絕。」

他在「文武全才」下面，居然用上「色藝雙絕」四字，而且還是用在個男人身上，當真是謔而又虐。

少年的臉立刻紅了。

那少婦卻冷笑道：「不錯，他是個唱花旦的，但唱花旦的也是人，何況，唱花旦至少總比做強盜好些。」

楚留香嘆了口氣，道：「一個人若是情有獨鍾，的確誰也不能干涉，只不過，姑娘你好好的人不做，爲何要做鬼呢？」

那少婦面色變了變，道：「你說什麼？我不懂！」

楚留香淡淡道：「事已至此，施姑娘只怕不懂也不得不懂了。」

那少婦身子一震，不由自主後退了兩步，變色道：「施姑娘？誰是施姑娘？我不認識她。」

楚留香道：「施姑娘就是施舉人的女兒，姓施名茵，她愛上一位姓葉名盛蘭的少年人，只可惜施舉人夫婦卻不懂女兒的心事，定要將她許配給薛家莊的二公子，這位施姑娘情根已深種，只有詐死逃婚，但人死了也得要有個屍體，所以她就用一位石鳳雲姑娘的屍體來代替她。」

他微微一笑，悠然接著道：「施姑娘，我說的已經夠明白了麼？」

梁媽一直狠狠的瞪著他，此時忽然大聲道：「不錯，你說的完全不錯，她就是我的茵姑娘，你想怎麼樣？」

施茵緊緊握住葉盛蘭的手，厲聲道：「你若想要我回去，除非先殺了我。」

葉盛蘭道：「你最好先殺了我。」

楚留香嘆道：「我早已說過，一個人的情感誰也不能勉強……」

施茵道：「那麼你為何要來管我們的閒事？」

梁媽道：「她不到兩歲時就跟著我，比我的親生女兒還要親，我絕不能讓她嫁給一個她不喜歡的人，痛苦終生，無論誰要令她痛苦，我都絕不饒他！」

她盯著楚留香，厲聲道：「所以我勸你最好莫要再管這件事，否則……」

楚留香打斷了她的話，微笑著道：「我並沒有要她回去，更沒有要拆散他們的意思，我要找到她，只不過爲了要證明她沒有死。」

梁媽道：「你……你沒有別的意思？」

楚留香笑道：「除此之外，我只想討他們一杯喜酒吃。」

梁媽怔了半晌，似乎有些愧疚，幾次想說話，都沒有說出口，也不知她究竟想說什麼。

這時葉盛蘭和施茵已雙雙拜倒，等他們抬起頭來時，楚留香已不見了，只聽他的聲音遠遠傳來，道：「明夜三更，但望在此相候……」

說到最後一個字時，聲音已到了小巷盡頭。

梁媽這才嘆出了一口氣，喃喃道：「早知楚香帥是如此通情達理的人，我就不必將那位石姑娘留下來作威脅他的人質了。」

葉盛蘭眼珠子一轉，笑道：「既已錯了，爲何不將錯就錯？」

梁媽道：「怎麼樣將錯就錯？」

葉盛蘭笑道：「你老人家不如索性將那位石姑娘請到這裡來，等著楚香帥……他既然成全了我們，我們爲何不也成全他？」

施茵卻嘆了口氣，道：「他成全了我們，但望他也能成全別人才好。」

九 惺惺相惜

楚留香現在只剩下一個問題。

施茵既然沒有死，那麼左明珠又怎能借她的魂而復活呢？

左明珠的死本是千真萬確，一點也不假的。

張簡齋一代名醫，至少總該能分得出一個人的生死，他既已斷定左明珠死了，她就萬無復活之理。

這問題的確很難解釋，但楚留香卻居然一點也不著急，看來竟像是早已胸有成竹似的。

小禿子要請他喝豆腐腦，吃燒餅油條，他就去了。

「請客」本是件很愉快的事，能請人的客，總比要人請愉快得多，最妙的是，愈窮的人反而愈喜歡請客。

小禿子開心極了，簡直恨不得將這小店的燒餅油條和豆腐腦全搬出來，不停地勸楚留香多吃一些。

這時天還沒有亮，東方剛現出淡淡的魚肚白。

楚留香喝到第二碗豆腐腦的時候，小火神和小麻子也找來了，兩人的臉色都很焦急，像是很緊張。

小麻子還在不住東張西望，就像生怕有人跟蹤似的。

小火神一坐下來，就壓低聲音道：「昨天晚上又出了兩件大事。」

楚留香道：「哦！什麼事？」

小火神道：「兩件事都是在薛家莊裡發生的……」

小麻子搶著道：「薛衣人藏的幾口寶劍，竟會不見了。」

小火神道：「薛家莊裡連燒飯的廚子都會幾手劍法，護院的家丁更可說無一不是高手，這人竟能出入自如，而且還偷走了薛衣人的藏劍，不說別的，只說這分輕功，這分膽量，就已經非同小可。」

他嘴裡說著話，眼睛骨碌碌在楚留香臉上打轉。

楚留香笑了笑，道：「不錯，有這種輕功的人實在不多，但這件事我早已知道了……」

小火神怔了怔，連呼吸都停住了。

小麻子吃吃道：「香……香帥你怎麼會知道的？」

楚留香悠然道：「第一個知道寶劍失竊的人，自然是那偷劍的人了……」

他故意停住語聲，只見小火神和小麻子兩人臉色卻已發了白，而且正偷偷使眼色，顯然已認定了楚留香就是偷劍的人。

楚留香這才微笑著接道：「但我知道這件事，卻是薛衣人自己告訴我的。」

小麻子鬆了口氣，道：「這就難怪香帥比我們知道得還早了。」

楚留香道：「第二件事呢？」

小火神聲音壓得更低，道：「薛家莊昨天晚上居然來了刺客。」

楚留香也覺得有些意外，皺眉道：「刺客？要謀刺誰？」

小火神道：「薛衣人。」

楚留香緩緩抬起手，不知不覺又摸在鼻子上了。

小火神道：「薛衣人號稱天下第一劍客，居然有人敢去刺殺他，這人的膽子，實在比老虎還大。」

他一面說話，一面不住用眼睛偷偷去瞟楚留香。

楚留香忍不住笑道：「你既然以爲這人就是我，爲什麼不說出來呢？」

小火神臉紅了，吃吃笑道：「聽薛家莊的人說，他們四五十個人，非但沒有捉住這刺客，而且連他的身材面貌都沒看清楚，只聞到一陣淡淡的香氣，所以我想……我想……」

楚留香微笑道：「你想什麼？」

小火神訕訕的笑道：「除了楚香帥之外，我實在想不出第二個人有這麼高的輕功，這麼大的膽子。」

楚留香嘆了口氣，苦笑道：「莫說你想不出，連我都想不出來。」

小麻子道：「現在薛衣人已認定了這兩件事都是香帥做的，所以從三更起，已派出好幾批人分頭來找香帥，又在『擲杯山莊』那邊埋下了暗樁。」

小火神道：「城裡城外總共只有這麼大一點地方，香帥若不趕緊想個法子，只怕遲早會被他們發現的。」

小禿子忽然一拍桌子，大聲道：「想法子？想什麼法子？你難道要香帥躲起來，要香帥逃走嗎？」

小火神臉一沉，叱道：「你少說話……香帥，薛衣人雖沒有真的收過徒弟，但門下家丁卻得過他的傳授，劍法都不弱，薛家莊上上下下，加起來一共有七八十把劍，就連眼前盛極一時的黃山派都不敢和他們硬拚，香帥你又何苦跟他們鬥這閒氣。」

楚留香微笑道：「多謝你的好意，只可惜事已至此，我就算想跑，也跑不了的。」

突聽一人冷笑道：「你總算還聰明，到了這時，你還能跑得了，那才是怪事。」

賣豆腐腦的地方是個在街角搭起的竹棚子，這句話說完，只聽「嘩」的一聲，竹棚的頂突然被掀起。

十餘個勁裝急服的黑衣人同時躍了下來，每個人掌中都提著柄青鋼劍，身手果然全都不弱。

小火神的臉色立刻變了，反手抄起張長板凳拋了出去，板凳雖不重，這一拋之力卻不小。

誰知爲首那黑衣人輕輕用劍尖一挑，就將這張板凳撥了回來，來勢竟比去勢更強，幾乎就摔在小火神身上。

桌子上裝豆腐腦的碗全部被摔得粉碎。

那黑衣人怒喝道：「小火神，我們拿你當朋友，向你打聽楚留香的消息，你不說也就罷了，誰知你竟吃裡扒外，反到姓楚的這裡出賣我們。」

怒喝聲中，已有兩三柄劍向小火神刺出。

楚留香突然起身而來，這幾人吃了一驚，不由自主退了兩步，誰知楚留香只是拍了拍小禿子的肩膀，微笑道：「豆腐腦真好，我走之前一定還要來吃一次。」

小禿子雖已嚇得臉色發白，卻還是笑道：「好，下次還是我請。」

楚留香笑道：「下次該輪到我了。」

小禿子道：「不，不，不，我只請得起豆腐腦，你要請，就請我喝酒。」

他們一搭一檔，竟似全未將這些黑衣劍手瞧在眼裡。

爲首那黑衣人怒喝一聲，閃電般一劍刺出。

其餘的人也立刻揮劍搶攻，這些人不但劍法快，出手的部位配合得也很巧妙，就以這出手一劍，別人已難招架。

只聽「嗆啷啷」一陣響，劍與劍相擊，劍光包圍中的楚留香不知用了個什麼身法，竟忽然不見了。

黑衣人一驚，退後，回劍護身。

只聽竹棚上傳下一陣笑聲，原來楚留香不知何時已掠上竹棚，正含笑瞧著他們，悠然道：「你們還不是我的對手，還是帶我去見薛大莊主吧。」

黑衣人紛紛呼喝著，又想撲上去，卻被爲首的人喝阻，這人一雙眼睛倒也很有威儀，瞪著楚留香道：「你敢去見我家莊主？」

楚留香笑道：「爲何不敢？難道他會吃人麼？」

天已亮了。

楚留香悠閒地走在前面，滿臉容光煥發，神情也很愉快，看他的樣子，誰也想不到他一夜沒有睡覺，更想不到跟在他身後的那些人隨時都可能在他背後刺個大窟窿。

跟在他身後的人已愈來愈多了，好幾路的人都已匯集在一處，大家都在竊竊私議，不明白這姓楚的膽子爲何這麼大，居然竟敢跟著他們回去，有些人甚至認爲這人一定和他們二莊主一樣，腦袋有些毛病。

小火神、小禿子和小痲子三個也在後面遠遠地跟著，看到楚留香悠閒之態，他們也猜不出他在打什麼主意，手心卻不禁捏著把冷汗。

薛家莊已無異龍潭虎穴，薛衣人的劍更比龍虎還可怕，楚留香此番一去，還能活著走出來麼？

小火神一面走，一面打手式，於是四面八方的叫化子也全都匯集了過來，跟在他身後的人也愈來愈多了。

前面走著一個很英俊，又瀟灑的人，後面跟著一群兇神惡煞般的劍手，再後面還有一群叫化子。

這個行列當真是浩浩蕩蕩，好看極了，幸好此時天剛亮，路上的行人還不多，兩旁的店舖也還沒有開門。

他們到了薛家莊時，薛衣人並沒有迎出來，卻搬了把很舒服的椅子，坐在後園的樹蔭下閉目養神。

這位天下第一劍客，果然不愧爲江湖中的大行家，「以逸待勞」這四個字，誰也沒有他知道得清楚。

有關楚留香的故事他已聽得多了，江湖傳說中，簡直已將「楚香帥」說成一個神話般的人物。

這些傳說他雖然不太相信，但「妙僧」無花、南宮靈、石觀音，甚至「水母」陰姬都曾敗在楚留香手下，這些事總不會假，無論楚留香用什麼法子取勝，但勝就勝，也不是別的東西能代替的。

薛衣人對楚留香從來也沒有存過絲毫輕視之心，此刻他心裡甚至有些興奮，有些緊張。

這種感覺他已多年未有了，所以他現在一定要沉得住氣，直等楚留香已到了他面前，他才張開眼來。

楚留香正瞧著他微笑。

薛衣人道：「你來了。」

楚留香道：「我來了。」

薛衣人道：「你的傷好了麼？」

楚留香道：「託福，好得多了。」

薛衣人道：「很好。」

他再也不多問一句話，不多說一句話，就站了起來，揮了揮手，旁邊就有人捧來一柄劍。

劍很長，比江湖通用的似乎要長三寸到四寸，劍已出鞘，並沒有劍穗，他的劍既非爲了裝飾，也非爲了好看。

他的劍是爲了殺人！

鐵青色的劍，發著淡淡的青光，楚留香雖遠在數尺之外，已可感覺到自劍上發出的森森寒意。

楚留香道：「好劍，這才是真正的利器。」

薛衣人並沒有取劍，淡淡道：「你用什麼兵刃？」

楚留香沒有回答這句話，卻四下望了一眼。

勁裝佩刃的黑衣人已將後園圍了起來。

楚留香道：「你不嫌這裡太擠了麼？」

薛衣人冷冷道：「薛某生平與人交手，從未借過別人一指之力。」

楚留香道：「我也知道他們絕不敢出手的，但他們都是你的屬下，有他們在旁邊，縱不出手，也令我覺得有威脅。」

他笑了笑，接著道：「我一夜未睡，此刻與你交手，已失天時，這是你的花園，你對此間一木一樹都熟悉得很，我在這裡與你交手，又失了地利，若再失卻了人和，這一戰你已不必出手，我已是必敗無疑的了。」

薛衣人冷冷的凝注著他，目光雖冷酷，但卻已露出一絲敬重之色，這是大行家對另一大行家特有的敬意。

兩人目光相對，彼此心裡都已有了瞭解。

薛衣人忽然揮了揮手，道：「退下去，沒有我的吩咐，誰也不許進入此地。」

楚留香道：「多謝。」

他面色已漸漸凝重，這「多謝」兩個字中絕無絲毫諷刺之意，他一生中雖說過許多次「多謝」，但卻從沒有一次說得如此慎重，因爲他知道薛衣人令屬下退後，也是表示對他的一種敬意。

這一戰縱然立分生死，這分敬意也同樣值得感激。

自敵人處得到的敬意，永遠比自朋友處更難能可貴，也更令人感動。

薛衣人拿起了劍。

他對這柄劍凝注了很久，才抬起頭，沉聲道：「取你的兵刃。」

楚留香緩緩道：「一個月前，我曾在虎丘劍池旁與帥一帆帥老前輩交手，那次我用的兵刃，只是一根柔枝。」

薛衣人冷冷的望著他，等著他說下去。

楚留香道：「那時我已對帥老前輩說過，高手相爭，取勝之道並不在利器，我以樹枝迎戰，非但沒有吃虧，反占了便宜。」

薛衣人皺了眉，似也不懂以樹枝對利劍怎會占得到便宜，可是他並沒有將心裡的想法說出來。

楚留香已接著道：「因爲我以柔枝對利劍，必定會令帥老前輩的心理受到影響，以他的身分，絕不會想在兵刃上占我便宜，是以出手便有顧忌。」

薛衣人不覺點了點頭。

楚留香道：「不占便宜，就是吃虧了，譬如說，我若以一招『鳳凰展翅』攻他的上方，他本該用一招『長虹經天』反撩我的兵刃，可是他想到我用的兵刃只不過是根樹枝，就絕不會再用這一招了，我便在他變換招式這一刹那間，搶得先機。」

他微微一笑，接著道：「高手對敵，正如兩國交兵，分寸之地，都在所必爭，若是有了顧忌之心，這一戰便難免要失利了。」

薛衣人目中又露出了讚許之色，淡淡道：「我並不是帥一帆。」

楚留香道：「不錯，帥一帆的劍法處處不離規矩，而前輩你的劍法都是以『取勝』為先，這兩者之間的差別，正如一個以戲曲為消遣的票友，和一個以戲曲維生的伶人，他們的火候縱然相差無幾，但功架卻還是有高低之別。」

薛衣人又不覺點了點頭，道：「你說得很好。」

楚留香道：「所以，我也不準備再用樹枝與前輩交手。」

薛衣人道：「你準備用什麼？」

楚留香道：「我準備就用這一雙手。」

薛衣人皺眉道：「你竟想以肉掌來迎戰我的利劍？」

楚留香道：「前輩之劍，鋒利無匹，前輩之劍法，更是銳不可當，在下無論用什麼兵刃，都絕不可能抵擋，何況，前輩出手之快，更是天下無雙，我就算能找到一樣和這柄同樣的利器，前輩一招出手，我還是來不及招架的。」

薛衣人目中已不覺露出歡喜得意之色，「千穿萬穿，馬屁不穿」，恭維話畢竟是人人都愛聽的。

何況這些話又出自楚香帥之口。

楚留香說話時一直在留意著他面上的神色，慢慢地接著道：「所以我和前輩交手，絕不想抵擋招架，貪功急進，只想以小巧的身法閃避，手上沒有兵刃，負擔反而輕些，負擔愈輕，身法愈快。」

他又笑了笑，接著道：「不瞞前輩說，我若非爲了不敢在前輩面前失禮，本想將身上這幾件衣服都脫下來的。」

薛衣人沉默了半晌，緩緩道：「既是如此，你豈非已自困於『不勝』之地？」

楚留香道：「但『不敗』便已是『勝』，我只望能在『不敗』中再求取勝之道。」

薛衣人目光閃動，道：「你有把握不敗？」

楚留香淡淡一笑，道：「在下和水母陰姬交手時，又何嘗有絲毫把握。」

薛衣人縱聲而笑，笑聲一發即止，厲聲道：「好，你準備著閃避吧。」

楚留香早已在準備著了。

因爲他開始說第一句話時，便已進入了「備戰狀態」，他說的每一句話都有目的，說話也是一種戰略。

他知道薛衣人這一劍出手，必如雷轟電擊，銳不可當。

薛衣人的劍尙未出手，他的身法已展開。

就在這時，劍光已如閃電般亮起，刹那之間，便已向楚留香的肩、胸、腰，刺出了六劍。

他招式看來並沒有什麼奇特之處，但卻快得不可思議，這六劍刺出，一柄劍竟像是化爲六柄劍。

幸好楚留香的身形已先展動，才堪堪避過。

但薛衣人的劍法卻如長江大河，一瀉千里，六招刺過，又是六招跟著刺出，絕不給人絲毫喘氣的機會。

只見劍光綿密，宛如一片光幕，絕對看不見絲毫空隙，又正如水銀瀉地，無孔不入。

楚留香的輕功身法雖妙絕天下，但薛衣人六九五十四劍刺過，他已有五次遇著險招。

每一次劍鋒都僅只堪堪擦身而過，他已能感覺出劍鋒冷若冰雪，若是再慢一步，便不堪設想。

但他的眼睛卻連眨都沒有眨，始終跟隨著薛衣人掌中的劍鋒，似乎一心想看出薛衣人招式的變化，出手的方法。

薛衣人第九十六手劍刺出時，楚留香忽然輕嘯一聲，沖天而起，薛衣人下一劍刺出時，他已掠出了三丈開外。

等到薛衣人第一百另三手劍刺出時，他已掠上了小橋，腳步點地，又自小樓掠上了假山。

幸好這一片園林占地很廣，楚留香的身法一展開，就仿如飛鳥般飛躍不停，自假山而小亭，自小亭而樹梢。

他們的人已瞧不見了，只能瞧見一條灰影在前面兔起鶻落，一道閃亮的飛虹在後面如影隨形的跟著。

只聽「哧哧」之聲不絕，滿園落葉如錦。

薛衣人這才知道楚留香輕功之高，實是無人能及。

他自己本也以劍法、輕功雙絕而稱雄江湖。但此刻卻已覺得有些吃力，尤其是他的眼睛。人到老年時，目力自然難免衰退，他畢竟也是個人，此刻只覺園中的亭台樹木彷彿都也在飛躍個不停。

一個人若是馳馬穿過林蔭道，便會感覺到兩旁的樹木都已飛起，一根根向他迎面飛了過來。

薛衣人此刻的身法更快逾飛鳥，自然也難免有這種感覺，只不過他想楚留香也是個人，自然也不會例外。

他只覺楚留香也有眼花的時候。

楚留香這種交手的方法本非正道，但他早已說過，「不迎戰，只閃避」，所以薛衣人現在也不能責備他。

只見他自兩棵樹之間竄了出去。

誰知兩棵樹之間，還有株樹，三株樹成三角排列，前面兩株樹的濃蔭將後面一株掩住了。

若在平時，楚留香自然還是能瞧得見，但此時他身法實在太快，等他發現後面還有一株樹時，人已向樹上撞了過去。

到了這時，他收勢已來不及了。

薛衣人喜出望外，一劍已刺出。

楚留香身子若是撞上樹幹，哪裡還躲得開這一劍，何況他縱然能收勢後退，也難免要被劍鋒刺穿。

薛衣人也知道自己這一劍必定再也不會失手。

若是正常情況下交手，他心裡也許會有憐才之意，下手時也許還不會太無情。

可是現在每件事都發生得太快，根本不會給他有絲毫思索考慮的機會，他的劍已刺了出去。

他的劍一出手，就連他自己也無法挽回。

「哧」的，劍已刺入……

但刺入的竟不是楚留香的背脊，而是樹幹。

原來楚留香這一著竟是誘敵之計，他身法變化之快，簡直不是任何人所能想像。

就在他快撞上樹幹的那一瞬之間，他身子突然縮起，用雙手抱著膝頭，就地一滾，滾出了兩三丈。

他聽到「哧」的一聲，就知道劍已刺入樹幹。

這是很堅實的桐柏，劍身刺入後，絕不可能應手就拔出來，那必須要花些力氣，費些時間。

楚留香若在這一刹那間亮出拳腳，薛衣人未必能閃避得開，至少他一定來不及將劍拔出來。

手。

薛衣人掌中無劍，就沒有如此可怕了。

但楚留香並沒有這麼樣做，只是遠遠的站在一邊，靜靜的瞧著薛衣人，似乎還在等著他出手。

薛衣人既沒有出手，也沒有拔劍。

他卻凝注著嵌在樹幹中的劍，沉默了很久很久，忽然笑了笑，道：「你果然有你的取勝之道，果然沒有敗。」

他承認楚留香未敗，便無異已承認楚留香勝了。

薛衣人號稱「天下第一劍」，平生未遇敵手，此刻卻能將勝負之事以一笑置之，這等胸襟，這種氣度，確也非常人所及。

楚留香心裡也不禁暗暗敬佩，肅然道：「在下雖未敗，前輩也未敗。」

薛衣人道：「你若未敗，便可算是勝，我若不勝，就該算是敗了，因爲我們所用的方法不同。」

楚留香道：「在下萬萬不敢言『勝』，只因在下也占了前輩的便宜。」

薛衣人又笑了笑，道：「其實我也知道，我畢竟還是上了你的當。」

他接道：「我養精蓄銳，在這裡等著你，那時我無論精神體力都正在巔峰狀況，正如千石之弓，引弦待發。」

楚留香道：「是以在下那時萬萬不敢和前輩交手。」

薛衣人道：「你先和我說話，分散我的神志，再以言詞使我得意，等到我對你有了好感時，鬥志也就漸漸消失。」

他淡淡笑道：「你用的正是孫子兵法上的妙策，未交戰之前，先令對方的士氣一而衰，再而竭，然後再以輕功消耗我的體力，最後再使出輕兵誘敵之計，劍法乃一人敵，你所用的兵法戰略卻爲萬人敵，這也難怪你戰無不勝，連石觀音和神水宮主都不是你的對手了。」

楚留香摸了摸鼻子，垂首笑道：「在下實是慚愧得很……」

薛衣人道：「高手對敵，正如兩國交戰，能以奇計制勝，方爲大將之才，你又有何慚愧之處？何況，你輕功之高，我也是口服心服的。」

楚留香嘆了口氣，道：「前輩之胸襟氣度，在下更是五體投地，在下本就沒有和前輩一爭長短之意，這一戰實是情非得已。」

薛衣人嘆道：「這實在是我錯怪了你。」

他不讓楚留香說話，搶著道：「現在我也已明白，你絕非那盜劍行刺的人，否則我方才一劍失手，你就萬萬不肯放過我的。」

楚留香道：「在下今日前來，非但是爲了要向前輩解釋，也爲的是想觀摩觀摩前輩的劍法，只因我總覺得那真正刺客的劍法，出手和前輩有些相似。」

薛衣人動容道：「哦？」

楚留香道：「我遲早總免不了要和那人一戰，那一戰的勝負關係巨大，我萬萬敗不得，是以我才先來觀摩前輩的劍法，以作借鏡。」

薛衣人道：「我也想看看那人的真面目……」

楚留香沉思著，徐徐道：「有前輩在，我想那人是萬萬不會現身的。」

薛衣人道：「爲什麼？」

楚留香沉吟不語。

薛衣人再追問道：「你難道認爲那人和我有什麼關係？」

他面上已露出驚疑之色，但楚留香還是不肯正面回答他這句話，卻抬起頭四面觀望著。像是忽然對這地方的景色發生了興趣。

這是個很幽靜的小園，林木森森，卻大多是百年以上的古樹，枝葉離地至少在五丈以上，藏身之處並不多，屋宇和圍牆都建築得特別高，就算是一等一的輕功高手，也很難隨意出入，來去自如。

有經驗的夜行人，是絕不會輕易闖到這種地方來的。何況住在這裡的可是天下第一劍客薛衣人。

楚留香沉吟著，道：「若換作是我，我就未必敢闖到這裡來行刺，除非我早已留下了退路，而且算準了必定可以全身而退。」

他發現牆角還有個小門，四面牆上都爬滿了半枯的綠藤，所以這扇門倒有一大半被湮沒在藤籮中，若不留意，就很難發現。

楚留香很快的走了過去，喃喃道：「難道這就是他的退路？」

薛衣人道：「這扇門平口一直是鎖著的，而且已有多年未曾開啓。」

門上的鐵栓都已生了鏽，的確像是多年未曾開啓，但仔細一看，就可發現栓鎖上的鐵鏽有很多被刮落在地上，而且痕跡很新。

楚留香從地上拾起了一片鐵鏽，沉吟著道：「這地方是不是經常有人打掃？」

薛衣人道：「每天都有人打掃，只不過……這兩……」

楚留香笑了笑，說道：「這兩天大家都忙著捉賊，自然就忘了打掃院子，所以這些鐵鏽才會留在這裡。」

薛衣人道：「鐵鏽？」

楚留香道：「這扇門最近一定被人打開過，所以門栓和鐵鎖上的鏽才會被刮下來。」

薛衣人道：「前天早上還有人打掃過院子，掃院子的老李做事一向最仔細，他打掃過的地方，連一片落葉都不會留下來。」

楚留香道：「所以這扇門一定是在老李掃過院子後才被人打開的，也許就在前天晚上。」

薛衣人動容道：「你是說……」

楚留香道：「我是說那刺客也許就是從這扇門裡溜進來，再從這扇門出去的。」

薛衣人臉色更沉重，背負著雙手緩緩的踱著步，沉思道：「此門久已廢棄不用，知道這扇門的人並不多……」

楚留香輕輕地摸著鼻子，誰也不知道他在想什麼。

薛衣人沉默了很久，才接著道：「那人身手捷健，輕功不弱，盡可高來高去，爲什麼一定要走這扇門呢？」

楚留香道：「就因爲誰也想不到他會從此門出入，所以他才要利用這扇門，悄然而來，全身而退。」

薛衣人道：「但現在這扇門又鎖上了。」

楚留香道：「嗯。」

薛衣人道：「他逃走之後，難道還敢回來鎖門？」

楚留香笑了笑，道：「也許他有把握能避開別人的耳目。」

薛衣人冷笑道：「難道他認爲這裡的人都是瞎子？」

楚留香道：「也許他有特別的法子。」

薛衣人道：「什麼法子？難道他還會隱身法不成。」

楚留香不說話了，卻一直在盯著門上的鎖。

然後他也不知從哪裡摸出了一根很長的鐵絲，在鎖孔裡輕輕一挑，只聽「格」的一聲，鎖已開了。

薛衣人道：「我也知道這種鎖絕對難不倒有經驗的夜行人，只不過聊備一格，以防君子。」

楚留香笑道：「只可惜這世上的君子並不多，小人卻不少。」

薛衣人也發覺自己失言了，乾咳了兩聲，搶先打開了門，道：「香帥是否想到隔壁的院子瞧瞧？」

楚留香道：「確有此意，請前輩帶路。」

他似乎對這把生了鏽的鐵鎖很有興趣，居然趁薛衣人先走出門的時候，順手牽羊，將這把鎖藏入懷裡去。

只見隔壁這院子也很幽靜，房屋的建築也差不多，只不過院中落葉未掃，窗前積塵染紙，顯得有種說不出的荒涼蕭索之意。

薛衣人目光掃過積塵和落葉，面上已有怒容——無論誰都可以看得出來，這地方至少已有三個月未曾打掃了。

楚留香心裡暗暗好笑：原來薛家莊的奴僕也和別的地方一樣，功夫也只不過做在主人的眼前而已。

有風吹過，吹得滿院落葉簌簌飛舞。

楚留香道：「這院子是空著的？」

薛衣人又乾咳了兩聲，道：「這裡本是我二弟笑人的居處。」

楚留香道：「現在呢？」

薛衣人道：「現在……咳咳，舍弟一向不拘小節，所以下人們才敢如此放肆。」

這句話說得很有技巧，卻說明了三件事。

第一，薛笑人還是住在這裡。

第二，下人們並沒有將這位「薛二爺」放在心上，所以這地方才會沒人打掃。

第三，他也無異說出了他們兄弟之間的情感很疏遠，他若時常到這裡來，下人們又怎敢偷懶？那扇門又怎會鎖起？

楚留香目光閃動，道：「薛二俠最近只怕也很少住在這裡。」

薛衣人「哼」了一聲，又嘆了口氣。

「哼」是表示不滿，嘆氣卻是表示惋惜。

就在這時，突聽外面一陣騷動，有人驚呼著道：「火……馬棚起火……」

薛衣人雖然沉得住氣，但目中還是射出了怒火，冷笑道：「好，好，好，前天有人來盜劍，昨天有人來行刺，今天居然有人來放火了，難道我薛衣人真的老了？」

楚留香趕緊陪笑道：「秋冬物燥，一不小心，就會有祝融之災，何況馬棚裡全是稻草……」

他嘴裡雖這麼說，其實心裡明白這是誰的傑作了——「小火神」他們見到楚留香進來這麼久還無消息，怎麼肯在外面安安份份的等著。

薛衣人勉強笑了笑，還未說完，突然又有一陣驚呼騷動之聲傳了過來：「廚房也起火了……小心後院，就是那廝放的火，追。」

「小火神」放火的技術原來並不高明，還是被人發現了行蹤。

楚留香暗中嘆了口氣，只見薛衣人面上已全無半分血色，似乎想親自出馬去追那縱火的人，又不便將楚留香一個人拋下來。

往高牆上望過去，又可望見閃閃的火苗。

楚留香心念一閃，道：「前輩你只管去照料火場，在下就在這裡逛逛，薛二俠說不定恰巧回來了，我還可以跟他聊聊。」

薛衣人跺了跺腳，道：「既然如此，老朽失陪片刻。」

他走了兩步，突又回道：「舍弟若有什麼失禮之處，香帥用不著對他客氣，只管教訓他就是。」

楚留香微笑著，笑得很神秘。

十　薛二爺的秘密

薛笑人住的屋子幾乎和他哥哥完全一式一樣，只不過窗前積塵，簷下結網，連廊上的地板都已腐朽，走上去就會「吱吱格格」的發響。

門，倒是關著的，且還用草繩在門栓上打了個結。

假如有人想進去，用十根草繩打十個結也照樣攔不住，用草繩打結的意思，只不過是想知道有沒有人偷偷進去過而已。

這意思楚留香自然很明白。

他眼睛閃著光，彷彿看到件很有趣的事，眼睛盯著這草繩的結，他解了很久，才打開結，推開門。

可是他並沒有立刻走進去。

門還在隨風搖晃著，發出陣陣刺耳的聲響。

屋子裡暗得很，日光被高牆、濃蔭、垂簷所擋，根本照不進去。

楚留香等自己的眼睛完全適應黑暗之後，才試探著往裡走，走得非常慢，而且非常小心。

難道他認為這屋子裡會有什麼危險不成？不錯，有時「瘋子」的確是很危險的，但瘋子住的破屋子又會有什麼危險呢?

無論誰要去找「薛寶寶」,一走進這屋子,都會認為自己走錯了,因為這實在不像是男人住的地方。

屋子的角落裡,放著一張很大的梳妝台,上面擺滿了各式各樣的東西,十樣中倒有九樣是女子梳妝時用的。

床上、椅子上,堆滿了各式各樣的衣服,每一件都是花花綠綠,五顏六色,十個女孩子只怕最多也只有一兩個人敢穿這種衣裳。

住在這裡的若當真是個女人,這女人也必定很有問題,何況住在這裡的竟是個男人,四十多歲的男人。

這男人自然毫無疑問是個瘋子。

楚留香眼神似又黯淡了下去。

他在屋子裡打轉著,將每樣東西都拿起來瞧瞧。

他忽然發現「薛寶寶」居然是個很考究的人,用的東西都是上好的貨,衣裳的質料很高貴,而且很乾淨。

而且這屋子裡的東西雖擺得亂七八糟,其實卻簡直可說是一塵不染,每樣東西都乾淨極了。

是誰在打掃屋子？

若有人替他打掃屋子，爲什麼沒有人替他打掃院子？

楚留香的眼睛又亮了。

突然間，屋頂上「忽聿聿」一聲響。

楚留香一驚，反手將一根銀簪射了出去。

銀簪本就在梳妝台上，他正拿在手裡把玩，此刻但見銀光一閃，「奪」的一聲，釘入了屋頂。

屋頂上竟發出了一聲令人毛骨聳然的聲音。

原來這屋子的樑下還有層木板，看來彷彿建有閣樓，但卻看不到樓梯，也看不到入口。

銀簪只剩下一小截露在外面，閃閃的發著光。

楚留香身子輕飄飄的掠了上去，貼在屋頂上，就像是一張餅攤在鍋裡，平平的、穩穩的，絕沒有人擔心他會掉下來。

他輕輕地拔出了銀簪，就發現有一絲血隨著銀簪流出，暗紫的血看來幾乎就像墨汁，而且帶著種無法形容的惡臭。

楚留香笑了：「原來只不過是隻老鼠。」

但這隻老鼠卻幫了他很大的忙。

他先將屋頂上的血漬擦乾淨，然後再用銀簪輕敲。

屋頂上自然是空的。

楚留香游魚般在屋頂下滑了半圈，突然一伸手，一塊木板就奇蹟般被他托了起來，露出了黑黝黝的入口。

外面的騷動驚呼聲已離得更遠了。令人失望的是這閣樓上並沒有什麼驚人的秘密，只不過有張凳子，有個衣箱。

衣箱很破舊，像是久已被主人所廢棄。但楚留香用手去摸了摸，上面的積塵居然並不多。

打開衣箱一看，裡面只不過有幾件很普通的衣服。

這些衣服絕沒有絲毫奇異之處，誰看到都不會覺得奇怪。

只有楚留香例外，也許就因爲這些衣服太平凡，太普通了，楚留香才會覺得奇怪。

一個瘋子的閣樓上，怎會藏著普通人穿的衣服？若說這些衣服是普通人穿的，衣箱上的積塵怎會不多呢？

楚留香放下衣服，蓋好衣箱，從原路退下去，將木板蓋好，自下面望上去，絕對看不出有人上去過。

然後他又將那根銀簪放回妝台，走出門，關起門，用原來的那根草繩，在門栓上打了個相同的結。

看他的樣子，居然好像就要走了。

牆頭上的火苗已化作輕煙，火勢顯然已被撲滅。

院外已傳來了一陣呼喚聲，正是來找楚留香的。

楚留香突然一掠而起，輕煙般掠上屋脊。

他聽到有兩個人奔入這院子，一人喚道：「楚相公，楚大俠，我家莊主請您到前廳用茶。」

另一人道：「人家明明已走了，你還窮吼什麼？」

那人似乎又瞧了半天，才嘀咕著道：「他怎麼會不告而別，莫非被我們那位寶貝二爺拉走了。」

另一人笑道：「這姓楚的一來，就害得我們這些人幾天沒得好睡，讓他吃吃我們那位寶貝二爺的苦頭也好。」

楚留香悶聲不響的聽著，只有暗中苦笑，等這兩人又走了出去，他忽然掀起了幾片屋瓦，在屋頂上挖了個洞。將挖出來的泥灰都用塊大手巾包了起來，用屋瓦壓著，免得被風吹散。

這些事若換了別人來做，不免要大費周章，但楚留香卻做得又乾淨，又俐落，而且連一點聲音都沒有，就算有條貓在屋頂下，都絕不會被驚動，從頭到尾還沒有花半盞茶功夫，他已神不知，鬼不覺的又溜回了那閣樓。

天光從洞裡照進來，閣樓比剛才亮得多了。

楚留香找著了那隻死老鼠，遠遠拋到一邊，扯下塊衣襟，將木板上的血漬和塵土都擦得乾乾淨淨。

木板上就露出了方才被銀簪釘出來的小孔，楚留香伏在上面瞧了瞧，又用那根開鎖的鐵絲將這小孔稍微通大了一些。

然後他就舒舒服服地躺了下來，輕輕地揉著鼻子，嘴角露出了微笑，像是對這所有的一切都覺得很滿意。

又不知過了多久，下面的門忽然發出「吱」的一聲輕響，明明睡著了的楚留香居然立刻就醒了過來。

他輕輕一翻身，眼睛就已湊到那針眼般的小孔上。

楚留香早已將位置算好，開孔的時候，所用的手法也很巧妙，是以孔雖不大，但一個人若走進屋子，他主要的活動範圍，全都在這小孔的視界之內，從下面望上去，這小孔卻只不過是個小黑點。

走進屋子來的，果然就是薛寶寶。

只見他一面打呵欠，一面伸懶腰，一面又用兩手搥著胸膛，在屋子裡打了幾個轉，像是在活動筋骨。

除了他身上穿的衣服外，看他現在的舉動，實在並沒有什麼瘋瘋癲癲的模樣，但一個瘋子回到自己的屋子裡，是不是就會變得正常些呢？世上大多數的瘋子，豈非都是見到人之後才發瘋的嗎？

只見薛寶寶踱了幾個圈子，就坐到梳妝台前，望著銅鏡呆呆地出神，又拿起那根銀簪，放在鼻子上嗅了嗅，對著鏡子做了個鬼臉，喃喃道：「死小偷，壞小偷，你想來偷什麼？」

他果然已經發現有人進過這屋子。

楚留香面上不禁露出了得意之色，就好像一個獵人已捉住了狐狸的尾巴，誰知他剛一眨眼，薛寶寶竟突然間不見了。

原來他也不知是有心？還是無意？一閃身已到了楚留香瞧不見的角落，楚留香雖瞧不見他，還是聽到地板在「吱吱」的響。

薛寶寶他究竟在幹什麼？

若是換了別人，一定會沉住氣等他再出現，但楚留香卻知道自己等得已經夠了，現在這時機再也不能錯過。

他身子一翻，已掀起那塊木板。

他的人已輕煙般躍下。

楚留香若是遲了一步，只怕就很難再見到薛寶寶這個人了。

梳妝台後已露出了個地道，薛寶寶已幾乎鑽了進去。

楚留香微笑道：「客人來了，主人反倒要走了麼？」

薛寶寶一回頭，看到楚留香，立刻就跳了起來，大叫道：「客人？你算是什麼客人？你是大騙子，小偷……」

他手裡本來拿著樣扁扁的東西，此刻趁著一回頭，一眨眼的功夫，已將這樣東西塞入懷裡。

楚留香好像根本沒有留意，還是微笑道：「無論如何，我並沒有做虧心事，所以也不必鑽地洞。」

薛寶寶聽了，又跳起來吼道：「我鑽地洞，找朋友，干你什麼事？」

楚留香道：「哦？鑽地洞是爲了找朋友？難道你的朋友住在地洞裡？」

薛寶寶道：「一點也不錯。」

楚留香道：「只有兔子才住在地洞裡，難道你的朋友是兔子？」

薛寶寶瞪眼道：「一點也不錯，兔子比人好玩多了，我爲什麼不能跟牠們交朋友？」

楚留香嘆了口氣，道：「不錯，找兔子交朋友至少沒有危險，無論誰想裝瘋，兔子一定看不出。」

薛寶寶居然連眼睛都沒有眨，反而大笑起來，道：「好，好，好，原來你也喜歡跟兔子交朋友，來，來，來，快跟我一齊走。」

他跳過來就想拉楚留香的手。

但楚留香這次可不再上當了，一閃身，已轉到他背後，笑道：「我既沒有殺人，也不必裝瘋，爲什麼要跟兔子交朋友？」

薛寶寶笑嘻嘻道：「你在說什麼，我不懂。」

楚留香瞪著他，一字字道：「你已用不著再裝瘋，我已知道你是誰了。」

薛寶寶大笑道：「你當然知道我是誰，我是薛家的二少爺，天下第一的天才兒童。」

楚留香道：「除此之外，你還是天下第一號的冷血兇手。」

薛寶寶笑道：「兇手？什麼叫兇手？難道我的手很兇麼？我看倒一點也不兇呀。」

楚留香也不理他，緩緩道：「你一走進這屋子，就立刻知道有人來過了，因爲你的東西看來雖放得亂七八糟，其實別人只要動一動，你立刻就知道。」

薛寶寶大笑道：「你若到我兔子朋友的洞裡去過，牠們也立刻就會知道的，難道牠們的『手』也很『兇』？」

楚留香道：「你算準除了我之外，絕沒有人懷疑到你，所以你發現有人進來過，就立刻想到是我。」

薛寶寶道：「這只因爲我早已知道你不但是騙子，還是小偷。」

楚留香道：「你這屋子看來雖像是個瘋子住的地方，其實還有很多破綻，是萬萬瞞不過明眼人的。」

薛寶寶道：「你難道是明眼人麼，我看你眼睛非但不明，還有些發紅，倒有點像我的兔子朋友哩。」

楚留香道：「這屋子就像是書生的書齋，雖然你把書堆得亂七八糟，其實卻自有條理，唯一不同的是這裡實在比書生的書齋乾淨多了。」

他眼睛一轉，笑了笑，道：「你以後若還想裝瘋，最好去弄些牛糞狗尿，灑在這屋子裡，用的粉也切切不可如此考究，刮些牆壁灰塗在臉上也就行了。」

薛寶寶拍手笑道：「難怪你的臉這麼白，原來你塗牆壁灰。」

楚留香道：「最重要的是，你不該將那些衣服留在閣樓上。」

薛寶寶眨了眨眼，道：「衣服？什麼衣服？」

楚留香道：「就是你要殺人時的衣服。」

薛寶寶突然「格格」的笑了起來，但目中卻已連半分笑意都沒有了。

楚留香盯著他的眼睛，道：「你知道我已發現了這些事，知道你的秘密遲早總會被我揭穿，所以就想趕快一溜了之，但這次我又怎會再讓你溜走？」

薛寶寶愈笑愈厲害，到後來居然笑得滿地打滾，怎奈楚留香的眼睛一直盯著他，無論他滾到哪裡，都再也不肯放鬆。

楚留香道：「我初見你的時候，雖覺有些奇怪，卻還沒有想到你就是那冷血的兇手，你若不是那麼樣急著殺我，我也許永遠都想不到。」

薛寶寶在地上滾著笑道：「別人都說我是瘋子，只有你說我不瘋，你真是個好人。」

他滾到楚留香面前，楚留香立刻又退得很遠，微笑道：「到後來你也知道要殺我並不是件容易事，所以你才想嫁禍於我，想借你兄長的利劍來要我的命。」

薛寶寶雖還勉強在笑，但已漸漸笑不出來了。

楚留香道：「於是你就先去盜劍，再來行刺，薛家莊每一尺地你都瞭如指掌，你自然可以來去自如，誰也抓不到你。」

他笑了笑，接著道：「尤其那扇門，別人抓到刺客的時候，你往那扇門溜走，溜回自己的屋裡，等別人不注意時，再偷偷過去將鎖鎖上，你明知就算被人瞧見，也沒有什麼關係，因爲誰也不會注意到你，在別人眼中，你只不過是個無足輕重的瘋子，這就是你的『隱身法』。」

薛寶寶霍然站了起來，盯著楚留香。

楚留香淡淡道：「你的確是個聰明人，每件事都設計得天衣無縫，讓誰也不會猜到你，薛家莊的二少爺，薛衣人的親弟弟，居然會是用錢買得到的刺客，居然會爲錢去殺人，這話就算說出來，只怕也沒有人相信。」

薛寶寶突又大笑起來，道：「不錯，薛二公子會爲了錢而殺人麼？這簡直荒唐已極。」

楚留香笑道：「一點也不荒唐，因爲你殺人並非真的爲了錢，而是爲了權力，爲了補償你所受的氣。」

薛寶寶道：「我受的氣？我受了誰的氣？」

他面上似乎起了種難言的變化，整張臉都扭曲了起來，格格笑道：「誰不知道我大哥是天下第一劍客，誰敢叫我受氣。」

楚留香輕輕嘆息了一聲，道：「就因爲令兄是天下第一劍客，所以你才會落到這地步。」

薛寶寶道：「哦。」

楚留香道：「你本來既聰明，又有才氣，武功之高，更可說是武林少見的高手，以你的武功和才氣，本可在武林中享有盛名，只可惜……」

他又長嘆了一聲，緩緩接著道：「只可惜你是薛衣人的弟弟。」

薛寶寶的嘴角突然劇烈地顫抖起來，就好像被人在臉上抽了一鞭子。

楚留香道：「因爲你所有的成就，都已被『天下第一劍客』的光采所掩沒，無論你做了什麼事，別人都不會向你喝采，只會向『天下第一劍客之弟』喝采，你若有成就，那是應該的，因爲你是『天下第一劍客』的弟弟，你若偶爾做錯了一件事，那就會變得罪大惡極，因爲大家都會覺得你丟了你哥哥的人。」

薛寶寶全身都發起抖來。

楚留香道：「若是換了別人，也許就此向命運低頭，甚至就此消沉，但你卻是不肯認輸的人，怎奈你也知道你的成就永遠無法勝過你的哥哥。」

他長長嘆息了一聲，搖頭道：「只可惜你走的那條路走錯了……」

薛寶寶似乎想說什麼，卻什麼也沒有說。

楚留香道：「這自然也因爲你哥哥從小對你期望太深，約束你太嚴，愛之深未免責之切，所以你才想反抗，但你也知道在你哥哥的約束下，根本就不能妄動，所以你才想出了『裝瘋』這個妙法子，讓別人對你不再注意，讓別人對你失望，你才好自由自在，做你想做的事。」

他望著薛寶寶，目中充滿了惋惜之意。

薛寶寶突又狂笑了起來，指著楚留香道：「你想得很妙，說得更妙，可惜這只不過是你在自說自話而已，你若認爲我就是那刺客組織的主使人，至少也得有真憑實據。」

楚留香道：「你要證據？」

薛寶寶厲聲道：「你若拿不出證據來，就是含血噴人。」

楚留香笑了笑，道：「好，你要證據，我就拿證據給你看。」

他小心翼翼地自懷中將那鐵鎖拿了出來，托在手上，道：「這就是證據。」

薛寶寶冷笑道：「這算是什麼證據？」

楚留香道：「這把鎖就是那門上的鎖，已有許久未曾被人動過，只有那刺客前天曾經開過這把鎖，是麼？」

薛寶寶閉緊了嘴，目中充滿了驚訝之色，顯然他還猜不透楚留香又在玩什麼花樣，他決心不再上當。

楚留香道：「開鎖的人，必定會在鎖上留下手印，這把鎖最近既然只有那刺客開過，所以鎖上本該只有那刺客的手印，是麼？」

薛寶寶的嘴閉得更緊了。

楚留香道：「但現在這把鎖上卻只有你的手印。」

薛寶寶終於忍不住道：「手印？什麼手印？」

楚留香微笑道：「人爲萬物之靈，上天造人，的確奇妙得很，你我雖同樣是人，但你我的面貌身材，卻絕不相同，世上也絕沒有兩個面貌完全相同的人。」

薛寶寶還是猜不透他究竟想說什麼。

楚留香伸出了手，又道：「你看，每個人掌上都有掌紋，指上也有指紋，但每個人的掌紋和指紋也絕不相同，世上更沒有兩個掌紋完全相同的人，你若仔細研究，就會發覺這是件很有趣的事，只可惜誰也沒有留意過這件事。」

薛寶寶愈聽愈迷糊，人們面對著自己不懂的事，總會作出一種傲然不屑之態，薛寶寶冷笑道：「你這些話只能騙騙三歲孩童，卻騙不了我。」

他嘴裡這麼說，兩隻手卻已不由自主藏在背後。

楚留香笑道：「現在你再將手藏起來也沒有用了，因爲我已檢查過你梳妝台上的東西，上面的手印，正和這把鎖上的手印一樣，只要兩下一比，你的罪證就清清楚楚的擺了下來，那是賴也賴不掉的。」

薛寶寶又驚又疑，面上已不禁變了顏色，突然反手一掃，將梳妝台上的東西全都掃落在地。

楚留香大笑道：「你看，你這不是做賊心虛是什麼？就只這件事，已足夠證明你的罪行了。」

薛寶寶狂吼道：「你這厲鬼，你簡直不是人，我早就該殺了你的。」

狂吼聲中，他已向楚留香撲了過去。

就在這時，突聽一人大喝道：「住手！」

薛寶寶一驚，就發現薛衣人已站在門口。

薛衣人的臉色也蒼白得可怕，長長的嘆息著，黯然道：「二弟，你還是上了他的當了。」

薛寶寶滿頭冷汗涔涔而落，竟動也不敢動，「長兄爲父」，他對這位大哥自幼就存著一分畏懼之心。

薛衣人嘆道：「楚香帥說的道理並沒有錯，每個人掌上的紋路的確都絕不相同，人手接觸到物件，也極可能會留下手印，但這只不過僅僅是『道理』而已，正如有人說『天圓地方』，但卻永遠無法證明。」

他凝視著楚留香，緩緩道：「香帥你也永遠無法證明這種『道理』的，是麼？」

楚留香摸了摸鼻子，苦笑道：「這些道理千百年以後也許有人能證明，現在確是萬萬不能。」

薛寶寶這才知道自己畢竟還是又上了他的當，眼睛瞪著楚留香，也不知是悲是怒？心裡更不知是何滋味。

薛衣人忽然一笑，道：「但香帥你也上了我一個當。」

楚留香道：「我上了你的當？」

薛衣人徐徐道：「那刺客組織的首領，其實並不是他，而是我。」

楚留香這才真的吃了一驚，失聲道：「是你？」

薛衣人一字字道：「不錯，是我。」

楚留香怔了半晌，長嘆道：「我知道你們兄弟情深，所以你不惜替他受過。」

薛衣人搖了搖頭，道：「我這不過是不忍要他替我受過而已。」

他長嘆著接道：「你看，這莊院是何等廣闊，莊中食指是何等浩繁，我退隱已有數十年，若沒有分外之財，又如何能維持得下。」

楚留香道：「這……」

薛衣人道：「我既不會經商營利，也不會求官求俸，更不會偷雞摸狗，我唯一精通的事，就是以三尺之劍，取人項上頭顱。」

他淒然一笑，接著道：「爲了保持我祖先傳下的莊院，爲了要使我門下子弟豐衣食足，我只有以別人的性命換取錢財，這道理香帥你難道還不明白？」

楚留香這一生中，從未比此時更覺得驚愕、難受，他呆呆地怔在那裡，連一句話都說不出來。

薛衣人默然道：「我二弟他爲了家族的光榮，才不惜替我受過，不然我……」

薛寶寶突然狂吼著道：「你莫要說了，莫要再說了。」

薛衣人厲聲道：「這件事已與你無關，我自會和香帥作一了斷，你還不快滾出去！」

薛寶寶咬了咬牙，哼聲道：「我從小一直聽你的話，你無論要我作什麼，我從來也不敢違抗，但是這次……這次我再也不聽你的了！」

薛衣人怒道：「你敢！」

薛寶寶道：「我四歲的時候，你教我識字，六歲的時候，教我學劍，無論什麼事都是你教我的，我這一生雖已被你壓得透不過氣來！但我還是要感激你，算來還是欠你很多，現在你又要替我受過，你永遠是有情有義的大哥，我永遠是不知好歹的弟弟……」

說著說著，他已涕淚迸流，放聲痛哭，嘶啞著喊道：「但你又怎知道我一定要受你的恩惠，我做的事自有我自己負擔，用不著你來做好人，用不著！」

薛衣人面色已慘變，道：「你……你……」

薛寶寶仰首大呼道：「兇手是我，刺客也是我，我殺的人已不計其數，我死了也很夠本了……楚留香，你爲何還不過來動手？」

薛衣人也淚流滿目，啞聲道：「這全是我的錯，我的確對你做得太過分了，也逼得你太緊！香帥，真正的罪魁禍首是我，你殺了我吧。」

楚留香只覺鼻子發酸，眼淚幾乎也要奪眶而出。

薛寶寶厲聲道：「楚留香，你還假慈悲什麼……好，你不動手，我自己來……」

說到這裡，突然抽出一柄匕首，反手刺向自己咽喉。

語聲突然斷絕！

薛衣人驚呼著奔過去，已來不及了。

鮮血箭一般飛激到他胸膛，再一次染紅了他的衣服。

但這次卻是他弟弟的血！

這件衣服他是否會像以前一樣留下來呢？

血衣人！唉！薛衣人……

十一 情有所鍾

楚留香慢慢退了出去。

為了這刺客組織的首領，他已不知花了多少心血，也不知道追蹤了多久，現在他總算心願得償。

可是他心裡真的高興麼？

深秋晝短，暮色似已將來臨。

秋風舞著黃葉，伶仃的枯枝也陪著在秋風中顫抖。

楚留香自地上拾起了一片落葉，怔怔地看了許久，又輕輕地放了下去，看著它被秋風捲起。

他挺起胸，走了出去。

楚留香一走出薛家莊的門，就已發現有個人遠遠躲在樹後，不時賊頭賊腦的往這邊偷偷看一眼。

他雖然只露出半隻眼睛，但楚留香也已認出他是誰了……除了小禿子外，誰有這麼禿的頭。

小禿子一見楚留香，眼睛就亮了起來，楚留香卻好像根本沒有瞧見他，小禿子急得直擦汗，直招手，楚留香還是不理。反而故意往另一邊走，小禿子閃閃縮縮在後面跟著，也不敢出聲招呼。

剛在別人家裡放完了火，總是有些心虛的，直等楚留香已走出很遠，小禿子才敢過去，笑嘻嘻道：「你老人家若再不出來，可真要把我們急死了。」

楚留香板著臉，道：「我一點也不老，也用不著你們著急。」

小禿子怔了怔，陪笑道：「香帥莫非在生我們兄弟的氣麼，難道是爲了我們兄弟不敢衝進去幫忙？」

楚留香冷冷道：「幫忙倒不敢，只求你們以後莫要再認我這朋友就是了！」

小禿子本來還在陪著笑，一聽完這句話，臉上的笑容忽然僵住了。過了半晌，才期期艾艾的問道：「爲……爲什麼？」

楚留香道：「因爲我雖然什麼樣的朋友都有，但殺人放火的朋友倒是沒有，小小年紀就學會了殺人放火，長大了那還得了。」

小禿子著急道：「我……我從來也沒有殺過人哪！」

楚留香道：「放火呢？」

小禿子苦著臉道：「那……那倒不是沒有，只不過……只不過……」

楚留香道：「只不過怎樣，只不過是爲了我才放的火，是不是？」

小禿子臉上直流汗，也不知是該點頭，還是該搖頭。

楚留香道：「你爲了我放火，我就該感激你，是不是？那麼你將來若再爲我殺人，我是不是更應該感激你？」

小禿子急得幾乎已快哭了出來。

楚留香嘆了口氣，道：「你放火燒的若是惡人的屋子，殺的若是惡人，雖然已經不應該了，倒是情有可原，燒的若是好人的屋子，殺的若是好人，那麼你無論爲了誰都不行，無論什麼理由都講不通，你明白麼？」

小禿子拚命點頭，眼淚已流了下來。

楚留香臉色和緩了下來，道：「你現在年紀還輕，我一定要你明白『大丈夫有所不爲』這七個字，那就是說，有些事你無論爲了什麼理由，都絕不能做的！」

小禿子「噗咚」一聲就跪了下來，一把眼淚，一把鼻涕，哽聲道：「我明白了，下次我再也不敢了，無論爲了什麼原因，我都絕不做壞事，絕不殺人放火。」

楚留香這才展顏一笑，道：「只要你記著今天的這句話，你不但是我的好朋友，還是我的好兄弟！」

他拉起小禿子笑道：「你還要記著，男人眼淚要往肚子裡流，鼻涕卻萬萬不可吞到肚子裡去。」

小禿子忍不住笑了，他不笑還好，一笑起來，險些真的將鼻涕吞了下去，趕緊用力一吸，全部鼻涕「呼嚕」一聲就又縮了回去。

楚留香也忍不住笑道：「想不到你還有這麼樣一手內功絕技。」

小禿子紅著臉，吃吃笑道：「小麻子也總想學我這一手，卻總是學不會，鼻涕弄得滿臉都是。」

楚留香道：「他在哪裡？」

小禿子道：「他陪著一個人在那邊等著香帥，現在只怕已等得急死了。」

小麻子果然已急死了，但他陪著的那個人卻更急，連楚留香都未想到等他的人竟是薛斌的書僮倚劍。

倚劍一見了楚留香，就要拜倒。

楚留香當然攔住了他，笑問道：「你們本來就認識的？」

小麻子搶著道：「我們要不認得他，今天說不定就慘了，若不是他放了我們一馬，剛才我們就未必能逃得了。」

小禿子一聽他又要說放火的事，趕緊將他拉到一邊。

倚劍恭聲道：「香帥的意思，小人已轉告給二公子。」

楚留香道：「他的意思呢？」

倚劍道：「二公子也已久慕香帥俠名，此刻只怕已在那邊獵屋中恭候香帥的大駕了。」

楚留香笑了笑道：「很好，再煩你去轉告薛二公子，請他稍候片刻，說我馬上就到。」

等倚劍走了，楚留香又沉吟了半晌，道：「我還有件事，要找你們兩個做。」

小麻子怕挨罵，低著頭不敢過來，小禿子已挨過了罵，覺得自己好像比小麻子神氣多了，搶著道：「莫說一件事，一百件事也沒關係。」

「昨天晚上我去找的那對夫妻，你認得出麼？」

小禿子道：「當然認得出。」

楚留香道：「好，你現在就去找他們，將他們也帶到那邊獵屋去，就說是我請他們去的。」

小禿子道：「沒問題！」

楚留香道：「但是你們到了那邊獵屋後，先在外面等著，最好莫要被人發現，等我叫你們進去時再露面。」

小禿子一面點頭，一面拉著小麻子就跑。

楚留香仰面向天，長長伸了個懶腰，喃喃道：「謝天謝地，所有的麻煩事，總算都要過去了……」

楚留香並沒有費什麼功夫就將左輕侯穩住，又將那位也不知是真還是假的「左明珠」姑娘帶出了擲杯山莊。

這位「左姑娘」臉色還是蒼白得可怕，眼睛卻亮得很，這兩天她好像已養足了精神，但走路還是慢吞吞的，跟在楚留香後面走了很久，才悠悠地道：「現在已經快到三天了。」

楚留香笑了笑，道：「我知道。」

左姑娘道：「你答應過我，只要等三天，就讓我回家的。」

楚留香道：「嗯。」

左姑娘道：「那麼……那麼你現在就肯讓我回去？」

楚留香道：「我自然肯讓你走，只不過，你回到家以後，你父母還認你麼？……若換了我，是絕不會認一個陌生女孩子做自己女兒的。」

左姑娘咬著嘴唇，道：「可是……可是你已經答應過我，你就該替我去解釋。」

楚留香道：「金弓夫人會相信我的話？」

左姑娘道：「江湖中誰不知楚香帥一諾千金？只要香帥說出來的話，就算你的仇人，也絕不會不相信的。」

楚留香沉默了半晌，忽又回頭一笑，道：「你放心，我總叫你如願就是，只不過什麼事都要慢慢來，不能著急，一著急，我的章法就亂了。」

左姑娘垂下了頭，又走了半晌，前面已到了那小樹林，遠遠望去，已可隱約見到那棟小木屋。

她忽然停下腳步，道：「你……你既不想送我回家，想帶我到哪裡去？」

楚留香道：「你瞧見那邊的木屋了麼？」

左姑娘臉色更蒼白，勉強點了點頭。

楚留香道：「我走累了，我們先到那屋子去坐坐。」

左姑娘道：「我……我……我不想去。」

她雖然勉強控制著自己，但嘴唇還是有些發抖。

楚留香笑道：「那屋子裡又沒有鬼，你怕什麼，何況，你已死過一次，就算有鬼你也不必害怕的。」

左姑娘道：「我……我聽說過那屋子是薛家的。」

楚留香笑道：「你若是左明珠，自然不能到薛家的屋子去，但你又不是真的左明珠，左明珠早已死了，你只不過是借了她的屍還魂而已，為什麼去不得？」

他笑嘻嘻道：「何況，你既是薛二公子未過門的媳婦，遲早總是要到薛家去的。」

左姑娘道：「可是……可是……」

楚留香道：「我也沒關係，我是薛衣人的朋友！」

左姑娘好像呆住了，呆了半晌，勉強低著頭跟楚留香走了過去，腳下就像是拖著千斤鐵鍊似的。

楚留香卻走得很輕快，他們剛走到那木屋門口，門就開了，一個很英俊的錦衣少年推門走了出來。

他臉上本來帶著笑，顯然是出來迎接楚留香的，但一瞧見這位「左姑娘」，他的笑容就凍結了。

左姑娘雖然一直垂著頭，但臉色也難看得很。

楚留香目光在兩人臉上一掃，笑道：「兩位原來早就認得了。」

那少年和左姑娘立刻同時搶著道：「不認得……」

楚留香笑道：「不認得？那也無妨，反正兩位遲早總是要認得的。」

他含笑向那少年一抱拳，道：「這位想必就是薛二公子了。」

薛斌躬身垂首道：「不敢，弟子正是薛斌，香帥的大名，弟子早已如雷灌耳，卻不知香帥這次有何吩咐。」

楚留香道：「吩咐倒也不敢，請先進去坐坐再說。」

他反倒像個主人，在門口含笑揖客，薛斌和左姑娘只有低著頭往裡走，就像脖子忽然斷了，再也抬不起頭。

倚劍立刻退了出來，退到門口，只聽楚留香低聲道：「等小禿子來了，叫他一個人先進來。」

只見左姑娘和薛斌一個站在左邊屋角，一個站在右邊屋角，兩人眼觀鼻，鼻觀心，動也不動。

楚留香笑道：「這地方實在不錯，就算是做新房，也做得過了……薛公子，你說是麼？」

薛斌哈哈道：「不敢……是……咳咳。」

楚留香又在屋裡踱了幾個圈子，曼聲笑道：「月上柳梢頭，人約黃昏後……只是約在此間，倒真不錯……」

他忽然拉開門，小禿子正好走到門口。

楚留香笑道：「你來得正好，這兩位不知你可認得麼？」

小禿子眼睛一轉，立刻眉開眼笑，道：「怎麼會不認得，這位公子和這位小姐都是大方人，第一次見面就給了我幾兩銀子。」

他話未說完，左姑娘和薛斌的臉色已變了。

兩人搶著道：「我不認得他……這孩子認錯人了。」

小禿子眨著眼笑道：「我絕不曾認錯，叫化遇到大方人，那是永遠也忘不了的。」

楚留香拊掌笑道：「如此說來，薛公子和左姑娘的確是早已認得的了。」

左姑娘忽然大叫起來道：「我……我不姓左，你們都看錯了，我是施茵……我不認得他！」

她一面狂吼，一面就想衝出去。

但是她立刻就發現真的「施茵」已站在門口！

楚留香指著施茵，含笑道：「你認得她麼？」

左明珠全身發抖，顫聲道：「我……我……」

楚留香道：「你若是施茵，她又是誰呢？」

左明珠呻吟一聲，突然暈了過去。

葉盛蘭、施茵和梁媽坐在一邊，臉上的表情都很奇特，也不知是驚惶，是緊張，還是歡喜。

倚劍、小禿子和小麻子站在旁邊發呆，顯然還弄不懂這是怎麼回事，心裡又是疑惑，又覺好奇。

左明珠倚在薛斌懷裡，彷彿再也無力站立。

他們本是「不認得」的，但左明珠一暈倒，薛斌就不顧一切，將她抱了起來，再也不肯鬆手了。

大家的心情雖不同，表情也不同，每個人的眼睛卻都在望著楚留香，都在等著他說話。

楚留香將燈芯挑高了些，緩緩道：「我聽到過很多人談起『鬼』，但真的見過鬼的人，卻連一個也沒有，我也聽人說過『借屍還魂』……」

他笑了起來，接著道：「這種事本來也很難令人相信，但這次我卻幾乎相信了，因爲親眼見到左姑娘死，又親眼見到她復活。」

大家都在沉默著，等他說下去。

楚留香道：「我也親眼見到施姑娘的屍身，甚至連她死時穿的衣服，都和左姑娘復活時說的一樣，這的確是『借屍還魂』，誰也不能不信。」

小禿子眼睛都直了，忍不住道：「但現在施姑娘並沒有死，左姑娘又怎麼會說話的呢，施姑娘既沒有死，她的屍身又是怎麼回事？」

楚留香笑道：「這件事的確很複雜，我本來也百思不得其解，直到我無意中闖入這屋子，發現了火爐中的梳妝匣花粉。」

小禿子道：「梳妝匣子和『借屍還魂』又有什麼關係？」

楚留香道：「你若想聽這秘密，就快去爲我找一個人來，因爲她和這件事也有很大的關係，她一定也很想聽。」

小禿子還未說話，梁媽忽然道：「香帥要找的可是那位石姑娘？」

楚留香道：「不錯，你也認得她？」

梁媽蒼老的臉居然也紅了紅，道：「我已將她請來了，可是石姑娘一定要先回去換衣裳，才肯來見香帥。」

楚留香嘆了口氣，不說話了，因爲他也無話可說。

幸好石繡雲年紀還輕，年輕的女孩子修飾得總比較快些——女人修飾的時間，總是和她的年齡成正比。

石繡雲看到這麼多人，自然也很驚訝。

小禿子比她更著急，已搶著問道：「梳妝匣子和這件事到底有什麼關係？」

楚留香笑了笑，道：「火爐裡有梳妝匣，就表示必定有一雙男女時常在這裡相會，我本來以爲是另外兩個人，但她們身上的香氣卻和這匣子裡的花粉不同。」

他沒有說出薛紅紅和花金弓的名字，因爲他從不願傷害到別人，但這時左明珠的臉已紅了。

小禿子瞟了她一眼，忍不住又道：「你聽我一說……」

楚留香打斷了他的話，道：「我聽你一說，就猜出其中有一人必是薛公子，但是薛公子的……的『朋友』是誰？我還是猜不出。」

他這「朋友」兩字倒用得妙極，薛斌的臉也紅了。

楚留香道：「我本來以爲是石大姑娘，直等我見到這位倚劍的兄弟時，才知道我想錯了。」

倚劍垂下了頭，眼淚已快流下來。

楚留香又道：「於是我更奇怪了，石大姑娘既然和薛公子全無關係，薛公子爲何會對她的病情那麼關心？又爲何會對她的二叔那麼照顧？他甚至寧願被繡雲姑娘誤會，也不願辯白，反而想將錯就錯……所以我想這其中必定有絕大的隱秘，否則任何人都不願揹這種冤名的。」

石繡雲狠狠瞪了薛斌一眼，自己的臉也紅了。

楚留香道：「我想這秘密必定和石大姑娘之『死』有關，所以，我不惜挖墳開棺，也要查明究竟，誰知……」

小禿子搶著道：「誰知石大姑娘也沒有死，棺材裡只不過是些磚頭而已。」

楚留香嘆了口氣，道：「石大姑娘倒的確是死了。」

小禿子眼睛發直，道：「那麼……她的屍身又怎會變成磚頭呢？」

楚留香道：「因爲她的屍身已被人借走。」

他不讓小禿子說話，已接著道：「就因爲薛公子要借她的屍身，所以才那麼關心她的病情，就因爲封棺的人是她的二叔，所以薛公子才會對她的二叔那麼照顧！」

小禿子搶著道：「可是……可是薛公子要石大姑娘的死屍有什麼用呢？」

他實在愈聽愈糊塗了。

楚留香道：「只因薛公子要用石大姑娘的屍體，來扮成施茵姑娘的屍體，讓別人都以爲施姑娘真的已死了。」

他嘆息接道：「石大姑娘的身材、面容也許本就有幾分和施姑娘相似，何況，人死後面容有些改變，任何人也都不會對死屍看得太仔細的，裝扮得雖然不太像，也必定可以混過去，更何況梁媽也參與了這秘密。」

梁媽的頭也低下來。

小禿子摸著禿頭，道：「可是……施姑娘又是爲了什麼要裝死呢？」

楚留香笑了笑，道：「施茵若是沒有死，左明珠又怎能扮得出『借屍還魂』的把戲。」

小禿子苦笑道：「我簡直愈聽愈糊塗了，左姑娘好好一個人，爲什麼要……」

楚留香打斷了他的話，道：「這件事看來的確很複雜，其實卻很簡單，因爲這其中最大的關鍵，只不過是個『情』字。」

他的目光自左明珠面上掃過，停留在薛斌面上，微笑著道：「左明珠自幼就被許配給丁家的公子，這本是一段門當戶對的良緣，只可惜她偏偏遇見了薛斌，又偏偏對他有了情意。」

小禿子道：「但薛家和左家豈非本是生冤家活對頭麼？」

楚留香道：「不錯，左明珠見到薛公子時，只怕也知道自己是絕不該愛上他的，只不過『情』之一字最是微妙，非但別人無法勉強，就連自己也往往會控制不住，有時你雖然明知自己不該愛上某一個人，卻偏偏會不由自主的愛上了他。」

石繡雲忽然嘆息了一聲，道：「我常聽說過一個人若墜入了情網，往往就會變成瞎子。」

楚留香溫柔地瞧了她一眼，道：「有些人雖然本願變成瞎子，但世上卻還是有許多人要令他的眼睛不得不睜開來。」

他目光回到左明珠和薛斌身上，接著道：「左明珠和薛公子雖然相愛極深，但也知道兩人是永無可能結合的，若是換了別的人，在這種情況下也許會雙雙自殺殉情……」

石繡雲茫然凝注著燭光，喃喃道：「這法子太笨了。」

楚留香道：「這自然是弱者所爲……」

石繡雲忽然抬起頭，道：「若換了是我，我也許會……會私奔。」

她鼓足了很大的勇氣，才說出這句話，話未說完，臉已紅了。

楚留香搖了搖頭，柔聲道：「私奔也不是好法子，因為他們明知左、薛兩家是世仇，他們若是私奔了，兩家的仇恨也許會因此而結得更深……」

他微微一笑，接道：「何況，兩家的生死決鬥已近在眼前，他們私奔之後，若是知道自己的父兄已被對方所殺，又怎能於心無疚？」

石繡雲黯然點了點頭，幽幽道：「不錯，私奔也不是好法子，並不能解決任何事……」

楚留香道：「左明珠和薛公子非但不是弱者，也不是笨人，他們在無可奈何之中，竟想出一個最荒唐，但卻又是最奇妙的法子，那就是……」

小禿子忍不住搶著道：「借屍還魂！」

楚留香微笑著點了點頭，道：「正是借屍還魂！」

他以讚許的目光瞧了左明珠一眼，接著道：「左明珠若真借了施茵的魂而復活，那麼左明珠已變成了施茵，施茵本是薛斌未過門的妻子，自然應該嫁薛斌，左二爺無法反對，薛大俠也不能不接受。」

小禿子道：「施舉人和花金弓呢？」

楚留香笑了笑道：「花金弓本意只是想和薛大俠多拉攏一層關係，見到明明已死了的女兒又『復活』，高興還來不及，怎會反對呢？」

小禿子點頭笑道：「好極了。」

楚留香道：「最妙的是，施茵『借』了左明珠的軀殼，左明珠又『借』了施茵的『魂』，左明珠和施茵事實上已變成一個人，這個人嫁給薛斌後，那麼左二爺就變成了薛斌的岳父大人，也就變成了薛大俠的兒女親家……」

小禿子搶著道：「因爲無論怎麼說，薛大俠的媳婦至少有一半是左莊主的女兒，兩人心裡頭縱然不願意，可也沒法子不承認。」

楚留香笑道：「正是如此，到那時兩人即使還有決鬥之心，只怕也狠不下心來了，因爲全家的仇恨畢竟已很遙遠。」

小禿子拍手笑道：「這法子真妙極了……」

小麻子忽然道：「但也荒唐極了，若換了是我，就一定不相信。」

楚留香道：「不錯，所以他們的計劃必須周密，實行起來更要做得天衣無縫，那麼別人就算不信，也不能不信了。」

他接著道：「要實行這計劃，第一，自然是要得到施茵的同意，要施茵肯裝死。」

小禿子又搶著道：「施姑娘自然不會反對的，因爲她也另有心上人，本來就不肯嫁給薛公子的。」

楚留香含笑道：「正是如此，我聽說施姑娘所用花粉俱是一位葉公子自京城帶來時，已有了懷疑，那時我就在想，也許施姑娘是在詐死逃婚。」

小禿子道：「所以就要我們去調查葉盛蘭這個人。」

楚留香道：「不錯，我等見到他們兩位時，這件事就已完全水落石出了。」

他接著道：「我不妨將這件事從頭到尾再說一次！」

「左明珠和施茵早已約好了『死』的時辰，所以那邊施茵一『死』，左明珠在這邊就『復活』了。

施茵自然早已將自己『死』時所穿的衣著和屋子裡的陳設全都告訴了左明珠，所以左明珠『復活』後才能說得分毫不差。

爲了施茵要裝死，所以，必須要借一個人的屍身，恰巧那時石大姑娘已病危，所以薛公子就選上了她。

薛公子買通了石大姑娘的二叔，在人死時將她的屍身掉包換走，改扮後送到施茵的閨房裡，將活的施茵換出來。

梁媽對施茵愛如己出，一心只希望她能幸福，這件事若沒有梁媽成全，就根本做不成了。」

說到這裡，楚留香才長長吐出口氣，道：「這件事最困難的地方，就是要將時間拿捏得分毫不差，其餘的倒並沒有什麼特別困難之處。」

小麻子也長長吐出口氣，笑道：「聽你這麼樣一說，這件事倒真的像是簡單得很，只不過你若不說，我是一輩子也想不通的。」

楚留香笑道：「現在你已想通了麼？」

小麻子道：「還有一點想不通。」

楚留香道：「哦？」

小麻子道：「左姑娘既然根本沒有死，左二爺怎會相信她死了呢？」

楚留香道：「這自然因爲左姑娘早已將那些名醫全都買通，若是找十位名醫都診斷你已病入膏肓，無可救藥時，只怕連你自己都會認爲自己死定了，何況……」

他忽然向窗外笑了笑，道：「何況那其中還有位張簡齋先生，張老先生下的診斷，又有誰能不信，張老先生若是說一個人死了，誰敢相信那人還能活得成？」

只聽窗外一人大笑道：「罵得好，罵得好極了，只不過我老頭子既然號稱百病皆治，還怎能不治治人家的相思病，所以這次也只好老下臉來騙一次人了。」

長笑聲中，張簡齋也推門而入。

左明珠、薛斌、施茵、葉盛蘭四個人立刻一齊拜倒。

楚留香也長揖笑道：「老先生不但能治百病，治相思病的手段更是高人一等。」

張簡齋搖頭笑道：「既然如此，香帥日後若也得了相思病，切莫忘了來找老夫。」

楚留香笑道：「那是萬萬忘不了的。」

張簡齋笑瞇瞇道：「可惜的是，若有誰家的少女爲香帥得了相思病，老夫只怕也治不了，若說香帥爲誰家少女得了相思病，那只怕天下再也無人相信。」

楚留香笑而不語，因爲他發現石繡雲正在盯著他。

張簡齋扶起了左明珠，含笑道：「老夫這次答應相助，除了感於你們的癡情外，實在覺得你們的計劃非但新奇有趣，而且的確可算是天衣無縫，只可惜你們爲何不遲不早，偏要等到香帥來時才實行，難道你們想自找麻煩不成。」

左明珠紅著臉，囁嚅著說不出話來。

楚留香笑了笑，道：「這原因我倒知道。」

張簡齋道：「哦？」

楚留香笑道：「他們就是要等我來，好教我去做他們的說客，因爲我既親眼見到此事，就不能不管，誰都知道我是個最好管閒事的人。」

他又笑道：「他們也知道我若去做說客，薛大俠和施舉人對這件事也不能不信了，因爲……」

張簡齋截口笑道：「因爲江湖中人人都知道楚香帥一言九鼎，只要是楚香帥說出來的話，就萬萬不會假。」

他又轉向左明珠，道：「你們的如意算盤打得倒不錯，只可惜你們還是忘了一件事。」

左明珠垂首道：「前輩指教。」

張簡齋道：「你們竟忘了楚香帥是誰也騙不過的，如今你們的秘密已被他揭穿，難道還想他去爲你們做說客麼？」

左明珠等四人又一齊拜倒，道：「求香帥成全，晚輩感激不盡。」

楚留香笑道：「你們何必求我，我早就說過，我是個最喜歡管閒事的人，而且從來不喜歡煞風景，能見到有情人終成眷屬，要我做什麼都沒關係。」

張簡齋撫掌道：「楚香帥果然不愧爲楚香帥，其實老夫也早已想起，香帥揭破這秘密，只不過不願別人將你看做糊塗蟲而已。」

他轉向左明珠等人，接著道：「如今你們也該得到個教訓，那就是你們以後無論要求香帥做什麼事，最好都先向他說明，無論誰想要楚香帥上當，到後來總會發現上當的是自己。」

小禿子和小痲子並不算很小了，有時他們甚至已很像大人，至少他們都會裝出大人的模樣。

但現在他們看來卻徹頭徹尾是兩個小孩子，而且是兩個受了委屈的小孩子，無論任何人都可以很容易的就在他們嘟起的嘴上掛兩個油瓶。

方才施茵和梁媽堅持要請大家到「她們家裡」去喝兩杯，張簡齋自然沒有去，因爲他已夠老了，而且又是位「名醫」，總覺得吃過了晚飯後若是再吃東西，就是在和自己的腸胃過不去。

「喝酒」在他眼中看來，更好像是在拚命。

左明珠和薛斌也沒有去，因爲他們要回去繼續扮演他們的戲，自然不能冒險被別人見到他們。

梁媽和施茵也沒有堅持要他們去。

可恨的是，小禿子和小麻子雖然想去，卻沒有人請他們，這對兩個半大不小的孩子的自尊心實在是種打擊。

小麻子嘟著嘴，決心不提這件事。

小禿子連想都不敢去想。

他盡量去想別的事，嘴裡喃喃道：「這些人又詐病，又裝死又扮鬼，又費心機，又擔心事，又流眼淚，為的卻只不過是個『情』字，嘿嘿……」

他咧開嘴輕笑了幾聲，才大聲道：「我真不懂這見鬼的『情』字有什麼魔力，竟能令這麼多人為了它發瘋病。」

小麻子道：「我也不懂，我只望這一輩子永遠莫要和這個字扯上關係。」

他用力踢起塊石頭，就好像一腳就能將這「情」字永遠踢走似的，卻不知「情」字和石頭絕不一樣，你無論用多大力氣，都踢不走的，你以為已將它踢走時，它一下子卻又彈了回來，你用的力氣愈大，它彈回來的力道也愈強。你若想一腳將它踩碎，這一腳往往會踩在你自己心上。

小禿子沉默了半天，忽然又道：「喂，你看左二爺真的會讓他女兒嫁給薛二少嗎？」

小麻子道：「他不肯也不行，因為他女兒的『魂』已是別人的了。」

他似乎覺得自己這句雙關話說得很妙，忍不住吃吃地笑了起來，肚子裡的氣也消了一半。

小禿子瞪了他一眼，道：「但薛莊主呢？會不會要這媳婦？」

小麻子道：「若是換了別人去說，薛莊主也許不答應，但楚香帥去說，他也是沒法子不答應的。」

小禿子點了點頭，道：「不錯，他欠楚香帥的情，好像每個人都欠楚香帥的情。」

小麻子撇了撇嘴，道：「所以那老太婆才死拖活拉的要請他去喝酒……」

小禿子忽然「啪」的給了他一巴掌，道：「你這麻子，你以爲她真是想請香帥喝酒嗎？」

小麻子被打得直翻白眼，吃吃道：「不是請喝酒是幹什麼？」

小禿子嘆了口氣，道：「說你是麻子，你真是麻子，你難道看不出她們這是在替香帥做媒嗎？」

小麻子怔了怔，道：「做媒？做什麼媒？」

小禿子道：「自然是做那位石繡雲姑娘的媒，她們覺得欠了楚大哥的情，所以就想拉攏楚大哥和石姑娘。」

小麻子一拍巴掌，笑道：「對了，我本在奇怪，那位石姑娘一個沒出門的閨女，怎麼肯三更半夜的跑到別人家裡去喝酒，原來她早已看上我們楚大哥了。」

小禿子笑道：「像楚大哥這樣的人，人有人才，像有像貌，女孩子若看不上他，那才真是怪事。」

小麻子道：「可是……楚大哥看得上那位石姑娘嗎？」

小禿子摸著腦袋，道：「這倒難說了……不過那位石姑娘倒也可算是位美人兒，也可配得上楚大哥了，我倒很願意喝他們這杯喜酒。」

小麻子道：「如此說來，這件事的結局倒是皆大歡喜，只剩下我們兩個，三更半夜的還像是孤魂野鬼似的在路上窮逛，肚子又餓得要死。」

小禿子「啪」的又給了他一巴掌，道：「你這人真沒出息，人家不請咱們吃宵夜，咱們自己難道不會去吃，那邊就有個攤子還沒有打烊，我早已嗅到酒香了。」

長街盡頭，果然還有一盞孤燈。

燈光下，一條猛虎般的大漢正箕踞在長板凳上開懷暢飲，面前的酒角已堆滿了一大片。

賣酒的老唐早已呵欠連天，恨不得早些收攤子，卻又不敢催這位客人走，他賣了一輩子酒，也沒有見過這樣的酒鬼。

雖已入冬，這大漢卻仍精赤著上身，露出一身黑黝黝的皮膚，就像是鐵打的，老唐剛將兩角酒倒在一個大海碗裡，這大漢長鯨吸水般一張嘴，整整十二兩上好黃酒立刻就點滴無存。

老唐用兩隻手倒酒，卻還沒有他一張嘴喝得快。

小禿子和小麻子也不禁看呆了。

小麻子吐了吐舌頭，悄聲道：「好傢伙，這位仁兄可真是個大酒缸。」

小禿子眨了眨眼，道：「他酒量雖不錯，也未必就能比得上我們的楚大哥。」

小麻子笑道：「那當然，江湖中誰不知道楚大哥非但輕功無雙，酒量也沒有人比得上。」

他們說話的聲音本不大，老唐就連一個字也沒有聽到，但那大漢的耳朵卻像是特別靈，忽然一拍桌子，站了起來，大聲道：「你們的楚大哥是誰？」

這人濃眉大眼，居然是條很英俊的漢子，尤其是一雙眼睛，亮得就好像兩顆大星星一樣。

但是他說話的神氣實在太兇，小禿子就第一個不服氣，也瞪起眼道：「我們的大哥無論是誰你都管不著。」

他話還未說完，這大漢忽然就到了他們面前，也不知怎麼伸手一抓，就將兩個人全抓了起來。

小禿子和小麻子本也不是好對付的，但在這人手裡，就好像變成了兩隻小雞，連動都動不了。

和這大漢比起來，這兩人的確也和兩隻小雞差不多。

他將他們提得離地約莫有一尺多高，看看他們在空中手舞足蹈，那雙發亮的眼睛裡，似乎還帶著些笑意。

但他的聲音還是兇得很，厲聲道：「你們兩個小把戲仔細聽著，你們方才說的楚大哥就是楚留香那老臭蟲，快帶我去找他……」

小禿子大罵道：「你是什麼東西，敢罵楚大哥是老臭蟲，你才是個大臭蟲，黑臭蟲。」

小麻子也大罵道：「楚大哥只要用一根小指頭，就能將你這臭蟲捏死，我勸你還是……還是挾著尾巴逃吧。」

小禿子道：「臭蟲哪有尾巴，臭蟲的尾巴是長在頭上的，挾也挾不住。」

兩人力氣雖不大，膽子卻不小，罵人的本事更是一等一，此刻已豁出去了，索性罵個痛快，就算腦袋開花也等罵完了再說。

誰知這大漢反而笑了，大笑道：「好，算你們兩個小把戲有種，但別人怕那老臭蟲，我卻不怕，若比起喝酒來，他更差得多，你們若不信，爲何不問他去。」

十二 一夜纏綿

氣鍋雞、紅爛鴨、獅子頭、清蒸魚……這些都是要講究火候的功夫名菜，梁媽想必已準備一整天了。

但這些菜現在卻還是原封不動地放在桌子上，因爲桌上只剩下了兩個人，而這兩人連一點吃菜的意思都沒有。

客人並沒有走，走的反而是主人，每個人走的時候，都有一套很好的理由，雖然誰都聽得出那些理由是編的。

他們的意思只不過是想將楚留香和石繡雲兩個人單獨留下來而已，這意思非但楚留香懂得，石繡雲也懂得。

妙的是她並沒有要別人留下來，自己也沒有走。

她拿著筷子，輕輕敲著酒杯，像是想敲碎屋子裡的靜寂，又像是覺得這雙手沒處安放，所以要找些事來做做。

她臉上薄薄的一層紅暈，在淡淡的燈光下看來，真是說不出的嬌艷，說不出的嫵媚。她低垂著眼，長長的睫毛覆蓋在眼簾上，白玉般的牙齒輕輕咬著櫻桃般的紅唇，咬得卻又不太重。

院子裡秋風吹著梧桐。

翠碧色的酒，浮動著陣陣幽香。

如此佳夜，如此佳人，如此美酒，縱然不飲，也該醉了。

對佳人和美酒，楚留香的經驗也許比大多數的人都豐富得多，但也不知爲了什麼，此刻他的心竟也在跳個不停。

他很少聽到自己心跳的聲音。

石繡雲忽然抬起眼睛，眼波從他的臉上滑到他的手，面靨上露出了一對淺淺的酒渦。

她輕輕地問：「你不敬我酒？」

楚留香道：「你會喝酒？」

石繡雲眼波流動，道：「你若敢跟我拚酒，我一定把你灌醉。」

楚留香也笑了，道：「好，我敬你一杯。」

石繡雲撇了撇嘴，道：「多小氣，要敬就敬三杯，你……你怕我會喝醉？」

她很快的倒了三杯酒，很快的就喝了下去。

一個人會不會喝酒，從他舉杯的姿勢就可以看得出，楚留香一看她舉杯的姿勢，就知道她至少是喝過酒的。

他也喝了三杯，笑道：「老實說，我倒真未想到你會喝酒，而且酒量還不錯。」

石繡雲用眼角瞟著他，道：「怎麼，你看我像是鄉下人，是不是？告訴你，鄉下人也會喝酒的。」

她又開始倒酒，悠悠的接著道：「再告訴你，今年過年的時候，我一個人就喝了一罈，你信不信？」

楚留香失笑道：「如此說來，我倒真該找小胡來跟你喝酒才是。」

石繡雲道：「小胡是誰？」

楚留香道：「他叫胡鐵花，是我的老朋友，也是我的好朋友，他的酒量比我強得多。」

石繡雲笑道：「好，下次你把他找來，我把他灌醉給你看，可是今天……今天……我卻只要跟你喝酒。」

她舉起杯，道：「來，我敬你。你敬我三杯，我敬你六杯，我的氣派比你大多了吧？」

楚留香摸了摸鼻子，道：「六杯？」

石繡雲咕嘟一口，將第一杯酒喝了下去，道：「六杯，你嫌少？還是嫌多了？」

楚留香笑道：「好像是多了些。」

石繡雲瞪著他，嬌嗔道：「怎麼，你怕我喝醉是不是？只要你自己不醉就好了，莫管我。」

這六杯酒她喝得更快，喝完了她的臉更紅了。

楚留香柔聲道：「我喝完了這六杯，就送你回去好不好？」

石繡雲眼珠子一轉，道：「你……你先喝完再說。」

六杯酒在楚留香說來，自然算不了什麼。

他喝完了六杯，就問道：「現在你該回去了吧。」

石繡雲咬著櫻唇，低下頭，慢慢的將一雙新繡鞋脫了下來，卻將一雙白生生的天足盤在椅上，然後又慢慢的抬起頭，凝注著楚留香，一字字道：「我不回去。」

楚留香道：「你……你不回去？為什麼？」

石繡雲又倒酒，道：「沒有為什麼，我就是不想回去。」

她眼波在楚留香臉上一轉，嫣然道：「來，現在該輪到你敬我酒了。」

楚留香只有摸鼻子，摸自己的鼻子。

石繡雲垂下頭，幽幽的道：「我的心情不好，我想喝酒，你難道就不肯陪陪我？」

楚留香暗中嘆了口氣，道：「只要你不喝醉，我陪你喝三天都沒關係。」

石繡雲道：「你怕我喝醉？」

楚留香苦笑道：「誰喝醉我都怕，我什麼都不怕，就怕喝醉酒的人。」

石繡雲噗哧一笑，道：「我保證絕不喝醉，行不行？」

楚留香只有舉杯，道：「好，我敬你。」

其實楚留香自然也知道，沒有人能保證自己不喝醉的，唯一能要自己不喝醉的法子，就是根本不喝。

多。

這法子雖不算妙，但卻很有效。

只可惜很多人都不肯用這法子，所以每天喝醉酒的人還是很多。

楚留香也知道勸人喝酒固然不好，勸人不喝也不好，因爲你愈勸他不喝，他往往會喝得愈多。

他只希望石繡雲的酒量真的不錯。

石繡雲酒量的確不錯，只不過沒有她自己想像中那麼好而已——每個人的酒量都沒有自己想像中那麼好的。

石繡雲的眼波已不如方才那麼靈活了。

她瞪著楚留香，用筷子指著楚留香的鼻子，吃吃笑道：「你不是好人，我早就知道你不是好人……我第一次看見你的時候，就知道我要倒楣了。」

楚留香苦笑道：「我哪點不好？」

石繡雲格格笑道：「你把我灌醉了……你把我灌醉了。」

楚留香又好氣，又好笑，道：「你不是說你不會醉的嗎？」

石繡雲皺了皺鼻子，扮了個鬼臉，又把腳放了下去，喃喃道：「這麼悶，悶死人，陪我出去走走好不好。」

楚留香立刻站了起來，道：「好。」

石繡雲彎下腰，幾乎將頭伸到桌子底下了，道：「我的鞋……我的鞋子呢？」

她的鞋子已踢到楚留香這邊來了。

楚留香只有替她撿了起來。

誰知石繡雲抬起腳，吃吃笑道：「你替我穿上……你不替我穿上，我就不走。」

纖秀的腳，盈盈一握。

楚留香的心不覺又在跳。

對他這樣的男人說來，這小丫頭做得實在未免太過分了，簡直就好像在欺負他，好像說他不敢似的。

楚留香簡直忍不住想給她點教訓了。

可是這次楚留香卻什麼也沒有做，只是替她穿上鞋，扶她出了門，她兩隻手掛在楚留香肩膀上，整個人都掛在他肩膀上。

夜涼如水。

星光映在青石板路上，青石板路映著星光。

秋風溫柔得就像是情人的呼吸。

楚留香忽然覺得自己也有些醉了。

他全未看到黑暗中還有雙發光的眼睛在盯著他。

木屋裡並不太暗，因爲星光也悄悄地溜了進來。

楚留香也不知爲什麼要聽石繡雲的話，爲什麼又將她帶來這裡，也許他真的有些醉了。

石繡雲快樂得就像隻雲雀，輕靈地轉了個身，道：「你可知道我爲什麼要到這裡來？」

楚留香沒有說話。

石繡雲道：「因爲這是我第一眼看到你的地方。」

楚留香道：「走吧。」

此時此刻，突然說出這兩個字來，實在妙得很。

石繡雲道：「走？爲什麼要走？」

楚留香道：「你若再不走，可知道我會怎麼樣？」

石繡雲嬌笑著，搖著頭。

楚留香盡量使自己的表情看來兇狠些，沉著聲音道：「你既已知道我不是好人，你就該猜得出我要做什麼事，你快些走是你的運氣，否則我就要撕破你的衣服，然後……」

他話還沒有說完，石繡雲突然「嚶嚀」一聲，投入他懷裡，緊緊的勾住了他的脖子，道：

「你真壞，壞死了，我就知道你總有一天會這樣對我的。」

楚留香怔住了。

他只不過是在嘴上說說，想嚇嚇她而已，誰知她自己反而「實行」了起來，他想推……

他卻推到了最不該推的地方。

石繡雲的笑聲如銀鈴，斷斷續續的銀鈴，她握起了他的手，將他的手塞入她的衣襟裡，悄悄道：「你摸摸我身上是不是在發燒？」

她身上的確在發燒。

楚留香雖然有些捨不得，還是很快的就將手抽了出來，誰知石繡雲卻又拿起他的手，狠狠咬了一口。

她咬著他的手指，道：「你這個壞東西，你一直在勾引我，從頭到尾都在勾引我，你以爲我不知道？現在你又要逃了，你若敢逃走，小心我咬斷你的手指。」

楚留香是個男人，而且沒有毛病

一點毛病也沒有。

太陽已升起。

陽光照入窗戶，照在石繡雲腿上。

她的腿修長，筆挺。

就算再挑剔的人，也不能不承認這雙腿誘人得很。

楚留香的目光從她的腿，慢慢移到她臉上，她臉上還有一抹紅暈，呼吸是那麼安詳，睡得就好像嬰兒一樣。

望著這張臉，楚留香心裡忽然有說不出的後悔。

他並不是柳下惠，也從來不想做柳下惠，可是這一次，他卻希望昨天晚上自己是個柳下惠。

他也曾經和別的女孩子很親密，但是那都不同。那些女孩子都很堅強，都很有勇氣。

他知道她們縱然會對他懷念，也不會爲他痛苦。

而現在依偎在他身上的女孩子卻不同，她是如此純真，如此幼稚，如此軟弱……

他不敢想像自己離開她之後，她會怎麼樣？

「她會不會自殺？」

想到這裡，楚留香真恨不得重重打自己幾個耳光了。

石繡雲的腿輕輕縮了縮，臉上漸漸又露出了酒渦。

然後她睜開了眼睛。

楚留香幾乎不敢接觸她的眼波。

石繡雲翻了個身，忽然輕輕地呻吟了起來，帶著笑道：「我的頭好疼。」

楚留香柔聲道：「想到第二天的頭疼，以後你總該少喝些酒了吧。」

石繡雲吃吃笑道：「我聽說愛喝酒的人記性都不好，過兩天就會將酒醉後的難受忘得乾乾淨淨了。」

楚留香也不禁失笑道：「一點也不錯，據我所知，小胡至少已經戒了一千次酒了，每次頭疼時他都嚷著要戒酒，可是不到半天就開了戒。」

石繡雲坐了起來，揉揉眼睛，笑道：「原來太陽已升得這麼高了。」

楚留香道：「時候的確已不早，我……我實在不想走……」

他本要接著說：「雖不想走，卻非走不可。」

可是這句話他無論如何也說不出來。

誰知石繡雲卻道：「你不想走，我卻要走了。」

楚留香怔了怔，道：「你……」

石繡雲道：「我知道你也該走了。」

楚留香道：「那麼……那麼以後我們……」

石繡雲道：「以後？我們沒有以後，因爲以後你一定再也見不著我。」

楚留香怔住了。

石繡雲忽然笑了笑，道：「你爲什麼吃驚？你難道以爲我會纏住你，不放你走？」

她親了親楚留香的臉，站起來，開始穿衣服，深深道：「我和你根本就不是一個世界裡的人，我就算能勉強留住你，或者一定要跟你走，以後也不會幸福的。」

楚留香簡直說不出話來。

石繡雲溫柔地一笑，道：「我是個很平凡的人，以前一直過著平凡的日子，以後過的也一定是很平凡的日子，在我這一生中，能夠跟你有這麼樣不平凡的一天……只要一天，我已很滿足了，以後到我很老的時候，至少我還有這麼一天甜蜜的回憶。」

她溫柔地凝注著楚留香，柔聲接道：「所以我無論如何都該感激你。」

楚留香坐在那裡，心裡也不知是什麼滋味。

石繡雲又親了親他，然後忽然就轉身很快的走了出去，甚至連頭都沒有回過來瞧他一眼。

楚留香本來是希望她能好好走的，但現在她真的好好走了，楚留香心裡反而覺得有些發酸、發苦。

他本來一心希望她走，現在卻又希望她不要走得這麼快了——人人都說女子的心情不可捉摸，其實男人又何嘗不是如此。

楚留香盯著那扇門，好像希望她會忽然又推開門走進來似的。

門果然被推開了……

但從門外走進來的並不是溫柔美貌的石繡雲，而是條酒氣沖天、剛生出滿臉鬍渣子的頎長大漢。

楚留香叫了起來，道：「小胡，你怎麼會找到這裡來了？」

胡鐵花沒有回答這句話，卻搖著頭笑道：「老臭蟲，你實在有兩手……你是用什麼法子將那女孩子騙得肯乖乖走了的？這法子你一定得教教我。」

楚留香滿肚子苦水，卻吐不出來，拍著臉道：「我何必教你，反正女孩子一看到你就逃得比馬還快。」

他雖是在故意氣氣胡鐵花，但也知道胡鐵花絕不會生氣，更不會難受——無論誰想要胡鐵花難受，都困難得很。

誰知胡鐵花聽了這話，立刻哭喪著臉，笑也笑不出來了，站在那裡發了半天呆，竟「啪」的給了自己一個耳刮子，大聲道：「不錯，你說得一點也不錯，我是個酒鬼，又是個窮光蛋，又懶、又髒、又醜，若有女孩子見了我不逃，那才是怪事。」

楚留香也看呆了。

他知道胡鐵花並不是個喜歡開玩笑的人，他認識胡鐵花二十多年，胡鐵花永遠都是高高興興，得意揚揚的。

現在他怎會變成這種樣子？難道他有了什麼毛病？

只見胡鐵花眼淚汪汪的，居然像是要掉眼淚了。

楚留香忍不住笑道：「誰會說你醜，那人眼睛一定瞎了，你看你的鼻子、眉毛、眼睛……尤其是你這雙眼睛，一萬個男人中也找不出一個。」

胡鐵花不由自主抬起手摸了摸自己的眼睛，像是覺得高興了些，但忽又搖了搖頭，苦著臉道：「就算我眼睛長得還不錯也沒有用，我是個窮光蛋。」

楚留香道：「男子漢大丈夫，窮一點有什麼關係，只要你窮得骨頭硬……世上的女孩子並非個個都是見錢眼開的。」

胡鐵花不由自主挺起了胸膛，但忽又縮了下去，搖頭道：「只可惜我又是個酒鬼。」

楚留香忍住笑道：「喝酒又有什麼不好？喝酒的人才有男子氣概，古來有名的英雄、將相、詩人，哪個不喝酒，女孩子見到你喝酒的豪氣，一顆心早已掉在你酒杯裡了。」

這話倒不假。

那年夏天，他們在莫愁湖上喝酒，胡鐵花喝醉了，糊裡糊塗的就答應了要和高亞男成親。

但第二天他就將這回事忘了，高亞男卻未忘，硬逼著他要她，還說他若賴賬，她沒有臉活下去，她就要自殺。

這下子立刻將胡鐵花嚇得落荒而逃，高亞男就在後面追，據胡鐵花自己說，她竟追了他兩三年。

這本是胡鐵花的得意事，楚留香以爲總可叫胡鐵花開心些了，誰知胡鐵花一聽「高亞男」這名字，一張臉立刻就變得像吊死鬼一樣。

楚留香奇怪，試探著問道：「莫非你又見著高亞男了？」

胡鐵花道：「嗯。」

楚留香訝然道：「她難道還不理你？」

胡鐵花道：「她……她就是不理我，簡直就好像不認得我這個人似的。」

說出這句話，他更像個剛受了委屈的孩子。

楚留香更奇怪了，拉著他坐了下來，道：「這到底是怎麼回事，你仔細說給我聽聽。」

胡鐵花道：「有一天我得了兩罈好酒，就去找『快網』張三，因爲他烤的魚最好，我記得你也很愛吃的。」

楚留香笑道：「不錯，只有他烤的魚，不腥不老，又不失魚的鮮味。」

胡鐵花道：「我和他正坐在船頭烤魚吃酒，忽然有條船很快地從我們旁邊過去，船上有三個人，其中有個我覺得很面熟。」

楚留香失笑道：「高亞男？」

胡鐵花點著頭長嘆道：「那時我也大吃一驚，就追下去，想跟她打個招呼，誰知她根本不理我，我拚命向她招手，她就像沒瞧見。」

楚留香道：「也許……也許她真的沒有看到你。」

胡鐵花道：「誰說的？她就坐在窗口，眼睛瞪了我半天，卻像是瞪著根木頭似的，我一路追下去，她一路坐在窗口，可就是不理我。」

楚留香道：「你爲什麼不索性跳上她的船？去問個明白。」

胡鐵花苦著臉道：「我不敢。」

楚留香失笑道：「你不敢？爲什麼？她頂多也不過只能把你踢下船而已。」

胡鐵花嘆道：「因爲她的師父，華山派的那老尼姑也在船上，我倒真有點怕……我不是怕她別的，就怕她那張臉。」

華山劍派當代掌門人「枯梅大師」，莊嚴持重，據說已有三十年未露笑容，江湖中人無論誰見到她都難免有些害怕的。

楚留香動容道：「枯梅大師已有二十餘年未履紅塵，這一次怎會下山來了？」

他忽然覺得這件事很有趣了，若沒有十分重大的事，枯梅大師絕不會下華山，她既已下了華山，就必定有大事要發生。

楚留香忽然用力一拍胡鐵花肩頭，道：「你莫難受，等我這裡的事辦完了，就陪你去找她，問問她爲何不理你？」

胡鐵花嘴角動了動，忽然道：「你見了枯梅大師，一定也會大吃一驚的。」

楚留香道：「爲什麼？」

胡鐵花道：「因爲她已還俗了。」

楚留香叫了起來，道：「枯梅大師會還俗！你見了鬼吧？」

枯梅大師落髮出家已有四十餘年，修爲功深，戒律精嚴，若說她也會還俗，那簡直比說楚留香做了和尙還要令人吃驚。

胡鐵花苦笑道：「我也知道這件事無論說給誰聽，都絕沒有人會相信，但她的的確確是還俗了。」

楚留香道：「你只怕是看錯人了吧。」

胡鐵花道：「枯梅大師的容貌，任何人看了一眼都不會忘記，何況是我？」

楚留香道：「可是……」

胡鐵花道：「我見著她時，她穿的是件紫緞團花的花袍，手裡扶著根龍頭拐杖，頭上白髮蒼蒼，看來就像是位子孫滿堂的誥命夫人。」

楚留香說不出話來了。

枯梅大師居然下了華山，已令人吃驚，她會還俗，更令人難信，這其中必定又牽涉到一件稀奇古怪的大事。楚留香的興趣愈來愈濃厚了。

他忽然跳了起來，飛奔出去，道：「你在這裡等我，午時前後，我一定回來陪你去。」

江湖中的確又發生了件大事，無論誰想管這件閒事，都難免要有殺身之禍，楚留香若是聰明人，就該避得遠遠的。

只可惜聰明人有時也會做傻事。

《借屍還魂》完，請續看《蝙蝠傳奇（上）》

【附錄一】

從技法的突破到意境的躍升：

以《楚留香傳奇》為例

知名文化評論家、《聯合報》主筆 陳曉林

「楚留香傳奇系列」是古龍邁向創作成熟期的主要里程碑之一。透過這一系列膾炙人口的故事，古龍展示了與其他武俠作家迥然有異的風格與意境，從而完成了他自己在寫作生涯中的一次「躍升」。

在此之前，古龍已於《大旗英雄傳》、《情人箭》、《浣花洗劍錄》、《絕代雙驕》等轉型期作品中，以優雅洗練的文字、曲折離奇的情節、大開大闔的氣勢，與軒昂高遠的意境，逐漸凝塑出屬於他自己所獨具的特色與魅力；到了寫作「楚留香傳奇系列」的時期，這種古龍所獨具的特色與魅力更爲鮮明浮凸，從而使他筆下的那個想像中心——江湖世界，有了它自己的生命活力與發展理路。

可以這麼說：在創作了「楚留香傳奇系列」之後，古龍不啻正式取得了武俠文學領域內的一派宗師地位，而不讓金庸、梁羽生專美於前。事實上，古龍在創作成熟期的多部名著後，足堪與金庸的主要作品分庭抗禮，且浸浸然有後來居上、青出於藍之勢。

即使只從形式與技巧的角度來看，「楚留香傳奇系列」以主角楚留香貫穿全部的故事，但每一個故事仍具有獨立自足內涵的敍事結構，這種敍事模式，在近代西方的偵探小說或中國古典的公案小說中，雖屬常見；但在從平江不肖生直到金庸以降的現代武俠小說中，卻仍屬罕見。因此，古龍創作「楚留香傳奇系列」後，又另撰了「陸小鳳傳奇系列」，特意將各篇故事獨立、但人物前後串連的敍事結構引進到武俠文學的領域之中，應可視為在形式與技巧上的一種「尋求突破」的表現。

而值得指出的是，這種「尋求突破」的強烈企圖心與意志力，貫穿了古龍的整個創作生涯。

當然，他不僅在形式與技巧上「尋求突破」，在內涵與境界上也同樣「尋求突破」；「楚留香傳奇系列」可視為古龍在「尋求突破」過程中的成功之作；在這部系列作品中，內涵與形式取得了微妙的、動態的均衡。

分析「楚留香傳奇系列」之所以凸顯了古龍獨具的特色與魅力，從而產生了雅俗共賞的閱讀趣味與社會效應，大抵可以看出：這是由於古龍頗為慧黠而成功地運用了將武俠結合偵探或推理的要素，並將兩者都轉化為人性探索的題材，從而在其中展現出突破與超越的理念內涵之故。因此，「結合」、「轉化」、「突破」、「超越」四者，是解讀「楚留香傳奇系列」的關鍵所在；擴而言之，在「楚留香傳奇系列」之後，古龍所創作的每一部重要作品，也都涵括了這四項要諦。

就「結合」而言，古龍創作「楚留香傳奇系列」的最初靈感，是來自於他閱讀英國間諜小說名家弗萊明（I.Fleming）的《○○七情報員》系列，並觀賞了由這些作品改編的電影，對於這些作品的主角詹姆士．龐德所展現的既優雅又矯健，既冷酷又多情的特異風格，深有所感，因而起意將武俠小說的佈局和情節，與間諜小說、偵探小說的相關題材「結合」。換言之，楚留香的「原型」乃是性格倜儻風流、喜好冒險生涯的詹姆士．龐德。

但在「結合」了間諜小說、偵探小說的題材與旨趣之後，古龍的高明之處：在於他立即以深具中國風味的禪理與禪意，將層層轉折的故事情節加以「轉化」，而不使之只停留在推理、解謎與緝凶、破案的境地。禪理與禪意所表達的美感，深具中國古典色彩；而從間諜小說、偵探小說中擷取的題材與情節，經過這樣巧妙的「轉化」之後，已極自然地融入到武俠文學的敍事結構裡，更無絲毫斧鑿痕跡。

以古龍的才華與眼界，當然不會僅以「結合」與「轉化」為滿足，而必須尋求一次又一次、一層又一層的「突破」。因此，「楚留香傳奇系列」的每個故事非但各自獨立，絕無重覆冗贅的情節，而且每個故事都展示出新的視域、新的體悟，或新的境界，從而反映了不斷在文學表達、也在人性探索尋求「突破」的心智欲求。

而在故事情節、敍事技巧與表達形式上都不斷取得「突破」的成績之後，古龍於「楚留香傳奇系列」的每個故事結束之際，都有意無意地展現了一種「超越」的情懷：超越了江湖的恩怨、超越了名利的爭逐、超越紅塵的羈絆，甚至超越了正邪善惡的畛域，超越了人性本然的局限。不妨就「楚留香傳奇系列」所涵括的三個獨立成篇、各有意旨的故事，來一一尋繹「結合」、「轉化」「突破」與「超越」這四項要諦，在古龍的敍事藝術中所發揮的功能。

以《血海飄香》爲例，故事結構的主體當然是行俠仗義與破案解謎的「結合」。一具具海上浮屍不斷漂來，迫使浮宅海上的楚留香及他的三位紅粉知己中止了悠遊歲月的閑逸，而面對逐漸成型的武林風暴。表面看來，楚留香所要追究的是案情真相，目標則指向著殺戮了眾多武林雄豪，並從武林禁地神水宮中偷盜了「天一神水」的神秘兇手；但深一層看，神秘兇手甘冒天下大不韙而施展的種種暴戾、詭異的行徑，絕非無因而發；然則，如何詮釋神秘兇手的動機，才是情節佈局是否高明、周延的判準所在。因此，古龍在結合了武俠與推理這兩大文類各自的要素之後，再以畫龍點睛之筆予以「轉化」，使得這篇故事得以超邁流俗，耐人尋味。

「最陰險的敵人往往即是最親近的朋友」，這是古龍的武俠作品較常見的題旨之一；在《血海飄香》中，尤其發揮得令人驚心動魄。不過，在楚留香抽絲剝繭的追查下，即使真相終於水落石出，證明了風標高華、一絲不染的「妙僧」無花及英姿颯爽、行事明快的丐幫新任幫主南宮靈，亦即曾與楚留香惺惺相惜、交稱莫逆的二位親近友人，正是本案中辣手無情、弒師奪權的神秘兇手；但涉及三人之間友誼的情節，仍然生動真切，鮮明感人。

古龍將一個破案、解謎的故事「轉化」爲一個以友情的奠立、考驗、變質與幻滅爲主軸的故事，添加了心理的深度與人性的弔詭；所以，《血海飄香》遠不止是將推理模式引入武俠情節而已。

僅從對權力及名利的貪欲，顯然不足以解釋南宮靈與無花的所作所爲；尤其丐幫老幫主任慈將南宮靈自幼撫養成人，莆田少林寺主持天峰大師亦視無花爲衣缽傳人，若無非常特殊的原因，無花冷血的反噬行徑當然會欠缺說服力，從而使整個故事的戲劇張力無從彰顯。正是在這個關鍵問題上，古龍展示了攸關全局的設計性「突破」：他將整個弒師奪權事件的因由，上溯到南宮靈、無花的父母所經歷的悲劇命運。

他們的母親本爲華山劍派女劍客李琦，身負血仇，在嫁給東瀛劍士天楓十四郎之後，另有奇遇，留下在襁褓中的兩個幼兒不告而別。天楓十四郎傷心之餘，渡海來到中土，向名高藝強的丐幫幫主及南少林主持挑戰，其實早已暗蓄死志，只希望兩個幼兒得到丐幫、少林的妥善照顧，未來得以成爲一代高手。殊不料，天楓十四郎託孤身亡之後，李琦教唆南宮靈、無花奪取掌門權力；於是，他們一步步走向血腥作孽之路，終於與鍥而不捨追究兇手的楚留香反目成仇。

以天楓十四郎身爲東瀛高手劍士的背景，「妙僧」無花在石樑上向楚留香施展詭異絕倫、驚心動魄的「迎風一刀斬」，自屬順理成章之舉。這一幕，已成武俠小說中援引和陳示日本劍道的經典表述，也是古龍在本系列中所展露的技法「突破」之一。

友情的掙扎、前代的恩怨、一連串的血債、宿命式的衝突……形成了難分難解的糾結；但是，當真相充分呈現之後，楚留香與「妙僧」無花畢竟必須面對現實，作一了斷。在這個關鍵時刻，古龍藉由天峰大師與楚留香之間寥寥數語充滿禪意的對答，展現了一種以睿智與慈悲來「超越」塵世恩仇、宿命糾結的心靈境界。古龍是如此表述這種「超越」的：——

楚留香再次奉上一盞茶，道：「大師所知道的，現在只怕也全都知道了。」

天峰大師只是點了點頭，不再說話。

楚留香喟然站定，道：「不知大師能不能讓晚輩和無花師兄說幾句話？」

天峰大師緩緩道：「該說的話，總是要說的，你們去吧！」

無花這時才站起身來，他神情看來仍是那麼悠閒而瀟灑，尊敬地向天峰大師行過禮，悄然退了出去。

他沒有說話。等他身子已將退出簾外，天峰大師忽然張開眼睛瞧了他一眼，這一眼中的含意似乎很複雜。但他也沒有說話。

表述出這樣「超越」而無言的境界，古龍不啻展現了化腐朽為神奇的文學魅力。《血海飄香》所飄之香，正是這種深具「超越」意味的禪理與禪意。

再看《大沙漠》。它的故事結構也展現了古龍擅於將不同類型與性質的事件加以「結合」的特色。起初，楚留香以為「大漠之王」札木合的「兒子」黑珍珠劫持了蘇蓉蓉等三位女伴，所以決心深入戈壁，救回她們；其間當然驚險百出，撲朔迷離——這是典型的「英雄救美」模式。

另一方面，楚留香遇到摯友胡鐵花，又拉來另一位老搭檔姬冰雁，正準備犁庭掃穴之時，卻捲入到大漠上的龜茲王朝篡位與復辟的風波之中，不得不出手援救已被黜廢的龜茲國王——這是典型的「寶座爭奪」模式。

通篇敍事，乍看之下奇變百出，高潮疊起，令人有匪夷所思之感；但整體佈局的層次井然，首尾呼應，又儼然有一氣呵成之妙；究其原委，即在於古龍將這兩種浪漫傳奇所常見的故事模式「結合」得天衣無縫，絲絲入扣。

著意刻畫楚留香、胡鐵花、姬冰雁之間的友情與默契，以及楚、胡與美麗的琵琶公主間微妙而敏感的異國戀情，則是古龍得以將這個原本肅殺之氣濃冽、陰謀詭計叢集的血腥奪權故事，「轉化」爲也反映了人間真情與人性溫暖的浪漫抒情故事，所運用的巧妙技法。

躲在暗處的敵人、不斷擴大的陰霾、紛至沓來的危機……在在都構成了對楚留香一行的強大壓力與威脅。可是，楚留香等人的鬥志反而更爲高昂，信心也更爲堅定。在保護龜茲國王及琵琶公主的過程中，他們發現：諸多線索指向於同一的根源，篡奪了龜茲王朝的外來勢力，事實上也正是想要置他們於死地的同一批人物。於是，沙漠上一個王朝的興廢滄桑，在頃刻間「轉化」爲江湖中人與人之間的恩怨情仇，也就自有其互相對映的內在思路可循了。

循著這條互相對映的內在理路追索下去，整個故事在構思與佈局上的「突破」性樞紐也就呼之欲出。女兒之身的黑珍珠邀約蘇蓉蓉等進入大漠，只為了讓楚留香著急（**更重要的當然是引楚留香來見她**），毫無惡意；一直躲在暗處對付楚留香等人的那股勢力，根本與黑珍珠無關，而是「妙僧」無花與南宮靈的生母，華山劍派的一代女劍客李琦；如今她不但早已化名為「石觀音」，而且一面以龜茲王妃的身分與楚留香等人周旋，一面則暗中操縱了龜茲王國的政變。

於是，詐死逃生、潛入沙漠的「妙僧」無花一心一意要對付楚留香，石觀音也將楚留香視為心腹大患的原因，不言可喻。天楓十四郎與李琦的一段悲劇戀情，後遺影響竟然一至於斯。

到了圖窮匕現的時刻，楚留香不得不與石觀音放手一搏。耽溺於自戀情結的石觀音武功之高，迥非楚留香可以匹敵；然而，楚留香在千鈞一髮之際，猝然出招擊碎了石觀音日日持以自照容顏、自映絕色的銅鏡，使得石觀音在「形象」破滅之餘，憤而吞藥，奄然物化。古龍藉由這一幕石觀音從自戀到自絕的場景，表述了一種紅顏已逝、恩仇俱泯的悲憫情愫，從而使得整個故事「超越」了權位爭奪、反覆尋仇及正邪對立的格局，而隱隱點出與前一個故事交互呼應的禪理與禪意。

當光復故土的龜茲國王邀楚留香等人以貴賓身分到該國一遊時，楚留香婉言辭謝，自是意料中事；可是，對美麗嬌柔的琵琶公主，也採取「翻恐情多誤美人」的割捨態度，便與楚留香一向倜儻瀟灑的作風不符了。或許，一個合理的解釋是：在目睹了石觀音殞亡時，紅顏頃刻變為白骨的景象之後，楚留香在心靈中也「超越」了對男女情戀隨時躍躍欲試的躁動性格。

於是，當大沙漠上一連串怵目驚心的鬥智鬥力事件終告結束，楚留香、胡鐵花、姬冰雁踏上歸程之際，他們不啻已親歷了王位虛幻、紅顏易逝的塵世煙雲與人生試煉，而使自己的心靈境界較前提升了一層。

當然，由於黑珍珠與蘇蓉蓉、李紅袖、宋甜兒始終未曾現身，楚留香還必須繼續追尋她們的下落。又由於在與石觀音鬥爭的過程中，「畫眉鳥」公開市恩協助，但既不願露面，其身分也諱莫如深，儼然給楚留香等人留下了一個啞謎；所以，回程中的楚留香在心靈境界上雖大有提升，在現實處境上卻分明面臨著另一波挑戰。

本系列的第三部作品《畫眉鳥》，主要的內容即是建構在楚留香對這一波挑戰的回應，以及由此而衍發的諸般恩怨情仇之上。「畫眉鳥」的身分固然是一懸疑，而縱使柳無眉即是「畫眉鳥」的事實已經昭然若揭；但她與身為武林第一世家少主人的夫婿李玉函何以非置楚留香於死地不可，亦仍是深具戲劇張力的另一懸疑。

而真相逐漸呈現之後，楚留香卻又不得不為她而與神水宮的「水母」陰姬正面對敵，從而將神水宮中的種種詭異情事，包括倫常的慘變、畸戀的殺機，乃至同性戀、雙性戀的糾結，亦引入到故事結構之中。

因此，將懸疑小說、驚悚小說、言情小說的基本要素，與武俠小說的敍事模式加以「結合」，作為這部作品的主軸；古龍以行雲流水般的語調娓娓道來，跌宕有致，收放自如，表現出他在創作成熟期左右逢源、觸處成趣的姿采與魅力。將懸疑、驚悚、言情、武俠的要素結合之後，古龍再透過敍事技巧的連綴與點染使之一一「轉化」爲故事情節的有機組成部分。

從李玉函、柳無眉以陰毒絕倫的「暴雨梨花釘」暗算楚留香，胡鐵花不慎中毒之後反持「暴雨梨花釘」嚇退來犯的黑衣人，直到李玉函在地室中再以這套暗器對準蘇蓉蓉她們來威脅楚留香，而楚留香在談笑間解除了這項威脅……，僅以與「暴雨梨花釘」有關的情節，便可看出古龍將這些要素予以巧妙的「轉化」，使其滋生新意、且爲己所用的才華與功力。

楚留香與帥一帆在「陸羽茶井」畔的劍道之搏，以及在「擁翠山莊」中陷身七大劍客的劍陣，卻能屢屢出奇致勝；相關的描述，雖是承襲武林小說的普遍敍事模式而來，但經古龍的「轉化」處理，也均已脫出刻板窠臼，令人興味盎然。

這部作品在情節推演上的「突破」之處，則主要表現於楚留香與各相關對手的互動方面。楚留香一再對李玉函手下留情，乃至在劍陣中反遭李玉函擊傷，已無力抵擋七大高手的狙殺之際，憤然出面阻止者，竟是眾人以爲必欲取楚留香性命的「擁翠山莊」老主人李觀魚。

及至楚留香已掌握全局，李玉函、柳無眉俯首認罪，此時願爲柳無眉出頭向號稱天下第一高手的「水母」陰姬力爭者，竟是一再遭到他夫婦二人陷害、栽誣與暗殺的楚留香。顯然，以弔詭的、辯證的方式抒寫江湖道義的本質及人性向善的潛能，是古龍透過這部作品所展示的「突破」。

當然，環繞著神水宮的種種神秘傳聞與詭異情事，乍看之下似屬荒誕不經，但隨著情節的推展，卻又逐一豁然開朗，予人以合情合理之感，實也展示了古龍在敍事風格上的一項突破。

不但如此，在這部作品中，古龍還，再在情節轉折的重要關頭，以楚留香所表現的悲憫情懷，來隱喻人性具有不斷自我提升、自我完善的「超越」意向。對於柳無眉的悲憫固然如此；即使在察知「水母」陰姬與其情人「雄娘子」的畸戀，與其女弟子宮南燕的同性戀，以及由此而衍生的一連串對陰姬極為不利的悲劇事件之後，楚留香非但未利用來對付陰姬，反而一再設法安撫她的情緒。明知陰姬的神智恢復冷靜之後，其累積數十年的絕世神功實非自己所能抗衡，楚留香仍只視她爲一個值得悲憫的女性，而不願乘虛進擊。甚至，在最後決戰時刻，楚留香已以「死亡之吻」迫使陰姬窒息，眼看勝利在即，只因不忍見陰姬垂死落淚的悲哀神情，而寧可網開一面，不惜自陷危境。這種在生死交關的「極限情境」中，兀自心存仁善的情節刻畫，深刻地彰顯了古龍對於江湖血腥、紅塵情孽的冷靜觀照，以及觀照之後的超越與悲憫。

但江湖血腥、紅塵情孽畢竟無所不在。「水母」陰姬自戕之後，苦苦追擊「中原一點紅」夫婦的殺手集團首領現身，若非蘇蓉蓉臨機應變，楚留香、胡鐵花幾乎遭到不測。而當楚留香等人趕去告知李玉函，「水母」確認柳無眉並未中毒之時，卻赫然發現柳無眉已然身亡，李玉函也因過於癡情而神智失常……。然則，超越與悲憫畢竟只反映了心靈境界的昇華，瞬息萬變的江湖世界仍在演出一齣又一齣的人間喜劇或悲劇。

於是，在《畫眉鳥》的結尾，楚留香、胡鐵花似又回到了一連串事件開端時的情境：胡鐵花癡癡地注視酒店中的一個青衣少女；楚留香看到他失魂落魄的模樣，不禁啞然失笑。

綜合而言，「楚留香傳奇系列」是古龍有意識地揚棄傳統武俠小說的窠臼，開始創立自己獨特風格與意境的力作。就風格而言，從這一系列作品起，古龍正式將現代文學的理念精神與技法，注入武俠文本的書寫之中，使其與古典的敘事模式、浪漫的故事情節融爲一體，進而綻現出一種別開生面的文字魅力。因此，將「楚留香傳奇系列」視作古龍邁向創作成熟期的主要里程碑，殆不爲過。

就意境而言，則古龍汲引禪理、禪機的神髓，來提升武俠作品的層次與深度，也是從這一系列作品起，始取得了文學表述上的巧妙均衡，而綻現出令人耳目一新的光芒。古龍的高明之處尤在於：他雖藉由「妙僧」無花這樣瀟灑可親、一塵不染的佛門人物，作爲在故事中引進禪理、禪機的媒介，卻又能以反諷式的情節與筆法，顛覆了無花所營造於外的禪境。換言之，古龍致力於開拓武俠小說的意蘊，提升武俠小說的境界，但並不耽溺或黏滯於意境的追求；正因如此，遂展現出一種空靈的美感。

金庸、梁羽生的武俠作品通常有明確的歷史背景，並刻意以草野的俠義譜系與正統的王朝譜系對映，從而呈現一種反諷的張力。後起的古龍不再著意於歷史背景的攝取，甚至也完全放棄了將武俠小說與歷史演義相即相融的敍事模式，而逕自將武俠文學當做一種「傳奇」來經營與表述。

由於「傳奇」不受歷史時空及寫實原則的框限，故而，可以馳騁想像，無入而不自得；還珠樓主的作品，氣勢猶如天風海雨，情節猶如魚龍曼衍，便是深得「傳奇」之真諦者；當然，古龍未走還珠樓主的路子，而是將古典詩詞的意境，現代文學的技法，透過敍事藝術的轉化，融入到「傳奇」之中，從而在武俠創作的領域內獨闢蹊徑，自成局面。猶如張大千以濃綠亮青的潑彩筆法，爲中國水墨畫開一新境那般；古龍將意境融入「傳奇」的敘事藝術，也爲武俠文學開一新境。論者將古龍與金庸並提，認爲當代武俠文學界其實是雙峰並峙，二水分流，古、金二位分別代表了武俠領域內「奇與正」的極致，殊非過譽。

尤其值得注意的是：古龍的作品深富華麗感、動態感與節奏感，非但爲具文學素養者所激賞，也極受現代年輕讀者喜愛。他的創作理念與表述策略又處處暗合「後設」小說、乃至「後現代」文學所強調的路數，「楚留香傳奇系列」的每一個故事到收尾時都留下了懸疑，也預設了進一步發展與變化的可能性，即是有目共睹的例證。

在爲武俠「傳奇」賦予了古色古香、禪理禪機的意境之後，「高處不勝寒」的傳奇英雄終究需要回到人間世，重新面對動蕩的江湖、紛擾的紅塵。浮宅海上、遠離塵囂的楚留香一旦中止了悠遊歲月的愜意生涯，而走向情孽糾結、恩怨夾纏的人間大地，就再也沒有機會享受無憂無慮的歲月與心境了。他雖已克服了南宮靈、無花、石觀音、畫眉鳥、水母陰姬等高強對手的挑戰；但江湖永遠不會平靜，新的挑戰、新的對手早已在等著他了。所以，古龍寫完了「楚留香傳奇系列」，當然要繼續寫他的「楚留香新傳系列」。

於是，從這個系列開始，古龍不但一步步走向創作生涯的成熟期與高峰期，而且，作品中所展現的風格與意境也愈來愈引人矚目。事實上，古龍在嗣後的作品中雖仍不斷有令人驚豔的新創意、新突破；但「楚留香傳奇系列」確是一次重要的「躍升」。

然而，弔詭的是，按照當代神話學巨擘坎伯（Joseph Campbell）的研究，以「結合」「轉化」「突破」「超越」爲主調的敘事結構，正是遠古神話的基本特徵，而神話之所以能夠歷久彌新，則可歸因於它其實乃是人類心靈深處，亙古迄今始終嚮往與記憶的歷險、追求模式。於是，古龍成熟時期的武俠作品，儼然展現出神話之深層結構與禪境之空靈意象的投影，而爲武俠寫作的後現代意涵開拓了一個新的向度。

專研古典文學而卓有慧見的樂蘅軍教授指出：「如何在寫實的途中，突然躍進神話情境，無疑的是非常耐人尋味的心理運作；對作者和作品而言，只要這神話不是搬演故說，那麼這情境堪稱藝術的情境，而它是可驚可羨的。至於對我們讀者而言，投入神話情節，所引起的一連串反應，是從直感的荒謬到神悟的超越：荒謬和超越是神話情節最初的和最後的涵意，荒謬引領我們自現實世界進入幻覺世界，然後使我們的精神獲得崇高的釋放，而表現了極致的超越與追求。」

從本文的觀點看，古龍成熟時期的作品，所營造的情境「堪稱爲藝術的情境」，且表現了「極致的超越與追求」，讀之可使人們的精神獲得崇高的釋放；而這正是他在完成從技法的突破到意境的躍升後，爲當代武俠小說創作所開拓的新向度與新視角。

【附錄二】

楚留香研究：朋友、情人和敵手

著名武俠評論家及中國電影藝術研究者
陳墨

古龍與金庸、梁羽生等前輩最大的不同之處，不僅在於他找到了自己獨特的敘述文體和方式，更在於他將自己的整個身心生命都投入了自己的創作之中，大約自《武林外史》開始，古龍的小說就不再僅是單純的武俠故事，同時也是古龍本人的人生書寫和生命抒情。這就像傳說中的鑄劍大師干將莫邪將自己投入高爐烈火中，用自己的熱血和生命鑄造絕世名劍。

「楚留香傳奇」及其楚留香形象，就是一個重要的例證。

要研究和分析楚留香的形象，當然有很多途徑。本文的思路，選擇從楚留香的朋友、情人和敵手三個方面作觀察研究。首先看他擁有怎樣的朋友、怎樣的情人、怎樣的敵手；進而看他本人是怎樣的朋友、情人、敵手，最後看他到底是怎樣的一個人。

朋友

「無論任何順序上說，朋友，總是占第一位的。」——〈楚留香和他的朋友們〉

金庸小說的主人公多是一些只有俠義同道而沒有社交朋友的人，而古龍小說的主人公則多是一些離不開朋友的人。在古龍小說中，我們總能看到能夠隨時隨地呼朋喚友、給人間帶來歡樂、溫暖和光明的「歡樂英雄」。這當然與作者的性格有關。古龍在《午夜蘭花》中居然這樣寫：「我記得我曾經問過或者是被問過這一個問題，答案是非常簡單的。——『沒有朋友，死了算了。』」

古龍筆下的楚留香當然也是一個喜愛朋友的人。正如作者在〈楚留香和他的朋友們〉文中所說，誰也不知道楚留香究竟有多少朋友」。被作者點名的，有胡鐵花、姬冰雁、中原一點紅、左輕侯等，這幾人當然是楚留香最好的朋友。這幾個人，一個是浪子，一個是富豪，一個是殺手，一個是世家掌門人，他們的身分完全不同，性格更是千差萬別，但卻有許多共同點，他們意氣相投，都是楚留香的朋友，而且都為有楚留香這樣一個朋友而感到榮幸和自豪；當他們聽到楚留香有難的時候，都會毫不吝惜地拋卻戀人、聲名、財富、地位和身家性命趕到楚留香身邊。作者沒有提及的，還有如《蝙蝠傳奇》中的快網張三，為了讓胡鐵花安全脫險，毫不猶豫地鑿沉了自己安身立命的小船；進而為了楚留香和胡鐵花這兩個朋友而不惜自賣自身！

楚留香的朋友中，最重要的當然是胡鐵花和姬冰雁。這是因為，他們不僅是楚留香最好的朋友，也是他最老的朋友。「雁蝶爲雙翼，花香滿人間」的三人組合，已經成了江湖中美麗的傳說，不但提供了他們之間無上友情的想像空間，也由此暗示了這個三人組成功和快樂的最大奧祕：如果說性情衝動的胡鐵花和深沉多智的姬冰雁這兩種截然相反的性格是互補互動、張力無限的「兩儀」，那麼楚留香就是其中的「太極」，即生生不息的動力之源。

金風玉露一相逢，便勝卻人間無數。

自從胡鐵花、姬冰雁這樣的朋友出現，楚留香的故事就變得更加姿彩燦爛、生氣勃勃。世界上只有一個人稱呼楚留香爲「老臭蟲」，那個人當然就是胡鐵花。你可能會忘記《大沙漠》、《畫眉鳥》、《蝙蝠傳奇》等故事內容，但你不可能忘卻楚留香和他的朋友們之間的友情佳話：不可能忘卻這些朋友間鬥酒、打架、爭執及其相互挖苦打趣；不可能忘卻他們之間驚人默契和永遠爽朗的笑聲；不可能忘卻胡鐵花即使深夜也總是不想離開楚留香的屋子、不想去獨自入睡，而若要入睡，在楚留香身邊就會睡得格外踏實香甜。當《新月傳奇》中的「狗窩」——樹屋——出現的時候，相信無限美好的童年往事和人間純情都會湧上讀者的心頭；而當《午夜蘭花》中胡鐵花要爲楚留香復仇而不得不去發財致富、籌備超大量的復仇基金，以至於當真變成了瘦得臉上只有兩個洞的大闊佬的時候，相信任何鐵石心腸的冷漠者都會熱淚盈眶。人們都認爲胡鐵花是一個酒瘋子，「只有楚留香知道胡鐵花絕不是個瘋子，所以胡鐵花爲了楚留香也可以做出任何人都做不到的事，甚至可以把自己像火把一樣燃燒，來照亮楚留香的路途。」人們都認爲姬冰雁是一塊木頭、石頭或冰塊，也只有楚留香才知道他不是，且「在他已經凝固冷卻多年的岩石下，流動著的是一股火燙的血，他也像胡鐵花一樣，隨時可以爲他的朋友付出一切。」

楚留香是怎樣的一個朋友？對此問題，一向沈默寡言但有言必中的姬冰雁曾有斬釘截鐵的評說：「人能交著這樣的朋友，實在是天大的運氣。」我當然同意姬冰雁的評說，以下是具體的論證。

對胡鐵花：無論胡鐵花這個熱血直腸的朋友給他帶來多大的麻煩，無論胡鐵花怎樣的挖苦諷刺強詞奪理，楚留香最多也不過是摸著自己的鼻子苦笑。而楚留香卻對胡鐵花說：「每個人都知道我們是好朋友，都認爲我對你好極了，你出了問題，我總會爲你解決。連你自己說不定都會這麼想……只有我心裡明白，情況並不是這樣子的……其實你對我比我對你好得多，你處處都在讓我，有好酒好菜好看女人，你絕不跟我爭，我們一起去做了一件轟轟烈烈的大事，成名露臉的總是我……。」其中包含了楚留香交友之道的首要原則，那就是把朋友的個性、尊嚴和利益置於首位。胡鐵花是本能地這樣做，而楚留香則更具內省理智。

對姬冰雁：無論這位朋友有怎樣的沈默與怪癖，無論他作出怎樣的選擇和行爲，他總能指望得到楚留香的理解和尊重。在《大沙漠》故事中，楚留香早已發現姬冰雁並未癱瘓，只是不想去大沙漠冒險，楚留香非但沒有責怪，反而勸說胡鐵花：「你要交一個朋友，就得了解他的脾氣，他若有缺點，你應該原諒他，我認識他的時候，就已知道他是個這樣的人了，我爲何還要生氣……。」結論是：「能令這樣的人始終將我當作朋友，我已很滿足了。」結果姬冰雁果然沒有讓人失望。其中包含了楚留香交友之道的另一條寶貴原則，那就是對朋友的個性特徵及其行爲方式的諒解和寬容。

對中原一點紅：無論他的殺人之劍何等凌厲兇狠，楚留香始終堅持不予還手；無論他的言語和行爲多麼冷酷乖戾，楚留香總是報以微笑和良言；無論他心中有怎樣的寂寞和孤苦，也終究被楚留香溫暖和慰藉。楚留香對他的友善和溫暖，點燃了一點紅心中的人性之光；楚留香對他的尊重和愛戴，終於消融了一點紅心中的冰雪，化爲汩汩溫泉。楚留香改變了他的心理狀態和對人間的觀感，也改變了他的人生態度和人生軌跡。進而，在《大沙漠》故事中，中原一點紅斷臂之後，和曲無容一起，離開了楚留香，楚留香並沒有過多挽留，因爲，作爲朋友，楚留香從來都不會不尊重朋友的人格尊嚴和選擇的自由。然而楚留香卻又爲自己確立了下一個行動目標，那就是一定要找出殺手集團的首腦，爲中原一點紅解除後顧之憂，爲他此後人生掃除障礙。

對左輕侯和張三：這兩個朋友有一個共同特徵，那就是左輕侯烹調鱸魚膾妙絕天下，而張三的烤魚絕技堪稱無雙。楚留香結交這兩位朋友，或許與他好吃有關——因爲他本來就是一個講究享受生活的人——這正是楚留香與傳統意義上的大俠的不同之處，然而他們之間的友情絕不止於「酒肉朋友」。在《借屍還魂》中，楚留香努力破獲其案，固然是要讓天下有情人皆成眷屬，更重要的卻還是要冒著生命危險去解開左輕侯與天下第一劍客薛衣人兩個家族之間的百年仇怨，讓自己的朋友繼續享受嘯傲王侯的寧靜安逸。

對小禿子和小麻子：《借屍還魂》中楚留香與無名的少年小乞丐居然也交上了朋友，而完全沒有受到階級、輩分、名聲、本領等社會差異的影響，則最為奇特，也最為感人。小禿子要請楚留香喝豆腐腦、吃燒餅油條，楚留香照樣欣然前往，如對山珍海味。這不但表明楚留香平易近人，當真將一個無名的少年乞丐當成了朋友；更表明他善於體察人情，尊重他人的面子和尊嚴。有趣的是，後來小禿子為了楚留香而到薛衣人家放火，楚留香非但沒有感激，反而差一點要與他絕交，原因是「我雖然什麼樣的朋友都有，但殺人放火的朋友倒是沒有」；直到小禿子發誓遵守「大丈夫有所不為」的訓戒，楚留香才說「只要你記著今天的這句話，你不但是我的好朋友，還是我的好兄弟！」在這一情節段落中，不僅充分表現了楚留香的俠義情懷，而且充分顯露了他的平等作風。

對南宮靈和妙僧無花：這是楚留香的一對特殊的朋友，因為他們後來成了楚留香的敵手和仇人。楚留香與他們交往的故事，至少有三點值得總結。第一，是人間的朋友關係隱含了很大的變數，而楚留香也會交錯朋友；第二，楚留香之所以交錯朋友，客觀原因是對方善於隱瞞自己的真實面目，主觀原因則是楚留香從來善意待人，對朋友從不願惡意猜度；第三，一旦發現朋友成了道德敗類和法律意義上的罪人，他也會對他們劃出不可逾越的公共道德和社會法律的交友底線，絕不會因為是朋友就默認甚至幫助對方掩蓋犯罪的事實。這一道德與法律原則，可以說是楚留香交友之道最大的與眾不同之處。

對天下人：作者說楚留香：「他的朋友中有少林寺方丈大師，也有滿街去化緣的窮和尚；

有冷酷無情的刺客，也有瞪眼便殺人的莽漢；有才高八斗的才子，也有一字不識的村夫；有家財萬貫的大富豪，也有滿頭癩痢小乞丐……這些人多多少少都受過他一點恩惠，得過他一點好處。」這足可以說明，楚留香的朋友遍天下，而且絕對施多受少；進而，楚留香行俠人間，從沒有以他人的救星自居，而是四海之內皆兄弟也，即始終對人平等相待；最後，楚留香友情和善意之花香滿人間，接近佛教的慈悲，更接近基督教的博愛。

總之，楚留香堪稱大眾之友，不管是不是武林中人，都可能自豪而快慰地說「我的朋友楚留香……」

只是，另一方面，正如作者所說，雖然「有很多讀者都認為楚留香這個人是一個可以令大家快樂的人，可是在我看來他這個人自己是非常不快樂的。」他的不快樂，或許是因為性格，一個喜歡喝酒而從來不曾喝醉的人，不免要讓自己的快樂受到局限。或許是因為智慧，正如他的好友胡鐵花所說：「他的確生了雙利眼，可是我並不羨慕他，因為這樣他反而會少了許多樂趣，永遠都不會像我這麼樣開心。」或許，正因為他總是「朋友永遠第一，朋友的事永遠最要緊。有些人甚至認為，楚留香也是為別人活著的」，正如一支蠟燭要燃燒自己照亮他人，那麼他自己的內心孤獨和寂寞又有誰來照耀呢？

情人

「在淑女面前他是君子，在蕩婦面前，他就是流氓。」——《楚留香新傳：桃花傳奇》

楚留香的朋友多，情人也不少。《新月傳奇》中的白雲生一下子就找來了七八個楚留香的情人：有在蘇州認得的盼盼，在杭州認得的阿嬌，在大同認得的金娘，在洛陽認得的楚青，在秦淮河認得的小玉，在莫愁湖認得的大喬，還有剛剛認識的情情。這些，顯然還只是楚留香情人名錄的一部分。這些足夠說明，楚留香每到一處，都會有一段露水姻緣。不難想像，「香帥女郎」的數目，一定不會少於「龐德女郎」。

在楚留香系列故事中，我們會認識新的「香帥女郎」，如《大沙漠》中的琵琶公主、《借屍還魂》中的石繡雲、《蝙蝠傳奇》中的東三娘、《桃花傳奇》中的張潔潔、《新月傳奇》中的玉劍公主等。這些姑娘的身分各不相同，琵琶公主是龜茲國的公主、石繡雲是村姑、東三娘是蝙蝠島上的妓女、張潔潔是麻衣教中的聖女、玉劍公主是有公主身分的武林俠女。

無論身分如何，這都是些美麗的姑娘——即使東三娘的眼睛瞎了，也改變不了她那美麗動人的風姿。此外，我們還能看到這些人有如下共同特徵。

首先，她們全都對楚留香一見鍾情，且一往情深，如作者所說：「見到楚留香的時候，她們的心，就會變得像初夏暖風中的春雪一樣溶化了。」

其次，她們都有自主的意志，在與楚留香的性愛關係中，沒有任何人強迫，而是她們心甘情願，《新月傳奇》中的妓女情情甚至願意爲留住楚留香而拒絕了價值一百五十萬兩銀子的珠寶。

再次，實際上，在我們看到的故事中，大多數場合都是女性主動，琵琶公主、新月公主、石繡雲、張潔潔、更不必說蝙蝠島上的東三娘，莫不是主動獻身。

又次，這些女性都有自由的身分，其中一部分是妓女，而另一部分則是待嫁之身，沒有一個是已婚女性。

最後，也是最奇特的一點，那就是這些女性當然不大可能是中國歷史中人，甚至也幾乎不大可能是現實中人，而只能是一些非常現代的小說世界中人。她們全都具有現代人那種從傳統的婚姻家庭中解放出來的自由身分，且大多具有非常開放的性愛觀念和非常平等的性愛態度。因而，她們與楚留香的性愛或情感關係，全都具有非（婚姻家庭）功利的性質。她們全都了解楚留香的習性，全都認可楚留香大眾情人的身分，全都但求一夕擁有，而不求永遠相伴。

琵琶公主說：「我們本來就是兩個世界的人，能夠偶然相聚，我……我已經十分高興」，石繡雲說「我和你根本就不是一個世界裡的人，我就算能勉強留住你，或者一定要跟你走，以後也不會幸福的。」而唯一與楚留香有婚姻約定的張潔潔，也明白對方「本就不屬於任何一個人的，本就沒有人能夠占有你」，從而主動幫助楚留香離開與世隔絕的山洞。

如此，楚留香又是怎樣的一個人、怎樣的一個男人呢？

首先，毫無疑問，楚留香是一個好色之徒。他甚至還有自己的好色理論，即「他認爲上天既造出了這樣的美色，你若不能欣賞，這不但辜負了上天的好意，而且簡直是在虐待自己。」所以，楚留香從來不隱瞞自己好色，最突出的例子，莫過於《血海飄香》中他居然請求任慈夫人葉淑貞即大美人秋靈素撩開自己的面紗。所以，「江湖上人人都知道楚留香的弱點。楚香帥唯一的弱點就是女人，尤其是好看的女人。」就這一點說，楚留香形象似乎非但不像是傳統的俠客，反倒更像採花淫賊。因爲楚留香的觀念和行爲，明顯不符合傳統中國的道德觀念，甚至也不符合現代中國人的社會習俗。迄今爲止，大多數人都還是將色眼、綺念、性愛、情感、婚姻等同起來。一夫一妻制的法律規定和與之相關的道德約束，講究男女授受不親，甚至要求人們目不斜視，如此才合乎規範道德。而傳統中國的文學觀念，卻又總是將作品當作了社會道德的宣傳品或教科書。按照這一觀點，到處沾花惹草的楚留香，當然不是傳統道德的典範。但，聖賢有云，食色性也。異性相吸、男歡女愛，目好好色、耳好好聲，只不過是人性之常。楚留香的思想觀念和行爲表現，只不過比大多數人更加坦白誠實，更加自然率真——這就是爲什麼當他聽到龜茲公主看中的不是自己時「他話雖說得愉快，其實卻有些酸酸的，他臉上雖帶著笑，其實心裡卻不是滋味」。

其次，我們應該看到，楚留香雖然好色，但卻並非好淫。他雖然長著一張「再想規規矩矩做人都難得很」的英俊面孔，更有那永遠親切而溫柔、魅力不可抵擋的微笑，然而面對許多充滿魅力的尤物主動投懷送抱，楚留香並非來者不拒。如《血海飄香》中的沈珊姑，《大沙漠》中的石觀音，《桃花傳奇》中的艾虹、卜阿娟、小酒鋪的老闆娘、萬福萬壽園的金姑娘，《新月傳奇》中的櫻子、杜先生、豹姬以及長腿、大眼等四位無名的漂亮姑娘等等，就全都被楚留香所拒絕。即使面對十足的蕩婦，他也從來就不是一個真正的流氓。才智超人的蝙蝠公子原隨雲甚至說：「在下是月中無色，香帥卻是心中無色！」

再次，楚留香不僅多情，且更憐香惜玉。他了解女性，熱愛女性，也尊重女性。在楚留香的情愛史中，最值得研究的案例當是他與蘇蓉蓉、李紅袖、宋甜兒這三個姑娘之間的關係。對此，作者古龍也態度曖昧，甚至自相矛盾。他曾說：「也有些女人跟他一起生活了十幾年，幾乎日日夜夜都和他廝守在一起，他對她們卻始終都是規規矩矩的，拿她們當自己的妹妹，當自己的朋友。」且說「有人說『男女間沒有友情』。世上也許沒有幾個男人能真正將女人看成朋友的，楚留香卻無疑是其中之一。楚留香更喜歡朋友。」這無疑是說他們的關係是朋友而非情人。然在〈楚留香和他的朋友們〉這篇文章中，卻沒有提及任何一個女性的名字：「我並不認為她們是楚留香的朋友，因為我總認為在男女之間『友情』和『義氣』是很少會存在的，也很難存在。」進而：「一個風流倜儻的楚留香，三個甜甜蜜蜜的小女孩，同居一船，會怎麼樣？能怎麼樣？答案是：——你說怎麼辦，就怎麼辦；你說應該怎麼樣，大概也就是那麼樣的一個樣子了。」這又無疑在暗示他們之間只能是情人而非朋友了。如此矛盾的說法，固然給讀者留下一道開放性考題，也留下足夠的想像空間；同時更證明作者情感與理智的矛盾，也能說明楚留香情感心理重要特徵：他「從來沒有讓她們失望」同時「他也從來不願破壞一個少女對他的好印象」。

那麼，楚留香究竟是怎樣的一個情人呢？

首先，他是一個情感開放的放浪之人，一個喜歡談情說愛，但卻不適合家居婚姻的人。對此他毫不隱諱：「第一，我並不想到什麼見鬼的世外桃源去，燈紅酒綠處，羅襦半解時，就是我的桃源樂土。」因而「第二，我根本就不想娶老婆，我這一輩子連想也沒有去想過。」很明顯，他是一個非常注重身分自由和意志獨立的人，「他幾乎什麼事都做，只除了一件事——他絕不做自己不願意的事，這個世界上絕對沒有任何人能夠勉強他。」

其次，他是一個多情的人，但卻並非沒有道德原則。他說「我還沒有習慣替別人的老婆梳頭」，即是因爲他從不願違背社會道德。進而，更加難能可貴的是，他注重性愛雙方的人格平等和兩情相悅。在楚留香情感生活中，從沒有勉強他人的行爲或心理；當然，對那些把他當成色狼或呆子的女性，無論她多麼美麗誘人，都休想讓楚留香上床上當上鈎。

再次，楚留香顯然喜歡並且享受性愛自由，只因爲這是人性的正常表現：「一個很正常的男人，和一個很正常的女人，在一個又冷又寂寞的晚上……你說，這又有什麼不對？」但這並不表明楚留香只是一個不知饜足的性愛機器，實際上，他更加注重且珍惜情感：《血海飄香》和《畫眉鳥》中對待黑珍珠，《蝙蝠傳奇》中對待華真真，那份純粹而且珍貴的情感，讓人惆悵，更讓人感動。

又次，楚留香是一個講究性愛自由的人，但卻不是一個絕對性情自私的人。在《借屍還魂》中，他之所以抵擋石繡雲的誘惑，只是不願意對這個可愛的姑娘造成傷害；而與石繡雲有了性愛關係之後，後悔得想要打自己耳光，是因爲擔心這個純真幼稚的少女的未來。更重要的例證也許還是在《桃花傳奇》中，從未考慮過結婚的楚留香毫不猶豫地接受了與張潔潔的事實婚姻；從不願寂寞更不願束縛自己的他，竟然在與世隔絕的環境中生活了一個月之久；若不是張潔潔勸說並且幫助他離開，楚留香必將爲這樁婚姻奉獻終生。

最後，楚留香是一個「博愛」的人，但卻不是一個薄情的人，他不像無花那樣以玩弄女性自娛自誇，也沒有將過去的一夕風流拋擲一空。最重要的例證，是當白雲生將他過去的眾位情人找來，他非但沒有忘卻一人，而且表示：「她們都是我的好朋友，每個人我都喜歡，不管是誰走了，我都會傷心的。」楚留香有很多情人，但每次都只有一個，而過去的一切則進入了心理記憶的殿堂，刻畫著他情感生命的軌跡，變成了親切而且永恆的懷念。

總之，楚留香並非傳統意義上的採花大盜，而是典型的大眾情人。楚留香的性愛和情感故事，超越了以人類自我生產（生育）和物質生產與生活爲目的的婚姻和家庭，呈現了性愛和情感的純粹本質。在虛擬的小說環境中，實現了人性的徹底舒展和解放，從而具有重大的審美價值和文化象徵意義。

我不知道古龍這個男性作者的帶有明顯男性特徵的對楚留香形象的這種想像和移情，對女性、尤其是女權主義者是不是一種冒犯？如果有人願意討論的話，我想提供一條特殊的線索，那就是在我們所見的作爲作者性情夢想結晶的楚留香情事之中，固然表現出了作者身爲男性的浪漫遐思，同時實際上更多地表現出了男性無知覺的潛在自卑——在琵琶公主、石繡雲、張潔潔、新月公主甚至東三娘與楚留香的性愛故事中，無不是女性主動選擇且創造機會，而風流教主楚留香則總是被動接受並完成使命，頗像是這些公主美人的「玩物」。

敵手

「為了深入這個人，我不但要變他的朋友，也要變他的仇敵」。——〈楚留香和他的朋友們〉

楚留香偷盜過許多大富大貴之家，而且據說每一次偷盜都能如願，如《血海飄香》的開頭，他就成功偷盜了北京金伴花家的白玉觀音。這樣成功的偷盜肯定會給楚留香帶來許多仇家。只不過，古龍並沒有寫出這些仇家追捕楚留香的故事，或許是因爲，如果將楚留香寫成因偷盜而被追捕的對象，那會使楚留香的形象受到嚴重的損害。更何況，那樣寫也會難免落入老套。

在楚留香系列故事中，沒有出現楚留香的私仇，只有他的敵手。楚留香的敵手，無不是非常神秘、非常強悍又非常古怪的角色。進而，在多數情況下，還會出現「影子敵手」，即真正的對手往往藏身於另一個敵手的陰影後面。例如《血海飄香》丐幫幫主南宮靈的身後，就藏著更加神祕的妙僧無花；原以爲《大沙漠》中的敵手會是黑珍珠，誰料卻是石觀音和她死而復生的兒子無花；《畫眉鳥》中水母陰姬的背後，是石觀音的女弟子柳無眉；《借屍還魂》中的對手不僅是玩弄借屍還魂把戲的有情男女，更有裝瘋賣傻的殺手集團的創始人薛笑人；《蝙蝠傳奇》中的丁楓背後，還有更加深不可測的蝙蝠公子原隨雲；《桃花傳奇》中的真正敵手並非萬福萬壽園中的金四爺，而是神秘山洞家族聖女的母親。《新月傳奇》中的敵手，似乎在擁有六個替身的海盜頭子史天王、東瀛武士首領石田齋彥左衛門和武林女傑杜先生三者之間；《午夜蘭花》中的敵手最爲奇怪，並不是「飛蛾行動」中針鋒相對的任何一方，而是佈置這一行動的那一雙神秘的「午夜蘭花手」——甚至連小說作者都沒說清楚這個人到底是誰，只是暗示這個人可能是一個與楚留香關係非常親近的人，很可能是一個女性。

值得注意的是，楚留香的敵手，並非儘是通常意義上的十惡不赦之徒。無論是南宮靈、無花兄弟或是他們的母親石觀音，都不過是復仇心和權勢欲膨脹的結果；水母陰姬和畫眉鳥則更是某種異態情感的犧牲；《借屍還魂》的主人公固然值得同情，而殺手之王的極度壓抑和瘋狂變態也未嘗不讓人感歎；蝙蝠公子雖然可惡可怕，但這也不過是殘疾和野心扭曲的產物。有一個身患絕症的女兒的金四爺和一心要改變女兒孤獨宿命的麻家聖母，非但並不可惡，反而值得尊敬和同情。《新月傳奇》中的史人王英雄氣概、石田齋智禮俱全，杜先生更是大義凜然；而《午夜蘭花》中幕後元兇，據說正是楚留香最親近的人。這樣的敵手，是古龍小說與眾不同之處，也正是楚留香系列故事的獨特所在。

還有一點值得注意，那就是楚留香的「敵手」不光是人，而且還包括各種各樣的險惡環境。其中不僅包括良莠不齊且真假不辨的江湖社會壓力，也包括自然妙造或巧奪天工的機關陷阱，還包括變幻無常且無法抗拒的天地神威。如果說《大沙漠》中無邊無際的大沙漠和《蝙蝠傳奇》、《新月傳奇》中無涯無岸的海洋，已經讓人望而生畏；那麼《大沙漠》中迷離恍惚的罌粟谷、《畫眉鳥》中機關重重的神水宮、《蝙蝠傳奇》中漆黑一片的蝙蝠洞、《桃花傳奇》中神霧彌漫的麻家窟，就更讓人聞風喪膽。與這樣的環境對抗，也是小說魅力的一個重要來源。

然而所有這些敵手都被楚留香所擊敗。雖然在絕大多數時候，這些敵手都是不可戰勝的，然而楚留香卻偏偏能夠在幾乎不能取勝的情況下獲得最終的勝利。

作爲敵手的敵手，楚留香是怎樣的一個人呢？

首先是俠義和公正。在這一意義上，可以說楚留香是武林正義和人性良知的檢察官。在《血海飄香》中就非常明顯：南宮靈是他的多年好友，妙僧無花也是交誼頗深，楚留香並未將個人私交置於武林正義之上，而是嚴正要求南宮靈去職反省、還要交出背後的元兇；進而要把無花送交司法機關處置。楚留香形象最大的與眾不同之處，在於作者爲他設立了一系列前所未有的「遊戲規則」：第一是絕不殺人；第二是尊重法律：「他們所代表的法律和規矩，卻是無論什麼人都需尊敬的」；第三是尊重他人隱私權：「每個人都有權保留他私人秘密，只要他沒有傷害到（他人），別人就沒有權去追問」；第四是對他人──包括敵手、罪犯──人格的尊重，南宮靈、無花自殺了，他就絕不允許他人對其人格有任何不敬；第五是不願隨意作有罪推定：「寧可自己上一萬次當，也不願冤枉一個清白的人」……如此等等，使得他的思想和行爲，超越了傳統意義上的俠義，而帶有明顯現代性質。

其次是智慧和靈性。楚留香形象的另一新意，是作者引入了偵探小說的寫法，讓他扮演了武林偵探的角色，並相應刻畫了他的無與倫比的智慧風貌。在這一意義上，無論什麼人，要成爲楚留香的敵人，都是件不幸的事情。因爲不論多麼神秘的線索，楚留香都能找到；不論多麼巧妙的陷阱，楚留香都能避開；不論多麼艱險的困難，楚留香都能克服；不論多麼高強的武功，楚留香都能戰而勝之。值得說明的是，楚留香戰無不勝，並不是因爲他的武功當真天下無敵，而是因爲他在生死搏殺中總是能夠將自己的智慧和靈性作最恰當的發揮，從而總是能夠找到克敵制勝的有效方法。

再次是堅韌與自信。楚留香看起來是一個典型的花花公子，是一個喜歡享受生活也善於享受生活的人，然而他也能適應最艱苦的環境，而且還能夠在最絕望的時刻想出避難脫險的方略。他是一個具有堅忍不拔的意志和超凡出眾的毅力的人。當鼻子患病而無法通氣的時候，他居然想辦法訓練出用毛孔呼吸的絕技；那麼在海船遇難的時候他能夠利用棺材泅渡大海，不用動手而僅以自己的機智和耐心讓東瀛第一忍者一敗塗地，就絲毫也不稀奇。欲問楚留香克敵制勝的最大要領，他可能會說不是武功，甚至也不是機智，而是堅不可摧的信心：對正義的自信，對自己能力和智慧的自信，甚至是對自信的自信。愈是在艱險危難乃至絕望無救的境地，楚留香和他的朋友們就愈喜歡相互說笑打趣，既爲了放鬆心神，也爲了增強自信。楚留香的這種充滿自信的歡樂英雄形象，不僅實力無盡，且魅力無窮。

又次是善良與悲憫。楚留香不僅是一個機智的武俠，更是一個赤誠的聖徒，心地善良而又純淨，對人世悲歡和人性弱點滿懷慈悲心腸。在這一意義上，成爲楚留香的敵手，實在是一件非常幸運的事情，首先是因爲不論有怎樣的深仇大恨，也不論對手是怎樣的罪大惡極，楚留香在任何情況下都不會殺人；其次是無論怎樣的苦衷或隱疾，總能指望得到楚留香的理解、諒解和同情；

最後是無論是怎樣的敵手，其人格和生命總能獲得楚留香的由衷尊重；而且在任何時候，楚留香都會爲他隱惡揚善。完全可以說，楚留香是一個不折不扣的現代人道主義者。面對由於人性的種種疾病變態，即使深受其害，楚留香的回應或「報復」常常是以德報怨——例如《畫眉鳥》中對待柳無眉、李玉函夫婦；最常見的表情動作，不過是摸著自己的鼻子，然後苦笑。

最後是好奇和冒險。楚留香形象之所以可敬又可愛且可信，最重要的原因，是作者揭示了他作爲好奇客和冒險家的性格特徵，用他的紅顏知己李紅袖的話說，楚留香是一個「專門喜歡多管閒事的人」。所以，僅僅是想到要去冒險面對不可戰勝的史天王，「興奮與刺激使得楚留香胸中就有一股熟悉的熱意升起，至於成功勝負生死，他根本就沒有放在心上。冒險並不是他的喜好，而是他的天性，就好像他血管裡流著的血一樣。」也就是說，楚留香行俠江湖的一個重要的原因，是受到好奇心的驅使，要去追求並享受冒險刺激的尖端體驗，與此同時，武林中一些熟悉楚留香的人如《桃花傳奇》中張潔潔的母親等等，也常常會利用楚留香非常好奇且喜歡冒險的特點，製造兇險神祕的誘餌，引他入甕。如此，就爲整部「楚留香系列」提供了扎實且深刻的人性依據。

這個人

古龍曾說：「誰規定武俠小說一定要怎麼樣，才能算『正宗』！」

現在，我們可以說說楚留香這個人到底是怎樣的一個人了。

首先，毫無疑問，楚留香形象是一個理想化的形象。

他是作者幻想的產物，同時也帶有明顯的理想化色彩。這一點，只要看看古龍對他所作過的多次描述或界說，就能明白。一次說：「他縱然是流氓，也是流氓中的君子，縱然是強盜，也是強盜中的大元帥。」

另一次說：「他喜歡享受，也懂得享受。他喜歡酒，卻很少喝醉；他喜歡美麗的女人，所以一向很尊敬她們。他嫉惡如仇，卻從不殺人。他痛恨爲富不仁的人，所以常常將他們的錢財轉送出去，受過他恩惠的人，多得數也數不清。他有很多仇人，但朋友永遠比仇人多，只不過誰也不知道他的武功深淺，只知道他這一生與人交手從未敗過。他喜歡冒險，所以他雖然聰明絕頂，卻常常要做傻事。他並不是君子，卻也絕不是小人。江湖中的人，大多數尊稱他爲『楚香帥』，但他的老朋友胡鐵花卻喜歡叫他『老臭蟲』。楚留香就是這麼樣一個人！」

又一次說他「名動大下，家傳戶誦，每一個少女的夢中情人，每一個少年崇拜的偶像，每一個有及笄少女未嫁的母親心目中最想要的女婿，每一個江湖好漢心目中最願意結交的朋友，每一個銷魂銷金場所的老闆最願意拉攏的主顧，每一個窮光蛋最喜歡見到的人，每一個好朋友都喜歡跟他喝酒的好朋友。除此之外，他當然也是世上所有名廚心目中最懂吃的吃客，世上所有最好的裁縫心目中最懂穿的玩家，世上所有賭場主人心目中出手最大的豪客，甚至在巨豪密集的揚州，『腰纏十萬貫，騎鶴下揚州』的揚州，別人的風頭和鋒頭就全都沒有了。」

不用仔細分析也能發現，作者對楚留香的三次描述，其間差別就是對楚留香這個人物，愈來愈理想化。在最後的描述中，楚留香幾乎成了神話人物了——現實中不存在那樣的完美人物。這很正常。因爲幾乎所有武俠小說的主人公都是接近神話的理想英雄。

其次，楚留香形象是一個現代化形象。

真正讓人驚詫的是，楚留香不像是一個古代人，也不像是一個中國人。因爲，一個古代人，尤其是一個古代中國人，絕對不可能有楚留香那樣的價値觀念和生活方式。這一點，也正是古龍小說不被一部份武俠小說讀者所理解和看好、甚至遭人詬病的一個重要原因。那些不喜歡古龍的人，習慣了這樣一種思維邏輯：既然武俠小說是講述中國古代故事，就要儘量模仿古代中國人；要講述人間故事，就要儘量模仿人間現實的生活習俗。而古龍的小說偏偏要明目張膽地打破這一理所當然的思維邏輯和閱讀習慣，偏偏要創造出楚留香這一非古非今、非中非西、非假非真的藝術形象，挑戰武俠小說的「正宗」。

創作楚留香形象的思維邏輯是：既然所有的武俠故事都是作者的想像和虛擬，既然不必仿真，爲何一定要去仿古，而不能更加自由大膽地書寫和創造？

如此，楚留香形象就成了古龍突破武俠「正宗」約定即仿古要求的一個重要的標本。在這一形象中，作者徹底打破了歷史時空的局限，即並不按照中國古代某一歷時階段的時代特徵去刻畫這個人物，而是直接賦予人物以帶有明顯理想色彩和現代特徵的道德品質及其人性內涵，使得這一人物成爲真正的現代小說中人，你也可以說是一種虛擬的遊戲形象。楚留香的價値觀念和行爲方式中，充滿了明顯的現代特徵，諸如遵守法律、從不殺人、尊重他人人格、尊重個人隱私、提倡人人平等、實踐性愛自由等等，無不超越了傳統的古代武俠世界。楚留香的思想行爲，甚至也超越了現代，更像是具有未來色彩的「新新人類」。

再次，楚留香形象是一個人性化形象。

楚留香形象的創作起點、邏輯依據和關鍵特徵，是人性化。構成楚留香形象的關鍵要素，不在於歷史或地域的真實，而在於人性——「只有『人性』才是小說中不可缺少的」。楚留香形象的理想化特徵，是基於人性的理想；而作者之所以要讓楚留香形象超越或擺脫歷史的羈絆而呈現出現代化特徵，也正是因爲中國歷史及其傳統道德理念常常是對人性的蒙昧、壓抑和桎梏。我們所看到的帶有明顯現代特徵和理想色彩的楚留香傳奇，實際上是人性舒展和解放的歡歌：「人生並不僅是憤怒、仇恨、悲哀、恐懼，其中也包括了愛與友情、慷慨與俠義，幽默與同情。我們爲什麼要特別著重其中醜惡的一面？」同沈浪、葉開、王動、卜鷹、小方、陸小鳳、丁寧等古龍筆下的無數「歡樂英雄」一樣，楚留香也是古龍心目中健康人性及其道德理想的化身。

又次，楚留香形象是一種個人化的典型。

作爲健康人性和道德理想的化身，楚留香也像沈浪、葉開等人一樣，是一個十足的個人主義者和自由主義者，按照中國的說法，即一個純粹的浪子，亦即林語堂筆下的喜歡一切自由且寄託著造物主的希望的「放浪者」——爲此，作者不僅斬斷了楚留香的一切家族宗法社會關係，而且乾脆讓他長期生活在一條隨時準備飄泊異鄉的海船上！楚留香在朋友、性愛、對手等方面所表現出來的一切價值觀念和行爲規範，無不建立在自由的個人身分及其「個人自由」的原則基礎之上。實際上，沒有個人自由，也就沒有真正的人性解放。而沒有人性的解放，則楚留香的形象也就不可思議，甚至無從產生。

最後，楚留香形象是一個「古龍化」的形象。

如果不作爲結論，而僅僅是一種「猜想」，我想說，楚留香形象不僅是古龍的心血結晶，也是古龍的心理複製或精神拓片，即是古龍生命情感的自敍傳，是古龍人生姿態和理想的特殊造影。在《血海飄香》中，楚留香因爲烈酒、豪賭、女人三項嗜好，就毫不猶豫地決定扮演子虛烏有的張嘯林這個人物；這三項，其實也是古龍本人的嗜好，他當然也會興高采烈地將自己扮演成虛擬幻想的楚留香。進而，楚留香形象，自然也融入了古龍本人的人生態度、生活方式和生命體驗：例如朋友永遠第一，這正是古龍本人的人生信念；楚留香的道德操守，是古龍價值觀念的體現；楚留香的智慧風貌，是古龍聰明才智的結晶；楚留香的生活方式，是古龍生活的精確投影；楚留香的人生際遇，是古龍理想夢幻的直接顯現——正因爲生活中的古龍沒有那樣英俊、那樣完美、那樣好運，所以楚留香才會如此風流瀟灑，如此快意人生。只有出於移情的動機，古龍才會創造出楚留香的形象。否則，何以解釋楚留香的故事和形象，會一而再、再而三地出現，進而在古龍其他多部小說中，會一而再、再而三地出現與楚留香類似的形象？

是耶非耶？盼望高人指正。

【附錄三】

人在江湖：夜訪古龍

佛光大學創校校長、中國武俠文學學會會長
龔鵬程

人在江湖，有許多事是身不由己的，譬如喝酒與聊天。

酒是劣酒，劣酒傷喉，所以今天古龍來時沙啞著嗓子：「喝多了紹興！」

昨天，只因昨晚「多情環」殺青，拍攝人員向老闆古龍敬酒，他當然要喝。

「我也是個江湖人！」雖然喉嚨壞了，也要撐著來聊天。

記得嗎？劍無情，人卻多情！

有一個世界，奇麗而多情，那是古龍的世界。

無論小說或人生，它都代表著一種探索和追尋，在酒與劍與女人之間。

劍？是的，它沒有固定的形狀或效用，它只代表尖銳而富刺激的人生境域衝突。唯有在劍光的映射下，人性最深沉、最真實的一面才能迸顯，剝開僞飾，照見本然。

或貪婪、或自私、或驚懼、或狂傲。

這紛雜而有多樣性呈現的眾生相，就構成了江湖。

只有江湖人才懂得江湖！

因爲只有他們才能真實體會到自我生存經驗，或情感歷程與它相呼應、相接合的樂趣，並享受那一番生與死的悸動與震憾。

所以我們請古龍來談談他的「江湖」。

與他小說一樣尖銳的人生衝突，穿在他身上：黑衫白褲，鮮明的對比存在著，還有一臉詭譎而溫厚的笑意。聲音很大，卻沙啞得幾乎聽不清楚；慣作哲學性的思考與咀嚼，卻又是個無比情緒化的人；鬆散中夾滲著忙碌的緊張、浪蕩而又深沉，一點也不像他小說中手足白皙、指甲修剪得十分平整的少年俠客。

古龍當然不再少年，三十八歲原也不大，但在他精力充沛的神采裡，看來卻似半百。稀疏微禿的頭髮，順著髮油，平滑地貼在腦後；走起路來搖搖晃晃的骨架，撐起他微見豐腴的身軀。沒有刀光，也沒有殺氣，坐在縟椅上，他像個殷實的商人，或漂泊的浪子。

浪子也曾年輕過的，他是江西人，卻生在香港、長在漢口，直到今天還不曾去過江西。從六、七歲時在漢口看「娃娃書」起，就與武俠結下了不解之緣，凡屬武俠，無所不看，早期的還珠樓主與後來的金庸、司馬翎、諸葛青雲、臥龍生……等，看了又看，雖也不免有嗜好之殊，但在他日後的創作生涯中，都有著一定影響與作用。

這時的古龍還未縱身投入江湖，他寫新詩、寫散文、雜文、短篇小說、辦刊物（例如《中學生文藝》、《青年雜誌》、《成功青年》等，都是高中時的事跡）。第一篇發表的文藝小說是：〈從北國到南國〉，約三萬字；覃子豪編《藍星詩刊》時也發表過許多新詩。

當時正逢武俠小說倡行，市場需要量既大，人人都可提刀上陣，寫它兩篇。古龍又因離家工讀、生活清苦，遂在友人慫恿下，寫出了他第一本武俠小說：《蒼穹神劍》，第一公司出版，稿費八百元。自此以後，登門邀稿者絡繹不絕，稿費飛漲，且多預支稿酬。

在他三天一冊的速度下，錢愈賺愈多，幾乎連自己的尊姓大名都忘了。二十餘歲的古龍開始浪蕩，買了一輛車，開著去撞個稀巴爛，臉撞壞了，書也不寫了；等錢用完了再寫。很任性吧！這時的古龍正在淡江讀英文系。

任性的浪蕩與職業性的忙碌，自此與他相伴。

浪蕩與忙碌，他笑著說：「做我的妻子很難！」——忙於拍片、忙於喝酒、聊天，也忙於看漂亮的女人，古龍現在已經停筆了。

停止，未必即是終結，它可能是另一段長征的開始。因為每一次停頓，都必在生活與心境上更有番新的體認與探索，正像那位性格怪異的傅紅雪，在殺人生涯中，偶然一次停止了殺生而替孕婦接生，接生後，刀法卻更加精純了，古龍的筆也是如此。

從四十八年開始創作第　本武俠小說開始，這樣的停頓與遞進共有四次：最初的《飄香劍雨》、《傲劍狂龍》、《天禪杖》、《月異星邪》等，只是不自覺的隨筆，寫來賺錢，沒有特殊的創作反省或藝術要求，人寫亦寫而已。故事散漫、結構冗雜，且多未寫完，惹得讀者火起，拒看之後，古龍只得擱筆。

再拾筆時，風格即開始轉變，《武林外史》、《楚留香》、《絕代雙驕》、《大旗英烈傳》等名作，都是這個時期的產物，人物鮮明而突出，結構瑰奇而多趣，從熱衷於財寶祕笈，回到人生經驗與人性表現之中。這種寫法與風格，大致上已形就了古龍特殊的面貌，此後第三、第四期的轉變，都是順著這條線而發展的，意在打破固有武俠小說的形式，建立他自己的世界。

第三期的作品以《多情劍客無情劍》和《歡樂英雄》、《蕭十一郎》等最爲成功，他融合了英文和日文的構句方式與意境，鍊字造句迥異流俗。他不但創造了新的文體，整個形式也突破了以往武俠小說的格局，企圖在武俠小說中表達一種全新的意境與思想。

其中《歡樂英雄》以事件的起迄做敘述單位，而不以時間順序爲次，是他最得意的一種突創。同時，人物的塑造，也是他這個時期極重要的創獲和貢獻：英雄即在平凡之中，平凡得可能像條狗，但狗是最真實，也是與人情感最深密的。

真實、再真實，是他自認爲第四期的特色，「純寫實的」！是情感的真實！故事可能很久遠，人物和感情卻在你我身邊手上。例如《英雄無淚》裡自己砍下雙腿的舞蝶，代表了多少人性情感的掙扎和無奈！

當然，有人會直覺地認爲武俠小說與寫實了不相涉，但這也不妨：虛構與想像本來就是小說的特徵；且杜斯妥也夫斯基就曾被批評家稱爲：「在真實世界的基礎上創建一個個人的世界，是高一層次的寫實主義藝術。」它表達作者對人生的一些看法和體認，而不在作品中確定其時空位置，乃是因作者想得到較大的創作自由，以便貫徹自己對生存經驗的感懷和批評，呈現自己對人性的洞觀與悟解。

古龍說：

「我希望能創造一種武俠小說的新意境。」

「武俠小說中已不該再寫神、寫魔頭，已應該開始寫人，活生生的人，有血有肉的人！」

「爲什麼不改變一下？寫人類的感情、人性的衝突，由情感的衝突中，製造高潮和動作？」

是的，武俠小說是該寫感情和人性。然而，人性的挖掘和情感的探討也許永無止境，作爲一個作家，他的思考與表達終究有其限度，未來的旅程將再是一片怎樣的風光爛漫？「我不知道！」他說。

目前的停頓，究竟是觀望呢？還是思考？再舉步時，會再帶給我們一次新的驚羨嗎？古龍凝思著，眼前不再是梅花上的雪花、雪花上的梅花。

傳奇似的小說，傳奇似的人。

一種是劍光飛爍的世界，一種是金錢堆砌成的人生。古龍從他自己經歷過的事件中，紬繹出對於人生的詮釋，形象化地表現在小說裡。但是，他的經歷較爲奇特，武俠小說又多充滿著一種詭異的氣氛，以此來表現人生面，是否不易爲大眾所認同？人物與情感呈扭曲形態地出現，又是否能與我們的真實感受相印證？

「我所寫的人物，都是被投擲到一個人生最尖銳的環境中去的！呈現的是人生最尖銳的選擇與衝突，這種選擇往往牽涉到生與死、名與利、義與鄙等等人生問題，它雖不經常發生於我們真實的人生裡，但卻必是最能凸顯人性與價值的一種境況！」

「我寫的事件也很平常，例如夫妻吵架等家常瑣事，打一耳光會感到辣痛等永恆的經驗，是每個人都『可能』遇到的，但卻不一定會遇到！」談起自己的作品，古龍眼中就興奮得發光。

如此說來，在古龍的感覺裡，以武俠小說這種形式結構來負載這種內涵時，是有他特殊的目的或效果要求囉？「是的！」，因為所謂「人在江湖」以及色、貪、自私、死亡等等人性之追索，其他各種類型的小說也能表達，不一定要寫武俠小說不可呀！

武俠小說的內涵既然和其他小說沒有太多的差異，古龍詭譎而自負的笑了笑：「你們認為古龍是寫武俠小說的；我卻認為古龍是個寫小說的！」

可是，我們如將武俠小說視為文學作品中的一類，則此種作品與其他類型的文學（詩、散文、戲劇）或小說有何不同？通常，特殊的組織與結構型態，也是區分文學類別的重要因素，所以西方把文學類型（Literary Geners）稱之為「機構」（Institution），代表一種秩序，一如戲劇小說和抒情詩等不同的類別，即有其結構上的差異那樣，每個文學類型，事實上包含了各個不同的美學傳統，形成它的特色。

武俠小說也是有著悠久傳統歷史的文學體類，它的美學傳統和結構特色又是些什麼呢？古龍否定了武俠小說在內在形式（題材與主旨等）上，曾與其他類型小說不同的說法，也不承認它在外在形式的結構上與其他小說有何差異，是否會喪失一般武俠小說那種表現中國人獨特生命情調的特色？是不是也因爲如此，他的小說才被認爲是武俠小說裡的偏流而非正宗？

「什麼是正宗？什麼是邪魔歪道？寫得好就是正宗！做爲一個流派的創始者，最初都會被看成是非正宗的，鄧肯的舞蹈不也是這樣嗎？純文學的作品可以沒有任何結構，甚至也沒有故事，只在探索一種心理狀態。武俠小說誠然與通俗文學較爲接近，但我所著重的毋寧是在此而不在彼！」

似乎在沉思，又似乎十分激動。

「那麼您寫小說不太注意它的技巧和結構囉？」

「注意啊！」

「那麼，在一篇武俠小說裡，您如何架設它的結構呢？」

古龍大笑：「以往寫小說也沒有什麼完整的故事或結構，只是開了個頭，就一直寫下來，寫寫停停，有時同時寫三、四本小說；有時寫得一半停了，出版社只好找人代寫，例如《血鸚鵡》就是；又有時在報上連載，一停好幾十天，主編只好自己動手補上，像《絕代雙驕》就曾被倪匡補了二十幾天的稿子。這些作品通常只有局部的結構，並不是在動筆之前先有了一個完整的脈絡或大綱之後才開始經營的。至於現在，現在已經不寫長篇了，像《離別鉤》就很短，

《絕代雙驕》那種一寫四年又六個月的情形不會再有了。短篇是比較能夠照顧到它的結構和主題的！」

雖然經過作者精細嚴密的處理，但武俠的世界較現實奇麗，讀者會不會落在層層詭設的表象中，迷失或不易掌握住作者所欲表達的主題？

想一想，古龍說：「會的！但這個責任不在作者而在讀者，每一個作家都會引起讀者的幻覺，《少年維特的煩惱》出版時，很多人去跳萊茵河，能怪罪歌德嗎？像我寫《七種武器》，主要講的並不是武器的厲害或可貴，而在點出誠實與信心等等的重要，可是讀者能從我的文字中領略到多少，則不是我所能測知的。這要靠讀者的努力才行！」

的確，有的人看武俠小說只為了消遣，為了尋找一個刺激大腦的夢，墮在詭異興奮的故事情境中，激動而滿足；對作者苦心呈現或追探的主題並無興趣。但是對一位作家而言，面對這種情形，他將如何？古龍是否常因讀者易於迷失，而被迫於站到幕前來點明主旨？這樣，對小說的傳達效果和藝術成就來說，是否為一斲傷？

「不錯，我的小說最惹人非議的就是這點，或褒或貶，尚無定論。我經常在敘述中夾以說理，使整個小說看起來太像是我自己哲學的形象化說明，違背了小說表現重於自我說明的特徵。但這種情形恐怕是中國小說的傳統特色，歷來的平話小說和章回小說都是如此的。因此，這個問題不但評論家們還在爭論中，我自己也為此而爭論：當我要站出來講一句話的時候，我都會考慮再三，可是，我為什麼會這樣寫呢？這種情形對藝術性的戕傷是必然的，但我總認為小說不僅僅是個藝術品，它還應該負起一些教化的社會功能；我在站出來講話時，總希望能令讀者振奮、有希望。有次我到花蓮去，有個人找上我，一定要請我客。他說他本來要自殺，就是看了我的小說才能活到今天。這是我的寫作生涯中最值得欣慰與稱道的一件事。我這個人也像我的小說那樣，充滿了尖銳的矛盾衝突，我的思想中有極新潮的，也有極保守的。這一部份可能就是我保守的表現吧！」古龍又大笑。

這樣說來，那些新潮而又大膽的書中女人，豈不成了古龍新潮思想的表現了？

「哈哈！誰也不曉得古代女人是不是那樣呀！」

他寫小說並不考慮真實的歷史時空，從這句話裡就可以看出。他說金庸最反對他這一點，而這也是他的堅持，他寫的是人類最基本而永恆的情感或形態。

側過身，換了個姿勢，又接了一通電話，古龍開始談他小說中的人物。在他塑造過的人物中，小李飛刀是被人談論得最多的，有許多人認爲那是他小說中最成功且最突出的人物；但也有人認爲「他」太矯情。

「您的小說，似乎自成一個系列，例如小李飛刀，然後又有他的徒弟葉開；甚至陸小鳳、楚留香等，也都各代表一個系列，爲什麼這樣寫呢？有意創造一個武俠世界嗎？像有關葉開的《九月鷹飛》，情節和人物都是《多情劍客無情劍》的延續，又爲的是什麼呢？代表什麼樣的構想？」

「這只不過加深讀者的印象並重複其經驗罷了，《九月鷹飛》並不是一本成功的小說。對人物的塑造與安排，我總在努力求新求變，儘量使人物的性格凸出，但因有時寫得太多了，自然免不了會重複，這是沒辦法的。」古龍搖搖頭，他似乎對自己以往同時進行三、四本小說連載的情形也有許多感喟。

由於他堅拒討論當代的武俠小說作家，所以我們只好談談他的電影。

小說與電影的結合，奇妙而新鮮，從楚原拍成「流星‧蝴蝶‧劍」、「天涯‧明月‧刀」之後，中國的電影進入了新的紀元，古龍的小說更成了搶手貨。改拍的武俠電影十之八九都與古龍有關，不僅是原著，古龍還從顧問而策劃而導演而老闆，扶搖直上，顧盼自雄。

但是，這種景況並未刺激古龍的創作慾，他直截坦率地認爲拍電影只是爲了賺錢；別人拍成他的電影他也不看，對楚原的改編尤多不以爲然。

這種現象倒是很奇怪的，他對電影似熱衷又冷漠，是偏愛文字語言的表達呢？還是……

「其實我很早就注意到小說和電影的關係了，我在寫作時就曾利用電影『蒙太奇』和『場次』的觀念，以簡短、緊密，且矛盾衝突性極高的語言分割片斷，一組一組地跳動連接。所以我的小說和電影的距離最近，改拍也較容易，甚至可以直接拿小說去拍。當然，早期我還無法調和形象和文字間彼此個別的特殊要求，但現在可以了，像《蕭十一郎》就是爲了拍電影才寫的。」

寫小說而同時思考到改拍成電影的效果，以前似乎只聽說瓊瑤是這樣的，原來古龍也曾從電影中汲取靈感。然則傳說中瓊瑤寫小說時，連電影男女主角的人選都已想好了的情形，不知在古龍身上也發生過否？

「電影中人物的造型當然不合於理想，因爲小說可以縱容讀者的想像，電影則不行；繁冗的打鬥也易破壞其形象。另外，人選也是很難找的，譬如某個人物，我認爲最好能找三船敏郎來演，但客觀環境卻常不容許我們做這種要求，所以電影所能達成的效果其實是很有限的。像《碧玉刀》裡，大眼睛、鼻子笑起來會皺成一條線的華華鳳，到了電影裡就變成了夏玲玲；而孟飛飾段譽也並不全然理想，但這部片子卻是今年夏天最賣座的電影。」他無可奈何的語調裡，當然也有無可奈何的表情。

從四十八年開始，寫過多少本小說，又有多少被改拍成電影，恐怕連他自己都搞不清了。對片酬，他諱莫如深，白稱是軍事機密，絕對不能也不願公開。但對自己已比電影明星還要有名一事，卻有些尷尬而自負。

他認爲早期的武俠小說如《七俠五義》等，只有事件而無思想，所宣揚的也只是一種奴性的英雄。後來的平江不肖生《火燒紅蓮寺》等，又毫無結構。電影這種藝術對結構安排與形象的掌握都很獨到，結合這樣的藝術以創造他全新的小說世界，是件值得稱道的事。

就整體結構上說，情節的「懸疑」是他小說與電影一貫的特色，在最後以揭穿一切作結，偵探的意味很重。但懸疑拆穿後往往了無足異，讀者或觀眾長期面對這種追逐與愚弄，是否會形成一種心理上的疲乏與厭煩？而且在我們看來，格局相類似的小說和電影太多了。這是否代表一種局限？或另有原因？

古龍說：「我也在思考！」

在思考時，古龍總需要酒。

他賺來的錢，多半花在和朋友喝酒上。

藏書雖然比酒多，但只有酒才能真正代表古龍。

> 「你若認為酒只不過是種可以令人快樂的液體，那你就錯了。
>
> 你若問我：酒是什麼呢？
>
> 那我告訴你：
>
> 酒是種殼子，就像是蝸牛背上的殼子，可以讓你逃避進去。
>
> 那麼，就算別人要一腳踩下來，你也看不見了。」

這是古龍的話，那麼，古龍逃避的是什麼呢？是寂寞嗎？

我不知道，就像我們不易知道女人一樣。

有酒的地方，就有女人。古龍創造了許多奇奇怪怪的女人，也欣賞各式各樣的女人，「我是個大男人主義者！」

與女人在一起總是麻煩的，譬如趙姿菁事件。

對於古龍，這是大家最感興趣的問題——

突然落入了久遠的記憶與沉思中，他以一種哀悼而又鎮定的聲音說：

「對於這件事，自始自終，我沒有發表過一句話。因爲，無論我說什麼，都有人會被傷害。如今，事情已經過去了，也沒有什麼可談的。簡單地說，我與她已確有感情，這事如果不是第三者插入，絕不會弄得如此糟。」

這是古龍的態度，若事情與他人有關，即努力避免談論；尤其是牽涉到他或他的朋友時。也許，這就是他小說中刻劃友情最多的原因吧！

如此詭幻的江湖，友情當然是他唯一能夠抓握住的了。

沒有友情的人生是寂寞的，自詡「有中文處即有古龍小說」的古龍，也會寂寞嗎？或者，他畏懼孤獨與寂寞，才努力去護衛友誼，才更深刻地體會友情。

酒經常是用來溝通友情的，從這裡，他探觸到人性的隱陲：愛恨的糾葛、挫敗與叛逆、死亡與新生。武器與人物並不重要，甚至搏鬥也是多餘，生活在刀光劍影中的人，將更能體會出殺伐的可怕與可厭。古龍筆下血腥味很重，但他從不將搏殺的具體過程繪聲繪影地寫出來，是否也是基於這層認識？殺人最多最快的西門吹雪，殺人時永遠有種說不出的厭倦。古龍對搏殺也厭倦了吧？

搏殺只是種生存的掙扎，處在人生無可奈何之境，而又必須日日爲生活而掙扎奮鬥的人們，什麼是他所能真正掌握的？

「他只有躺在自己的冷汗裡，望著天外沉沉的夜色顫抖，痛苦地等待著天亮；可是等到天

亮的時候，他還是同樣痛苦、同樣寂寞。」（《多情劍客無情劍》）

他是厭倦搏鬥，意圖擺落痛苦和寂寞的侵蝕吧？

古龍不語，忽然起座告辭，飄然遠去。

明日，明日又是天涯。

古龍精品集 31

楚留香新傳（一）借屍還魂

作者：古龍
發行人：陳曉林
出版所：風雲時代出版股份有限公司
地址：10576台北市民生東路五段178號7樓之3
電話：(02) 2756-0949　　傳真：(02) 2765-3799
封面原圖：明人出警圖（原圖爲國立故宮博物館典藏）
封面影像處理：風雲編輯小組
執行主編：劉宇青
行銷企劃：林安莉
業務總監：張瑋鳳
出版日期：古龍80週年紀念版2019年1月
ISBN：978-986-146-430-5

風雲書網：http://www.eastbooks.com.tw
官方部落格：http://eastbooks.pixnet.net/blog
Facebook：http://www.facebook.com/h7560949
E-mail：h7560949@ms15.hinet.net
劃撥帳號：12043291
戶名：風雲時代出版股份有限公司

風雲發行所：33373桃園市龜山區公西村2鄰復興街304巷96號
電話：(03) 318-1378　　傳真：(03) 318-1378
法律顧問：永然法律事務所 李永然律師
北辰著作權事務所 蕭雄淋律師

行政院新聞局局版台業字第3595號 營利事業統一編號22759935

定價：240元

國家圖書館出版品預行編目資料

楚留香新傳.一, 借屍還魂／古龍作. -- 再版. --
臺北市：風雲時代，2008.02
面；　公分
ISBN: 978-986-146-430-5（平裝）
857.9　　　　96025387